Das Zeitportal
ISBN: 978-3-96129-148-9

Edel Kids Books
Ein Verlag der Edel Germany GmbH

Neumühlen 17, 22763 Hamburg
www.edel.com

2. Auflage 2020

Text: Patrick McGinley
Coverillustration: Max Meinzold
Umschlaggestaltung: Antje Warnecke
Lektorat: Christiane Rittershausen
Projektkoordination: Rebecca Hirsch
Layout und Satz: Uhl + Massopust, Aalen
Herstellung: Frank Jansen
Druck und Bindung: optimal media GmbH,
Glienholzweg 7, 17207 Röbel/Müritz

Dedicated to Rachael and Sean,
the loves of my life

In memory of Brian McGinley

Wie eine riesige weiße Plastiklibelle glitt die Drohne über das Wasser. Die vier sirrenden Rotoren, die den Minihubschrauber antrieben, hielten ihn erstaunlich stabil. Der Luftzug der Rotorblätter erzeugte ein leichtes Kräuseln auf der Oberfläche des Stausees. Am Kopfende der Drohne saß eine eingebaute Kamera, deren Bild per Funk an die Fernsteuerung des Piloten übermittelt wurde. Die Drohne erreichte den Rand des Sees und gewann an Höhe. Sie flog über die breite Staumauer hinweg, hinter der das Gelände steil siebzig Meter abfiel. Die Drohne beschrieb einen Bogen und richtete ihr Kameraauge auf die massive Wand der Irrlacher Talsperre. Der Staudamm, der Hunderte Millionen Kubikmeter Wasser zurückhielt, war einer der größten Europas, und die Drohne wirkte winzig klein, als sie an der massiven Mauer entlangschwebte. Sie drehte sich und flog mit Höchstgeschwindigkeit rückwärts. Die Kamera filmte eine Nahaufnahme, die sich rasend schnell zu einem Bild des gesamten riesigen Staudamms weitete. Wie der Schutzwall einer Festung aus einem Fantasyfilm ragte die Mauer über das Tal. Jetzt gelangten die ersten Häuser ins Blickfeld der Drohne. Irrlach war ein verschlafenes Fünftausend-Seelen-Nest, das im Schatten der Staumauer an einem Fluss lag. Die Drohne flog über Einfamilienhäuser, eine Schrebergartensiedlung, einen Marktplatz mit Maibaum und das Freibad, das im Sommer Hochbetrieb hatte. Auf einer Wiese jenseits des Dorfes wurden Zelte und

Stände für ein Ritterturnier aufgebaut. Alles war so friedlich, so still.

Nichts deutete darauf hin, dass von Irrlach bald nur noch Trümmer übrig sein würden.

Erster Teil

Festnahme

Die Drohne setzte zur Landung auf einer Wiese an. Von dort aus bot sich eine herrliche Aussicht auf den Staudamm und das Tal darunter. Die Kamera fing das idyllische Panorama ein, doch als die Drohne das Gras fast erreicht hatte, tauchten vier Gestalten im Bild auf, die den Ausblick versperrten. Jonas trug eine Baseballkappe, unter der seine roten Locken wie Unkraut hervorwucherten. Ninas schwarze Haare waren zu einem Zopf geflochten, und sie steckte im Trikot ihres Lieblingsfußballvereins. Von Antons T-Shirt blickte die hässliche Fratze von Freddy Krueger herab, und Felix' Haare standen wie die Stacheln eines Igels zu Berge. Zusammen gaben die vier 13-Jährigen ein ziemlich sonderbares Bild ab. Sie standen ausgerechnet so, dass die Kamera genau auf sie gerichtet war, und beobachteten mit offenen Mündern, wie die Drohne landete.

»Ihr Idioten habt mir die ganze Aufnahme versaut!«, schimpfte der Junge, der die Fernsteuerung in der Hand hielt.

»Cooles Teil«, sagte Nina.

Sven, der zuerst gesprochen hatte, ignorierte sie. Jonas wischte sich verlegen die roten Locken aus dem Gesicht. Wenn es um seine Videos ging, verstand sein großer Bruder keinen Spaß.

»Tut mir leid, Sven!« Jonas wollte die Drohne aufheben, um sie seinem Bruder als Geste der Wiedergutmachung zu übergeben.

»Wag es bloß nicht, sie anzufassen!«, zischte Sven ihn an. »Wenn du auch nur einen Finger an sie legst, ziehe ich dir bei lebendigem Leib die Haut ab!«

Jonas erstarrte und trat einen Schritt zurück.

»Ganz schön aggressiv, dein Bruder«, flüsterte Anton ihm zu.

»Er ist 16«, sagte Nina. »Wahrscheinlich gehen bloß die Hormone mit ihm durch.«

Sven hatte die Drohne geborgen und machte sich am Batteriefach zu schaffen.

»Mist, kein Saft mehr«, murmelte er.

Felix, der alles liebte, was irgendwie mit Technik zu tun hatte, gesellte sich zu ihm. »Sieht wie eine Dreitausend-Milliamperestunden-Batterie aus«, sagte er fachmännisch. »Mit einer Viertausender müsste die Batterie circa …« Er zog sein Handy aus der Hosentasche und tippte einige Zahlen in die Taschenrechner-App. »… 27 Minuten länger halten.«

Sven, der keine Ahnung hatte, was Felix ihm da gerade vorgerechnet hatte, scheuchte ihn davon. »Das weiß ich selber, du kleiner Streber.«

Felix ging zu den anderen zurück, nahm seine Brille ab und putzte sie mit einem Zipfel seines Polohemds. »Dafür, dass Sven drei Jahre älter ist als wir, ist nicht viel los in seinem Oberstübchen«, stellte er fest.

»Kurz gesagt, er ist ein Vollpfosten«, antwortete Jonas knapp.

»Wofür filmt er eigentlich all das Zeug?«, wollte Nina wissen.

»Sven hat es sich in den Kopf gesetzt, ein YouTube-Star zu

werden. Leider fehlt es ihm an Witz, Intelligenz, Wortgewandtheit …«

»… und er ist nicht gerade eine Augenweide«, warf Nina ein. »Was hat er bloß mit seinen Haaren gemacht?«

»Er steht jeden Morgen vor dem Spiegel und schmiert sich eimerweise Gel in die Haare«, sagte Jonas.

»Sieht aus, als hätte er mit der Gabel in der Steckdose rumgestochert«, meinte Nina spöttisch. Die Jungs brachen in Gelächter aus, was Sven geflissentlich ignorierte.

»Hört ihr das?«, fragte Anton.

In der Ferne heulte ein Motor auf. Zuerst war es kaum hörbar, doch dann wurde das Dröhnen immer lauter, bis ein Streifenwagen auftauchte, der mit Höchstgeschwindigkeit an der Wiese vorbei in den angrenzenden Wald fuhr. Ein zweiter Wagen folgte dicht dahinter.

»Krass! Zwei Streifenwagen, die hier mit Vollgas durch die Landschaft rasen«, rief Anton.

»Endlich ist was los in Irrlach!« Ninas Stimme klang begeistert.

»Kommt, das müssen wir uns ansehen!«, schlug Jonas vor.

Die vier Freunde zogen ihre Fahrräder aus dem hohen Gras und schwangen sich in die Sättel.

»Ich würde gerne wissen, warum ihr so aufgeregt seid«, sagte Felix, als sie mit ihren Rädern auf die Straße einbogen.

»Weißt du nicht, wo diese Straße hinführt?« rief Anton. »Zum Zombiepark!«

Jonas, Anton, Nina und Felix radelten, so schnell sie konnten. Sie folgten der Straße in den dichten Wald, der an die Wiese grenzte. Die riesigen Tannen spendeten Schatten. Die Luft war kühl und erfrischend und eine willkommene Abwechslung von der Mittagshitze im direkten Sonnenlicht.

»Kannst du die Streifenwagen sehen?«, fragte Jonas Anton, der vorausgeradelt war.

»Nein«, antwortete dieser. »Die sind viel zu schnell gefahren.«

Sven, der auf einem Motorroller unterwegs war, überholte sie und verschwand um die nächste Biegung.

»Der hat's aber eilig«, japste Felix.

»Wahrscheinlich wittert er die große Story für seinen YouTube-Kanal«, meinte Nina. *»16-Jähriger mit Kaktusfrisur schnappt Bankräuber.«*

In Wahrheit waren die vier ebenso neugierig wie Sven, und sie holten alles aus ihren Fahrrädern heraus. Auf der rechten Straßenseite erschien jetzt der rostige Maschendrahtzaun, an dem Efeu und andere Kletterpflanzen wild emporwuchsen. Große halb vergilbte Warnschilder waren an dem Zaun angebracht:

Sperrgebiet!
Betreten strengstens verboten!
Lebensgefahr!

Was sich hinter diesem Zaun verbarg, wusste keiner so genau. Manche mutmaßten, es handele sich um einen geheimen Militärkomplex. Andere glaubten, der Boden des Areals sei mit

Giftstoffen verseucht. Anton hatte natürlich wilde Theorien dazu. Als Horrorfilmfan war er fest davon überzeugt, dass hinter dem Zaun eine Horde Untote wartete – Menschen, die durch ein fehlgeschlagenes Experiment zu hungrigen Zombies geworden waren. Wie ernst er es damit meinte, war ungewiss, doch der Name Zombiepark war bei den Freunden hängen geblieben.

Immer wieder sah Jonas nach rechts und versuchte mit seinen Blicken das Unterholz hinter dem Zaun zu durchdringen. Doch außer Baumstämmen und Gestrüpp entdeckte er nichts, das auf eine Zombieplage oder eine andere Katastrophe hindeutete.

Die vier Radfahrer erreichten eine Lichtung, die an die Straße grenzte. Hier hatten die beiden Streifenwagen angehalten. Sven hatte seinen Roller gegen einen Baum gelehnt und sich so auf der Lichtung positioniert, dass die Streifenwagen hinter ihm zu sehen waren. Er filmte sich mit seinem Handy.

»Hey Leute! Was geht?«, sagte er mit einem aufgesetzt coolen Tonfall. »Ich bin hier im Irrlacher Wald, und hinter mir geht voll die Polizei ab! Im wahrsten Sinne des Wortes. Gerade sind zwei Streifenwagen mit Wahnsinns-Speed an mir vorbeigebrettert und …«

Weiter kam er nicht, denn Jonas und die anderen erschienen hinter ihm im Bild, hüpften auf und ab und schnitten dämliche Grimassen.

»Jonas! Kannst du mal damit aufhören?«, blaffte Sven.

Die vier Freunde lachten bloß. Nina deutete auf die andere Seite der Lichtung. »Hey, YouTube-Star, dir entgeht gerade die Story des Jahres!«

Sven drehte sich um. Drei Polizeibeamte näherten sich einem Mann, der sich am Zaun zu schaffen machte. Zwei hatten ihre Hände auf ihre Dienstwaffen gelegt, ohne diese jedoch aus dem Halfter zu ziehen. Die dritte Beamtin, eine Frau mit blonden Haaren, die unter ihrer Schirmmütze zu einem Knoten gebunden waren, hatte ihre Hände beschwichtigend gehoben.

»Kann man ihnen irgendwie behilflich sein«, fragte sie trocken.

Der Mann, der mit einer Militärjacke und Shorts mit Tarnmuster bekleidet war, blickte verwirrt von einem Beamten zum anderen. Sein Alter konnte man schwer einschätzen, da sein Gesicht von einem krausen, ungepflegten Bart verdeckt wurde. Über der Schulter trug er einen großen, prall gefüllten Rucksack, und auf seinem Kopf saß ein Hut, der aus Alufolie gefertigt worden war und wie ein Trichter aussah. In der Hand hielt er einen Bolzenschneider, mit dem er ein Loch in den Zaun geschnitten hatte.

»Wie wär's, wenn wir das Ding da mal weglegen und uns ein bisschen unterhalten?«

Die ruhige Art, mit der die Beamtin auf den Mann einredete, zeigte Wirkung. Er ließ den Bolzenschneider fallen und ging rückwärts auf den Zaun zu.

»Ich weiß, was hier los ist!«, krächzte er. Etwas Wahnsinniges schwang in seiner Stimme. Er tippte mit dem Finger gegen seinen Alu-Hut. »Die haben versucht, meine Gedanken zu lesen. Aber ich habe ihnen einen Strich durch die Rechnung gemacht.« Er lachte laut auf. »Und jetzt schicken die euch, um mich dingfest zu machen. Aber nicht mit mir!«

Erstaunlich flink drehte der Mann sich um und machte

einen Satz auf das Loch zu, das er in den Zaun geschnitten hatte. Die Polizistin hatte jedoch aufgepasst und sprang hinterher. Blitzschnell warf sie den Mann zu Boden, drehte ihn auf den Bauch und legte ihm Handschellen an.

»Du musstest es uns ja schwer machen«, sagte sie, während sie dem Mann auf die Beine half.

Sven, der alles mit dem Handy gefilmt hatte, schwenkte die Kamera auf sich selbst. »Unglaublich krass!«, sagte er in seiner besten YouTube-Stimme. »Wir sind hier gerade Zeugen geworden, wie die Polizei einen Psycho festgenommen hat!«

Jonas konnte seinen Blick nicht von dem Mann abwenden. Irgendwie war ihm dieser Typ unheimlich. Etwas Verstörendes lag in seinen Augen.

Die beiden anderen Beamten bugsierten den Mann in einen der Streifenwagen. Nina ging auf die Frau zu, die ihn festgenommen hatte. »Das haben sie klasse gemacht!«, sagte sie.

»Danke«, erwiderte die Beamtin etwas verdutzt.

»Was muss man machen, um bei der Polizei zu arbeiten?«, fragte Nina.

»Du willst Polizistin werden?«

»Vielleicht. Ganz schön cool, wie sie den Typen da in die Zange genommen haben.«

Die Polizistin lächelte. »Das ist eher der Ausnahmefall. Aber komm doch mal auf der Wache vorbei, falls es dich interessiert«, sagte sie. »Hier ist meine Karte.«

Sie zog eine Visitenkarte aus ihrer Brusttasche und gab sie Nina. »Polizeimeisterin Kerstin Hofer« stand dort über der Adresse der Irrlacher Wache.

»Wissen Sie schon, was der Mann wollte?«, fragte Jonas.

»Keine Ahnung. Ein Spaziergänger hat uns informiert, dass sich jemand hier am Zaun zu schaffen macht. Jetzt bringen wir ihn erst mal auf die Wache und nehmen seine Personalien auf.«

Anton, der die ganze Zeit gebannt auf das Loch im Zaun gestarrt hatte, wandte ich an Polizeimeisterin Hofer. »Ich hätte da mal eine Frage. Wissen Sie, was sich hinter dem Zaun verbirgt?«

Die Polizistin ließ ihren Blick über die Lichtung schweifen. »Soweit ich weiß, ist es ein Tollwutgebiet. Ich könnte mich aber irren.« Damit stieg Kerstin Hofer in einen der Streifenwagen ein und ließ den Motor an. Die beiden Fahrzeuge wendeten auf der Lichtung und fuhren auf dem Pfad zurück zur Straße. Sven, der die ganze Zeit weitergefilmt hatte, schaltete sein Handy ab und schwang sich auf seinen Roller. »Coole Story. Das muss ich sofort auf meinen Kanal hochladen.« Er gab Gas und verschwand mit lautem Geknatter zwischen den Bäumen.

Jonas, Nina und Felix gingen zu ihren Rädern zurück, doch Anton stand immer noch bei dem Zaun und starrte gebannt auf das Areal dahinter.

»Komm, Anton, worauf wartest du?«, rief Jonas.

Anton blickte ihn an. »Was meint ihr? Sollen wir es wagen?« Mit einem Kopfnicken deutete er an, dass er durch den Zaun schlüpfen wollte.

»Bist du verrückt?«, fragte Felix. »Hast du nicht gehört? Das ist ein Tollwutgebiet.«

»Irgendwie glaube ich das nicht«, sagte Anton.

»Komm jetzt«, sagte Jonas. »Wenn wir heute Abend ins Kino wollen, dann müssen wir uns beeilen.«

Widerwillig hob Anton sein Rad auf und schwang sich auf den Sattel. Als sie die Lichtung verließen, warf er einen Blick zurück. Das Loch im Zaun schien ihn magisch anzuziehen.

Kino

Das Multiplex-Kino lag in Grafenberg, einer größeren Ortschaft jenseits des Irrlacher Tals. Jonas' Vater hatte sich bereit erklärt, den Chauffeur zu spielen. Nina und Felix waren schon zugestiegen, als das Auto vor dem Haus von Antons Eltern hielt. Im Dachgeschoss, wo sich Antons Zimmer befand, brannte Licht. Jonas kurbelte das Fenster herunter und drückte zweimal auf die Hupe.

»Anton! Beeil dich, wir kommen sonst zu spät«, rief er zum Dachfenster hinauf. Dort erschien kurz darauf Antons Gesicht.

»Bin sofort unten!«

Antons Stimme klang merkwürdig. Jonas hatte den Eindruck, dass Anton den Kinoabend völlig vergessen hatte. Das war ungewöhnlich, denn erstens war er der größte Filmfan der vier Freunde, und zweitens hatte er dem Film, den sie sich ausgesucht hatten, seit Wochen entgegengefiebert. Er hieß *Am seidenen Faden* und handelte von einem Geheimlabor, dessen Forscher zu grässlichen Spinnenwesen mutiert worden waren. Da der Film erst ab 16 freigegeben war, hatten sie ihren Eltern erzählt, sie würden sich einen Superheldenfilm ansehen. Die Tickets hatte Jonas vorsichtshalber mit einem Gutschein im Internet bestellt, und den Platzanweisern war es sowieso egal, wie alt sie waren.

Anton kam aus der Haustür gerannt und stieg ein. Er trug ein verwaschenes T-Shirt, das mit einem Gremlin-Monster aus dem gleichnamigen Film bedruckt war. Seine Sammlung von Film-T-Shirts war so groß, dass er einen ganzen Monat auskam, ohne zweimal dasselbe T-Shirt zu tragen. Jonas' Vater fuhr los. Normalerweise plapperte Anton auf dem Weg ins Kino unentwegt, schilderte den Filmtrailer, den er sich mindestens zwanzig Mal angesehen hatte, bis ins kleinste Detail und zählte die Filme auf, die der Regisseur bis dato gedreht hatte. Doch diesmal blickte er gedankenverloren aus dem Fenster.

»Na, freust du dich schon auf *Beastman 2*«, wollte Jonas' Vater wissen.

»Wieso *Beastman*?«, fragte Anton abwesend. Ein Stoß in die Rippen von seiner Sitznachbarin Nina erinnerte ihn daran, dass sie ja vortäuschten, sich den Superheldenfilm anzusehen.

»Ach so, klar, ich freue mich riesig darauf.« Einen Moment lang sah er aus dem Fenster, dann wandte er sich wieder an Jonas' Vater. »Sagen Sie mal, Herr Wagner, wissen Sie, was sich hinter dem Maschendrahtzaun im Wald verbirgt?«

Herr Wagner dachte einen Moment lang nach. »Ich glaube, das Areal war früher mal eine Giftmülldeponie. So stand es jedenfalls damals in der Zeitung, falls ich mich recht entsinne.«

»Haben Sie den Artikel noch?«, fragte Anton.

»Nein, das ist Jahre her. Das war, kurz nachdem ihr auf die Welt kamt.«

Anton ließ nicht locker und bohrte weiter nach. »Und was für Giftmüll soll das gewesen sein?«

»Oh, das kann ich dir nicht mehr sagen. Schwermetall vielleicht?«

Anton schwieg den Rest der Fahrt.

Der Wagen hielt vor dem Kinokomplex, und Jonas, Anton, Nina und Felix stiegen aus. Sie betraten das Foyer, und der vertraute Geruch von Butter und Popcorn schlug ihnen entgegen. Da es Samstagabend war, hatten sich lange Schlangen vor den Ticketschaltern und der Snackbar gebildet. Während Nina und Anton Popcorn und Cola besorgten, stellte Jonas sich mit Felix an einem der Ticketautomaten an. Vor ihnen lösten gerade drei Mädchen ihre Eintrittskarten.

»Was ist bloß mit Anton los?«, fragte Jonas Felix. »Normalerweise quatscht er vor jedem Film ohne Punkt und Komma. Heute scheint er total abwesend zu sein.«

»Das ist mir auch aufgefallen«, sagte Felix und fuhr sich mit der Hand durch seine Igelfrisur. »Seit wir die Festnahme am Zombiepark beobachtet haben, verhält er sich echt merkwürdig.«

Der Automat spuckte die Tickets aus, und die Mädchen drehten sich um. »Hallo Jonas«, sagte eine von ihnen. »Was seht ihr euch an?«

Sie hatte kastanienbraune Haare und Sommersprossen. Das schönste Mädchen der ganzen Schule. Jonas blickte sie an, und sein Herzschlag setzte einen Moment lang aus.

»Äh … *Am seidenen Faden*«, murmelte er.

»Cool. Wir haben Tickets für *Beastman 2*. Ich muss los. Wir sehen uns in der Schule!«

Damit drehte sie sich um und verschwand mit ihren Freundinnen in der Menge.

»Wie gesagt«, fuhr Felix fort. »Anton verhält sich total merkwürdig. So abwesend und gedankenverloren. Hast du deine Geheimzahl vergessen?«

Jonas stand mit ausgestreckter Hand vor dem Ticketautomaten und wusste nicht mehr genau, was er als Nächstes tun wollte. Felix tippte ihm auf die Schulter.

»Hallo, Erde an Jonas.«

»Äh … Ja. Klar.«

Er tippte die Geheimzahl über den Touchscreen ein, und der Automat druckte die vier Eintrittskarten für *Am seidenen Faden* aus.

»Vielleicht ist das, was Anton hat, ansteckend. Du scheinst jedenfalls auch nicht mehr voll und ganz geistig anwesend zu sein«, scherzte Felix.

Jonas drehte sich zu ihm und konnte gar nicht anders, als zu grinsen. »Sie weiß meinen Namen!«, stammelte er.

»Wer?«, fragte Felix.

»Alina. Alina Sommer.«

Felix kam immer noch nicht mit. »Hä?«

»Sie hat mit mir geredet, und sie weiß meinen Namen.«

Nina und Anton stießen, mit Popcorn und Cola beladen, zu ihnen. »Habt ihr die Tickets?«, fragte Nina.

»Ja«, sagte Felix. »Aber leider hat Jonas einen Hirnschlag erlitten, denn er faselt wirres Zeug.«

Jonas überhörte Felix' Kommentar. »Sie hat gesagt, es ist ›cool‹, dass ich mir *Am seidenen Faden* ansehe. Und dann hat sie gesagt ›Wir sehen uns in der Schule‹.«

Nina kratze sich am Kinn. »Oh, es ist schlimmer als ein Hirnschlag«, lautete ihre Diagnose. »Ich fürchte, Jonas ist verknallt.«

Jetzt erst ging Felix ein Licht auf. »Ach so.«

Nina ließ ihren Blick durchs Foyer schweifen und entdeckte

die drei Mädchen, die sich gerade in Richtung eines der Kinosäle von ihnen entfernten.

»Lass mich raten«, meinte Nina. »Ein schwerwiegender Fall von Alina Sommer?«

»So ist es«, antwortete Felix.

»Na ja, wenigstens hat er Geschmack … Hey Jonas, jemand zu Hause?«

Jonas dachte an Alinas Sommersprossen und nahm die Unterhaltung seiner Freunde wie in Trance wahr. Erst als Nina mehrmals vor seinem Gesicht mit dem Finger schnippte, kam er wieder zu sich.

»Nimm mal das Grinsen aus deinem Gesicht und komm mit. Der Film fängt gleich an.«

Jetzt erst wurde Jonas bewusst, wie dämlich er vermutlich gerade dreinschaute. Er warf einen letzten Blick in die Richtung, in die Alina verschwunden war, und folgte Felix und Nina in den Kinosaal. Anton, der neben ihm ging, sagte kein Wort.

Der Werbeblock war gerade zu Ende, als die vier in der Mitte der hinteren Reihe ihre Plätze einnahmen. Das Licht ging aus, der Film fing an, und die Blicke der Zuschauer hefteten sich gebannt auf die Leinwand, auf der ein Wissenschaftler von einer furchterregenden Kreatur gejagt wurde. Trotz der spannenden Szene konnte Jonas dem Film nicht folgen. Er spielte in Gedanken immer wieder die Begegnung mit Alina durch und analysierte jedes Wort bis ins kleinste Detail. Noch immer konnte er nicht fassen, dass das tollste Mädchen der Schule ausgerechnet mit ihm gesprochen hatte.

Gedankenverloren griff Jonas in den Popcorneimer zwischen ihm und Anton. Dabei fiel sein Blick auf Anton. Er hatte das Popcorn nicht angerührt. Jonas schien nicht der Einzige zu sein, der nicht bei der Sache war. Normalerweise gehörten Popcorn und Horrorfilme für Anton einfach zusammen. Doch jetzt saß er stocksteif da und starrte auf die Leinwand, scheinbar ohne etwas von der Handlung wahrzunehmen. Es war fast ein bisschen unheimlich. Jonas hatte zwar keine Ahnung, was in Antons Kopf vorging, aber er vermutete, dass kein Mädchen für diesen Zustand verantwortlich war.

Anton

Seitdem sie am Nachmittag die Festnahme beobachtet hatten, hatte der Zombiepark Anton keine Ruhe gelassen. Hätten die anderen ihn nicht davon abgehalten, wäre er allein durch das Loch im Zaun geklettert, um einen Blick in das geheimnisvolle Areal zu werfen. Er spürte dieses Kribbeln von Abenteuerlust, auch wenn ihn seine Neugier schon öfter in Schwierigkeiten gebracht hatte. Der Film hatte dabei sicher auch eine Rolle gespielt. Zuerst hatte ihn die Handlung kaltgelassen, doch dann hatte die Geschichte um ein geheimes Labor, in dem allerlei gefährliche Experimente stattfanden, Antons Fantasie befeuert. Vielleicht geschahen auf dem Gelände des Zombieparks ganz ähnliche Dinge, ohne dass jemand davon wusste?

Jonas' Vater wartete bereits auf dem Parkplatz des Kinos, als die vier den Komplex verließen. Sie stiegen in das Auto ein, und die anderen unterhielten sich auf der Rückfahrt angeregt über den Film. Jetzt taten sie auch nicht mehr so, als hätten sie *Beastman 2* gesehen. Jonas' Vater konzentrierte sich gerade sowieso auf die Nachrichtensendung im Radio.

»Wirklich grässlich, diese Spinnenmonster«, meinte Nina. »Als dieses große Vieh dem Wissenschaftler ins Gesicht gesprungen ist, bin ich fast gestorben vor Schreck.«

»Du sahst aus wie Jonas, als ihm Alina Sommer über den Weg gelaufen ist!«, witzelte Felix.

Jonas lief rot an. »Hahaha. Sehr witzig.«

»Und, Anton? Hat der Film deinen Erwartungen entsprochen?«, fragte Felix.

»Hm?«, fragte Anton, der bisher nur mit halbem Ohr zugehört hatte.

»Na, der Film, wegen dem du uns seit Monaten im Ohr hängst?«, sagte Nina ungeduldig. »Wie. Hat. Er. Dir. Gefallen?«

Anton sah sie nachdenklich an. Er versuchte seine Gedanken in Worte zu fassen, aber es gelang ihm nicht. »Wissenschaftler … ein geheimer Forschungskomplex … fehlgeschlagene Experimente … interessante Theorien«, murmelte er.

Nina blickte Jonas und Felix an. »Bei dem ist wohl eine Sicherung durchgeknallt.«

Im Radio ging gerade die Nachrichtensendung zu Ende, und die Wettervorhersage begann. »Bei trockener Hitze und wolkenlosem Himmel erreicht die Quecksilbersäule morgen Höchststände von bis zu dreißig Grad. In den Abendstunden kann es zu vereinzelten Gewittern kommen. Durch die lang anhaltende Trockenheit gilt weiterhin erhöhte Waldbrandgefahr.«

»Dreißig Grad? Krass«, sagte Felix.

»Und wir spielen morgen das Halbfinale«, stöhnte Nina. »Ihr kommt doch, oder? Bei der Hitze können wir jede Unterstützung gebrauchen.«

»Klar«, sagte Jonas. »Gegen wen spielt ihr?«

»Grafenberg«, antwortete Nina. »Das wird eine harte Nuss. Die haben Laura Monn im Sturm, und die hat im Viertelfinale drei Tore geschossen. Um elf Uhr ist Anstoß.«

»Sollen wir uns um zehn Uhr am Fußballplatz treffen?«, fragte Jonas Anton und Felix.

»Ich weiß nicht, ob ich es schaffe. Ich muss noch für den Mathetest lernen«, jammerte Felix.

»Jetzt komm schon! Den Test schreibst du doch im Schlaf«, meinte Jonas.

»Wahrscheinlichkeitsrechnung ist nicht gerade meine Stärke.«

»Sei kein Spielverderber.«

»Okay«, sagte Felix schließlich.

Jonas wandte sich Anton zu. »Bist du auch dabei?«

»Was?«

»Morgen. Ninas Halbfinale. Zehn Uhr.«

»Ja, ja«, antwortete Anton geistesabwesend. Er konnte es kaum erwarten nach Hause zu kommen, damit er mit seinen Nachforschungen beginnen konnte.

Nina

Nina war nervös. Grafenberg war eine der stärksten Mannschaften in der Liga. Wenn sie ganz ehrlich war, dann waren sie sogar ein Stück besser als das Irrlacher Team, bei dem Nina im Mittelfeld spielte.

Sie stand im Kreis ihrer Mitspielerinnen an der Seitenlinie des Fußballplatzes, als sie Jonas und Felix entdeckte, die gerade ihre Fahrräder abgestellt hatten.

»Hi Nina!«, rief Jonas. Felix lief hinter ihm her. Seine Nase steckte in den Seiten eines Mathebuchs.

»Mann, jetzt leg doch mal das Buch weg«, sagte Jonas. »Wir sind nicht zum Lernen hier.«

»Ich will doch nur in der Halbzeit ein bisschen reinschauen«, antwortete Felix. »Wenn ich eine Eins schreiben will, darf ich mir keinen Fehler erlauben.«

»Dir ist nicht zu helfen«, stöhnte Jonas.

»Wo ist Anton?«, fragte Nina.

»Keine Ahnung«, antwortete Jonas. »Er ist noch nicht aufgetaucht.«

»Ich muss jetzt zu meiner Mannschaft zurück«, seufzte Nina. »Gleich ist Anstoß.«

»Viel Glück!«, riefen Felix und Jonas.

Kurz darauf betraten die Teams den Platz, und der Schiedsrichter pfiff das Spiel an. Da beide Teams fast gleich stark waren, blieb das Match bis zur letzten Sekunde spannend. Nach einem schnellen Tor der Grafenberger gelang Nina kurz vor Halbzeit der Ausgleich. In der zweiten Halbzeit stand es bis kurz vor Abpfiff eins zu eins, doch dann schaffte Nina es, ihrer Gegenspielerin den Ball abzunehmen und ihn in die Spitze zu passen. Die Mittelstürmerin schob zum Siegtreffer ein. Die Irrlacher Mannschaft jubelte und ließ sich, nach Abpfiff, erschöpft ins Gras fallen.

Nina rang nach Luft. Sie konnte kaum fassen, dass sie tatsächlich gewonnen hatten! Da kamen auch schon Jonas und Felix auf sie zugelaufen und halfen ihr hoch.

»Wahnsinn!«, sagte Felix. »Dieser letzte Pass war der Hammer.«

»Das war echt eine Zitterpartie«, sagte Nina.

»Felix war so begeistert, dass er sogar das Mathebuch weggelegt hat«, witzelte Jonas. »Das Spiel war aber auch wirklich klasse. In der ersten Hälfte hast du ein echtes Traumtor geschossen.«

»Wir hatten Glück«, antwortete Nina. »Laura Monn ist krank und liegt mit einer Erkältung im Bett. Eine Spielerin vom Grafenberger Team hat mir erzählt, dass ihre Mutter sie vom Freibad abholen wollte. Sie hat jedoch ihre Autoschlüssel verloren. Laura hat eine Stunde im Regen auf sie gewartet. Die sind alle ganz schön sauer auf Frau Monn.«

»Wann ist das Finale?«, fragte Felix.

»Am Dienstag«, sagte Nina. »Es geht entweder gegen Salbach oder Kappendorf. Wo ist denn eigentlich Anton?«

»Nicht aufgetaucht«, sagte Jonas.

»Echt merkwürdig«, meinte Nina.

»Langsam mache ich mir Sorgen«, sagte Jonas. »Sollen wir bei ihm zu Hause vorbeifahren?«

»Gute Idee«, meinte Felix.

»Ich gehe nur noch kurz duschen.«

Nachdem sie geduscht und sich umgezogen hatte, band Nina ihre feuchten Haare zu einem Pferdeschwanz und lief zu den Fahrradständern, wo Jonas und Felix auf sie warteten. Die drei machten ihre Räder los und fuhren zum Haus von Antons Eltern.

Das Geheimnis von Irrlach

Anton hatte die ganze Nacht kein Auge zugetan, doch es hatte sich gelohnt. Er war da einer ganz heißen Sache auf der Spur, dessen war er sich sicher. Er ging noch mal all die Beweisstücke durch, die er im Laufe der Nacht zusammengetragen hatte. Die Landkarte, das YouTube-Video, die Webseite, all diese Puzzlestücke begannen sich zu einem Gesamtbild zusammenzufügen, und dieses Bild war nichts anderes als eine Sensation. Wenn er mit seinen Nachforschungen recht hatte, dann war er dabei, die größte Verschwörung der Weltgeschichte aufzudecken. Natürlich hatte er Ninas Fußballspiel völlig vergessen. Bestimmt würden seine Freunde sauer sein, aber wenn er ihnen erzählte, was er herausgefunden hatte, würden sie es verstehen. Jedenfalls hoffte Anton das. Er setzte sich an seinen Schreibtisch und schloss die Augen. Er war hundemüde.

Ein Klopfen an der Tür riss ihn aus seinem Sekundenschlaf. War es wieder seine Mutter, die ihn mit Frühstück oder irgendeiner anderen Unwichtigkeit nervte? Doch kurz darauf hörte er Jonas' Stimme.

»Jemand zu Hause?«

Anton sprang auf. Alle Müdigkeit fiel von ihm ab. Seine Freunde kamen genau im richtigen Moment! Er ging zur Tür und wollte sie öffnen, doch das gestaltete sich schwierig, denn davor hatte er einen Stapel alter Zeitungen aufgeschichtet. Sein Vater war Journalist und schrieb für den Irrlacher Anzeiger. Anton hatte einen Großteil der Nacht damit verbracht, alte Ausgaben vom Speicher zu holen und sie durchzublättern. Die Tür öffnete sich nur wenige Zentimeter.

Nacheinander quetschten sich Jonas, Nina und Felix durch den schmalen Spalt in sein Zimmer – und blieben sprachlos stehen. Kein Wunder, denn Antons Zimmer konnte man nur als komplettes Chaos beschreiben. Die Horrorfilmposter, die normalerweise die Wände zierten, waren verschwunden. Stattdessen hatte Anton eine große Landkarte des Irrlacher Tals an die Wand geheftet. Mit einem roten Filzschreiber hatte er allerlei Linien und Kreise darauf eingezeichnet. Daneben hingen ausgedruckte Seiten aus dem Internet. Auf Antons Schreibtisch stand sein Laptop, auf dessen Bildschirm eine YouTube-Seite zu sehen war.

»Was ist denn hier passiert?«, fragte Jonas unsicher.

»Gut, dass ihr da seid!«, sagte Anton. »Ich glaube, ich bin kurz davor, Licht ins Dunkel zu bringen.«

Er wischte einen Stapel Papier von seinem Bett und bat sie Platz zu nehmen. Dabei entging ihm nicht, dass Nina, Felix und Jonas besorgte Blicke wechselten. Anton stellte sich vor seine Freunde und sah einem nach dem anderen in die Augen. Es war Zeit, das Geheimnis zu lüften!

»Ich glaube, draußen im Wald ist ein UFO.«

Nina, Felix und Jonas starrten ihn ungläubig an. Wahrscheinlich dachten sie, er sei verrückt geworden. Jonas öffnete den Mund, doch Anton kam ihm zuvor.

»Ich weiß, was du sagen willst, dem guten alten Anton ist eine Sicherung durchgebrannt. Aber hört erst mal zu.«

Er schnappte sich den Laptop und hielt ihn vor sich, sodass die anderen den Bildschirm gut sehen konnten.

»Das ist das YouTube-Video, das dein Bruder gestern hochgeladen hat«, sagte Anton, an Jonas gewandt. »Seht genau hin.«

Er drückte die Leertaste, und das Video lief los. Sven war im Vordergrund zu sehen. Hinter ihm sprach Kerstin Hofer mit dem verwirrten Mann, der das Loch in den Zaun geschnitten hatte. Die drei sahen angestrengt zu, konnten jedoch nichts Ungewöhnliches entdecken.

»Gleich kommt es«, sagte Anton. An einem bestimmten Moment drückte er auf Pause.

Das Bild fror ein. Die Polizistin hatte den Mann gerade gepackt und legte ihm Handschellen an.

»Seht ihr es?«, fragte Anton.

»Was denn?«, fragte Jonas.

»Na da! Auf seinem T-Shirt.«

Die drei beugten sich vor. Auf dem T-Shirt des Mannes prangte ein Logo mit einer Webadresse: »www.jaspervogel.info«.

»Na und?«, sagte Nina.

»Als ich das Video gestern gesehen habe, bin ich sofort auf die Webseite gegangen. Seht her!«

Er gab die Adresse in den Browser ein, und die Seite wurde geladen. Ein Foto des Mannes erschien, auf dem er sich scheinbar das Gesicht von unten mit einer Taschenlampe anleuchtete, um gruseliger zu wirken. Darunter stand sein Name: Jasper Vogel, Ufo-Forscher und Experte für paranormale Phänomene. Die Seite bestand aus einem grellbunten Mix aus Schriftarten, animierten GIFs und blinkenden Bannern. Die Überschrift prangte in knallroten Buchstaben über dem Foto: *Das Geheimnis von Irrlach – Das UFO-Dorf am Stausee.*

»Ich habe die Seite seit gestern Nacht genauestens studiert und meine eigenen Nachforschungen angestellt. Jasper Vogel hat die Theorie, dass die Amerikaner nach dem Zweiten Weltkrieg hier eine Spionagestation betrieben haben.«

Er riss einen Papierausdruck von der Wand und hielt ihn hoch.

»Hier steht, dass das Areal im Wald im Kalten Krieg eine Art Militärstützpunkt war, von dem aus Erkundungsflugzeuge nach Osteuropa gestartet wurden, um die Russen auszuspionieren. Als der Kalte Krieg vorbei war, hat die CIA sie übernommen und ihr den Codenamen *Area Zero* gegeben. Vogel hat herausgefunden, dass sie die Ufo-Aktivität am Donnerstein beobachteten.«

Anton hatte sich in Rage geredet. Er musste sich konzentrieren, um nicht den Faden zu verlieren, schließlich hatte er die Nacht durchgemacht. Die Müdigkeit lag wie ein Schleier über seinen Gedanken. Er zog nun nach und nach die ausgedruckten Fotos von der Wand, die angeblich CIA-Spione, verschwommene Ufos und Alienleichen zeigten, und begann seine Theorien zu erklären. Nina, Jonas und Felix lauschten ihm gebannt. Anton endete damit, dass er einen schwarzen Filzschreiber zückte und einige Punkte auf der Landkarte einzeichnete.

»... und das sind die Punkte, an denen Vogel die Vibrationen in der Erde gespürt hat. Und wenn man sie so mit ein paar Linien verbindet ...«

Er zeichnete die Striche zwischen den Punkten ein.

»... dann ergibt es das Omega-Symbol! Das gleiche Symbol, das auch auf den geheimen Hubschraubern war, die er in den Achtzigerjahren fotografiert hat!«

Er blickte seine Freunde erwartungsvoll an. Er hatte gerade das vielleicht größte Rätsel der Menschheitsgeschichte gelöst, und er konnte sehen, dass sie schwer beeindruckt waren.

»Jetzt sehe ich es auch«, sagte Nina.

Jonas und Felix drehten sich zu ihr um. Nina kniff die Augen zusammen und blickte auf die Karte. »Gib mir mal den Stift.«

Anton händigte Nina den Stift aus. Sie ging auf die Karte zu.

»Ich glaube, du hast einen kleinen Fehler gemacht. Denn wenn man die Punkte so verbindet…« Sie malte einen großen Kreis und zwei kleinere, die daran angrenzten. »…dann sieht man ganz klar, es handelt sich um… Mickey Maus!«

Jonas und Felix prusteten los. Anton spürte, wie ihm das Blut in den Kopf schoss.

»Oh mein Gott!«, rief Nina, mit gespieltem Schrecken. »Die CIA hat Mickey entführt! Vielleicht führen sie jetzt ganz schlimme Tierversuche an ihm durch!«

Alle lachten – außer Anton.

»Vollidioten«, sagte er und ließ sich frustriert auf seinen Stuhl sinken.

»Anton, dieser Jasper Vogel ist völlig plemplem«, sagte Nina. »Wie kannst du einem Typen glauben, der einen Hut aus Alufolie auf dem Kopf trägt?«

»Der ist gegen die Strahlung. Damit sie seine Gedanken nicht lesen können«, murmelte Anton. Jetzt glaubte er selber nicht mehr so ganz daran.

»Alufolie ist viel zu dünn, um irgendeine Strahlung zu stoppen«, sagte Felix fachmännisch. »Da müsste man schon einen Hut aus massivem Blei aufsetzen.«

»Wahrscheinlich hast du noch den Film von gestern im Kopf«, sagte Jonas versöhnlich. »Die geheime Forschungsstation und so weiter.«

Anton kaute auf der Innenseite seiner Backe herum. Das tat er immer, wenn er nachdenklich wurde. »Okay. Vielleicht ist das alles Quatsch. Aber eine Sache lässt mich nicht los.«

»Was denn?«, fragte Nina.

»Wieso weiß niemand, was hinter dem Zaun ist?« Anton stand auf. »Kerstin Hofer ist Polizistin, und der Wald fällt in ihr Einsatzgebiet, doch sie hat keine Ahnung, was sich in dem Areal verbirgt.«

»Sie hat doch gesagt, dass es ein Tollwutgebiet ist«, entgegnete Nina.

»Sie sagte ›Soweit ich weiß‹. Warum weiß sie es nicht ganz genau? Was, wenn es einen Notfall mit einem gebissenen Spaziergänger gibt?«

Darauf wusste niemand eine Antwort. Anton wandte sich an Jonas. »Dein Vater hat gestern Abend etwas von einer Giftmülldeponie erzählt.« Er deutete auf die Kiste mit alten Zeitungen. »Ich habe die alten Ausgaben durchsucht. Nirgendwo steht etwas von Giftmüll. Im Gegenteil, das Areal wird überhaupt nicht erwähnt. Im Internet? Fehlanzeige. Seht euch das an.« Er öffnete eine Landkarte im Browserfenster und zoomte auf Irrlach ein. Dann schaltete er auf die Satellitenansicht um, sodass man die Umgebung fotorealistisch sah. Alles war scharf und detailliert sichtbar, bis auf den Wald, durch den der Zaun verlief. Hier war die Ansicht völlig verpixelt, als hätte jemand das Waldstück ausradiert.

»Ein bisschen unheimlich ist das schon«, gab Jonas zu.

»Vielleicht ist das mit den Ufos Schwachsinn«, sagte Anton. »Doch hinter dem Zaun verbirgt sich irgendetwas Geheimnisvolles, und ich will wissen, was es ist.«

Felix überprüfte zwei andere Landkarten-Apps auf seinem Handy, doch auf allen war der Irrlacher Wald unkenntlich gemacht worden.

»Ich muss zugeben, dass ich das merkwürdig finde«, sagte er.

»Was hast du vor?«, fragte Nina Anton.

»Na, hineingehen natürlich«, antwortete er.

»Spinnst du? Das ist viel zu gefährlich. Was, wenn es doch Tollwut oder Giftmüll ist? Oder noch etwas Schlimmeres? Radioaktive Strahlung? Der Zaun und die ganzen Warnschilder wurden doch nicht ohne Grund aufgestellt.«

Anton dachte nach. »Wie können wir einen Blick hineinwerfen, ohne …« Er sprang auf. »Natürlich! Die Lösung liegt doch auf der Hand.« Er grinste Jonas an. »Wir leihen uns Svens Drohne aus! Dann können wir über den Zaun fliegen, ohne dass uns was passieren kann.«

»Bist du verrückt? Schon vergessen? Sven hat gedroht, mir die Haut abzuziehen. Der leiht uns doch nie freiwillig seinen größten Schatz.«

»Dann eben unfreiwillig«, entgegnete Anton.

»Auf keinen Fall«, sagte Jonas.

Anton blieb hartnäckig. »Unter der Woche arbeitet er doch bei diesem Abrissunternehmer. Wir borgen uns die Drohne aus, fliegen eine kurze Runde über den Wald und bringen sie zurück, bevor er etwas gemerkt hat. Möchtest du nicht wissen, was da los ist?«

Jonas schien zu zögern. »Das schon. Aber ist es das Risiko wert?«

»Was für ein Risiko? Wenn Sven das hinkriegt, dann kann es doch nicht so schwer sein, eine Drohne zu fliegen. Solange die Batterie hält, kann uns gar nichts passieren.«

Drohnenflug

Der nächste Tag kam den Freunden endlos vor. Die Schulstunden schienen sich mehr als sonst in die Länge zu ziehen. Jonas und die anderen waren viel zu aufgeregt, um sich auf Mathe und Deutsch zu konzentrieren. Schließlich kam der erlösende Gong zur letzten Stunde. In Rekordzeit packten sie ihre Sachen zusammen und verließen das Schulhaus. Bei Jonas' Haus legten sie einen Zwischenstopp ein.

»Wartet hier«, sagte Jonas zu den anderen. Er war nervös. Dies war der Teil des Plans, der ihm am wenigsten zusagte. Auf keinen Fall wollte er seinem Bruder Sven begegnen. Er lief über die Straße und betrat das Haus. In der Diele hielt er inne und lauschte. Nichts war zu hören. Meistens lief in Svens Zimmer Musik, wenn er sich dort aufhielt. Es war ein gutes Zeichen, dass es still war. Jonas schlich sich vorsichtig die Treppe hinauf und presste sein Ohr an Svens Tür. Als er von drinnen keinen Laut vernahm, schlüpfte er hinein. Der schwarze Rucksack, der die Drohne enthielt, stand auf Svens Schreibtisch. Jonas schnappte ihn sich, schulterte ihn und verließ den Tatort. Zwei Stufen auf einmal nehmend rannte er die Treppe hinunter. Auf der vorletzten Stufe rutschte er aus. Taumelnd schaffte er es gerade noch, sich mit einer Hand am Treppengeländer festzuhalten. Schweiß trat auf seine Stirn. Wenn er auf den Rücken gefallen wäre, hätte die Drohne den Aufprall sicher nicht überlebt. Bei dem Gedanken daran, was Sven dann mit ihm angestellt hätte, wurde ihm mulmig. Er atmete zweimal tief durch, rappelte sich auf und lief dann zur Haustür, vor der die anderen auf ihn warteten. Wie ein Bankräuber, der in den Fluchtwagen springt, schwang er sich auf sein Rad.

»Los! Nichts wie weg!«, rief er.

Das ließen sich Nina, Anton und Felix nicht zweimal sagen. Die vier traten in die Pedale und radelten, so schnell sie konnten, zum Wald. Auch an diesem Tag herrschte eine mörderische Hitze, und die Bäume spendeten wohltuenden Schatten. Sie nahmen die Straße, die zur Lichtung führte, wo Jasper Vogel der Polizei ins Netz gegangen war.

»Pack die Drohne aus«, sagte Anton zu Jonas.

»Ich glaube, es ist besser, wenn wir tiefer in den Wald fahren«, entgegnete Jonas. »Schließlich wurde Jasper Vogel hier von einem Spaziergänger erwischt.«

»Jonas hat recht«, meinte Nina. »So nah an der Straße kann uns leicht jemand über den Weg laufen.«

»Okay. Wir folgen dem Zaun, bis wir eine geeignete Stelle finden«, schlug Anton vor.

Sie fuhren dicht am Maschendrahtzaun entlang, doch bald wurde der Waldboden so uneben, dass sie von den Fahrrädern absteigen mussten. Das Schieben kostete ganz schön Kraft, und nach ein paar Hundert Metern waren sie ziemlich aus der Puste.

»Ich finde«, japste Felix, »wir sind hier weit genug von der Straße weg.«

»Felix hat recht«, sagte Anton keuchend. »Wenn ich mein Rad noch einen Meter weiterschieben muss, bekomme ich einen Hitzschlag.«

»Was ist das da?« Nina deutete ins Unterholz. Etwas Rotes schimmerte dort durch die Äste eines Baumes.

»Vorsichtig!«, flüsterte Jonas, als sie die Zweige zur Seite bog.

»Ein Zelt«, rief Nina und lief um den Baum herum. Die anderen folgten ihr. Zwischen drei dicken Baumstämmen hatte jemand ein rotes Zweimannzelt aufgestellt. In einem Kreis aus größeren Steinen war ein Häufchen Asche aufgeschichtet, aus dem einige verkohlte Zweite ragten.

»Jemand zu Hause?«, rief Nina. Sie bekam keine Antwort. »Ich wette mein Fahrrad, dass das Zelt Jasper Vogel gehört«, sagte sie und machte sich am Eingang zu schaffen.

»Und wenn nicht?«, fragte Jonas ängstlich. Ihm war das Ganze nach wie vor nicht geheuer.

Aber Nina war schon im Inneren verschwunden. Kurz darauf streckte sie den Arm aus dem Zelt. Sie hielt den Jungs triumphierend den Beweis für ihren Verdacht hin. »Ich hab's gewusst!« In ihrer Hand schwenkte sie eine Rolle Alufolie.

Felix nahm sie ihr ab und begutachtete sie wie ein Museumsstück.

»Hier ist noch einiges anderes Zeugs«, sagte Nina. »Komische Ufo-Magazine, ein Karton mit Energieriegeln und das hier.« Sie trat aus dem Zelt. In der Hand hielt sie eine Kneifzange.

»Wenn Jasper hier nicht entdeckt wurde, ist das wahrscheinlich ein sicherer Ort, um die Drohne zu starten«, meinte Felix.

»Also los«, rief Anton.

Jonas öffnete den schwarzen Rucksack und nahm die Drohne heraus. In seiner Hand sah der Minihubschrauber so zerbrechlich aus, also würde er durch bloßes Anblicken in tausend Stücke springen.

»Gib her!« Anton griff danach.

Jonas zog die Drohne außer Reichweite. »Regel Nummer eins: Außer mir rührt keiner die Drohne oder die Fernsteuerung an. Schließlich ist es meine Haut, die auf dem Spiel steht.«

Etwas mürrisch gab Anton klein bei. Jonas setzte die Drohne auf den Waldboden und schaltete sie ein. An der Unterseite des Flugkörpers leuchteten ein rotes und ein grünes Licht auf. Jonas nahm die Fernsteuerung aus dem Rucksack. Sie war etwa so groß wie ein Federmäppchen und besaß ein eingebautes Display, auf dem das Bild der Drohnenkamera zu sehen war. Daneben befanden sich rechts und links zwei Steuerknüppel. Jonas schaltete die Steuereinheit an, und ein rotes Licht begann zu blinken. Nach einigen Sekunden leuchtete es kontinuierlich grün.

»Ich glaube, der rechte Steuerknüppel ist für vorwärts und rückwärts, und der linke ist für die Höhe«, sagte Anton und wollte Jonas schon über die Schulter greifen. Jonas wehrte ihn mit dem Ellbogen ab.

»Was habe ich eben gesagt?«, fragte er. »Finger weg!« Normalerweise war er nicht so schroff zu seinen Freunden, doch ihm war immer noch nicht wohl dabei, dass sie die Drohne ohne Svens Erlaubnis benutzten.

Behutsam drückte er den linken Steuerknüppel nach oben. Die Rotoren begannen sich zu drehen. Erstaunlich schnell raste die Drohne kerzengerade nach oben. Wenn Jonas nicht blitzschnell reagiert hätte, wäre sie beinahe mit dem Geäst der Bäume über ihnen kollidiert. Jonas atmete tief durch.

»Das hätte fast einen Absturz gegeben«, sagte Felix.

Vorsichtig bewegte Jonas die Joysticks und beobachtete die Reaktionen der Drohne, bis er ein Gefühl für das Flugverhalten bekommen hatte. Das Display zeigte das Bild der Kamera an. Im Moment sah man darauf den Waldboden aus der Vogelperspektive.

»Können wir jetzt endlich losfliegen?«, fragte Anton ungeduldig.

»Jetzt beruhig dich mal«, gab Jonas zurück. »Wenn das Ding gegen einen Baum prallt, haben wir ein echtes Problem.«

Jonas' Nerven lagen blank. Er wusste, dass Sven ihm die Hölle heißmachen würde, falls der Drohne etwas passierte. Vorsichtig drückte er den rechten Steuerknüppel nach vorne. Die Drohne flog vorwärts. Auf dem Bildschirm beobachteten die vier, wie der Maschendrahtzaun unter der Drohne verschwand. Jonas ließ das Fluggerät an Höhe gewinnen, und das Areal hinter dem Zaun wurde unter ihr sichtbar. Anton platzte fast vor Neugier. Er wirkte, als wolle er in das Display hineinkriechen, das das Kamerabild anzeigte.

Jonas blickte vom Bildschirm auf und sah, dass der Minihubschrauber zu einem kleinen Punkt weit über ihnen zusammengeschrumpft war. Er ließ ihn langsam vorwärtsfliegen. Die Augen der vier Freunde waren auf den Bildschirm geheftet. Sie wagten es kaum zu blinzeln. Jonas fühlte seinen Puls wie den Schlag einer Pauke. Sie waren kurz davor, das Geheimnis des Zombieparks zu lüften. Was würden sie dort vorfinden?

Das Bild zeigte nun eine verwilderte Wiese, die sich in alle Richtungen erstreckte. Ein geteerter Weg zog sich durch das hohe Gras. Der Asphalt war von Schlaglöchern und Rissen gezeichnet, aus denen knallgelber Löwenzahn wucherte. Ein Brennnesselfeld tauchte neben dem Weg auf. Es wirkte alles so, als hätte seit Jahren kein Mensch einen Fuß in das Areal gesetzt. Jonas lenkte die Drohne darüber hinweg.

»Flieg an dem Weg entlang«, sagte Anton. »Der muss ja irgendwo hinführen.«

Jonas lenkte die Drohne so, dass sie dem Pfad folgte.

»Was ist das da?«, fragte Nina. Sie deutete auf ein kleines Gebäude, das aus dem Feld ragte.

Jonas flog näher an den grauen Klotz heran. Der rissige Beton war über und über mit Flechten und Moos bedeckt. Ein Luftloch an der Oberseite war mit einem rostigen Gitter versehen.

»Keine Ahnung«, sagte Jonas.

»Sieht aus wie ein Bunker«, meinte Anton. »Der Beton ist ziemlich dick.«

»Vielleicht doch eine Militärbasis?«, flüsterte Felix ehrfurchtsvoll.

»Habe ich also recht gehabt!«, rief Anton. Ein beleidigter Ton schwang in seiner Stimme mit.

»Ein Mini-Bunker ist noch kein Ufo-Landeplatz«, murmelte Nina. Sie klang jedoch unsicher, und auch Jonas kam ins Grübeln. Plötzlich wirkten Antons wilde Theorien gar nicht mehr so weit hergeholt.

Die Drohne überflog jetzt einen asphaltierten Platz, der mit allerlei Markierungen versehen war.

»Ist das ein Parkplatz?«, überlegte Jonas.

»Wenn ja, dann nicht für gewöhnliche Autos«, meinte Felix. »Die Markierungen sind viel zu groß.«

»Hubschrauber«, mutmaßte Anton.

Für den Bruchteil einer Sekunde setzte das Bild der Kamera aus. Das Display zeigte weißes Rauschen. Dann war das Bild wieder da.

»Hast du die Batterie überprüft?«, fragte Nina.

»Klar«, sagte Jonas. »Der Akku war voll.«

Das Bild verpixelte sich. Blockige Muster erschienen, die in diversen Farben blinkten.

Felix runzelte die Stirn. »Da ist was faul.«

»Vielleicht ist das die Strahlung«, meinte Anton.

Jonas drückte den Joystick nach links. Plötzlich wurde ihm heiß und kalt. »Ich kehre lieber wieder um.«

Die Drohne drehte sich, doch die Störungen wurden immer schlimmer.

»Flieg zurück!«, rief Anton.

»Versuche ich ja. Das Ding reagiert nicht!«

Das Kamerabild blitzte immer wieder kurz auf. Es zeigte, dass die Drohne in eine Schieflage geraten war. Jonas drückte den Steuerknüppel so stark nach rechts, dass dieser abzubrechen drohte. Anstatt jedoch die Richtung zu ändern, begann die Drohne sich wie ein Kreisel zu drehen. Sie taumelte unkontrolliert auf den Boden zu.

»Tu doch was!«, rief Anton.

»Was denn?«, entgegnete Jonas verzweifelt. »Die Steuerung ist tot!«

Plötzlich war das Bild wieder klar, doch nur für einen Augenblick. Mit einer letzten Erschütterung der Kamera krachte die Drohne in die Wiese.

»Oh nein!«, rief Jonas. Das durfte einfach nicht wahr sein!

»Scheiße!«, sagte Felix.

»Was machen wir denn jetzt?« Jonas' Herz klopfte bis zum Hals. »Sven bringt mich um, wenn ich ohne die Drohne heimkomme.«

»Ist doch klar, wir gehen rein und holen sie«, sagte Anton.

»Bist du verrückt?«, rief Nina. »Die Drohne ist gerade wegen irgendeiner Strahlung abgestürzt. Was, wenn die für Menschen gefährlich ist?«

»Das glaube ich nicht«, sagte Felix. »Es handelt sich wahrscheinlich um ein Radiosignal. Für Menschen völlig unbedenklich.«

»Außerdem würde ich einen langsamen Strahlentod dem vorziehen, was Sven mit mir anstellen wird«, seufzte Jonas.

»Ich gehe«, sagte Anton. »Die ganze Sache war meine Idee, also ist es auch meine Schuld.«

»Das können wir nicht riskieren«, sagte Nina.

Während Nina mit Anton und Felix diskutierte, fiel Jonas' Blick auf das Display der Fernsteuerung. Für einen Moment flackerte das Kamerabild wieder auf. Jonas erstarrte. Hatte er da eine Gestalt gesehen, die sich auf die Drohne zubewegte? Durch das Rauschen konnte er sich nicht sicher sein. Er blickte zu Nina, Felix und Anton auf, die sich immer noch stritten, und fasste einen Entschluss.

Bergung

Jonas lief zu Jasper Vogels Zelt zurück. Dort hob er die Kneifzange auf, die Nina gefunden hatte, und lief an den drei Streitenden vorbei auf den Zaun zu. Er kniete sich hin und begann ein Loch in den Maschendraht zu schneiden. Mit der kleinen Zange war das gar nicht so einfach. Nina entdeckte ihn.

»Jonas?«

»Ich gehe hinein, und damit basta. Wollt ihr mithelfen oder euch noch ein bisschen anschreien?«

Die drei halfen ihm dabei, den Zaun an der Stelle zurückzubiegen, an der Jonas den Draht durchschnitten hatte, sodass ein großes Loch entstand.

»Sollen wir nicht doch mitgehen?«, fragte Nina.

»Nein. Es hat keinen Sinn, uns alle in Gefahr zu bringen. Wir können per Handy Kontakt halten.«

»Beeil dich«, sagte Nina besorgt. »Komm zurück, sobald du die Drohne gefunden hast!«

Jonas ging auf das Loch zu. Die anderen hielten das Drahtgeflecht zurück, damit er bequem hindurchschlüpfen konnte. Als er auf der anderen Seite angekommen war, zog er sein Handy aus der Hosentasche und rief Anton an. Dieser drückte auf »Anruf annehmen«.

»Okay, ich gehe jetzt los«, sagte Jonas in sein Telefon.

Er war zwar nervös, da er nicht wusste, was ihn hinter dem Zaun erwartete, doch die Vorstellung, ohne die Drohne heimzukommen und Sven zu erklären, dass er sie verloren hatte, war noch viel schlimmer. Geduckt, doch mit großer Hast begann er durch das Gras zu laufen. Es reichte ihm bis zum Bauchnabel, was das Vorwärtskommen sehr erschwerte. Nach kurzer Wanderung erreichte er den geteerten Weg. Es war ein merkwürdiges Gefühl, dieses Gebiet zu erkunden. Er fühlte sich, als würde ihn jemand auf Schritt und Tritt beobachten. Jedes Geräusch ließ ihn aufschrecken.

»Ich gehe jetzt den Pfad entlang«, flüsterte Jonas ins Telefon. »Bis jetzt ist alles ruhig.«

Er musste aufpassen, um nicht in eines der Schlaglöcher zu stolpern, aus denen die großen, dicken Löwenzahnblumen wucherten. Der Zustand der Straße ließ darauf schließen, dass sie seit langer Zeit niemand benutzt hatte. Zu seiner Linken erschien das dichte Brennnesselfeld, hinter dem sich der merkwürdige Parkplatz erstreckte. Dort in der Nähe war die Drohne abgestürzt. Jonas beschloss, eine Abkürzung zu nehmen. Er hob einen großen Ast auf, der neben der Straße lag, und schwang ihn wie eine Sense hin und her, um die Brennnesseln niederzuschlagen. So bahnte er sich langsam einen Weg durch das Feld. Kurz bevor er es durchquert hatte, geriet er aus dem Gleichgewicht und fiel hin. Er stützte sich mit der Hand ab und griff beim Aufstehen unwillkürlich in die Nesseln. »Verdammt!«, fluchte Jonas. Sofort begann seine Hand unangenehm zu brennen, und große Quaddeln bildeten sich auf der Haut.

»Alles o.k.?«, fragte Antons Stimme.

»Ja, bin bloß gestolpert.« Jonas rieb Spucke auf die roten Stellen und setzte seinen Weg fort. Kurz darauf kam er auf dem Parkplatz an.

»Ich habe es zu dem Platz geschafft«, sagte er zu Anton.

»Die Drohne ist nach links gedriftet, als sie abgestürzt ist«, antwortete dieser. »Sieh dort zuerst nach.« Die Handyverbindung wurde immer schlechter. Es rauschte und knackte in der Leitung. War das die geheimnisvolle Strahlung?

»Okay.« Jonas lief über den Platz. An dieser Seite standen einige überwucherte Betonbauten. Ein hoher Zylinder, der wie ein Fabrikschornstein aussah, wuchs aus der Erde. Sein Schatten reichte fast bis zum Waldrand. An der Seite des Schlots war eine Leiter angebracht. Jonas lief zu dem Schornstein und kletterte die Sprossen der Leiter empor. Als er sich einige Meter über dem Boden befand, ließ er seinen Blick über die Wiese schweifen. In deren Mitte entdeckte er tatsächlich die Drohne, die im hohen Gras lag.

»Ich habe die Drohne gesichtet«, sagte er ins Handy.

»Bzzzz … okay … bzzz–uper! Bzzz–ol … bzzz–ie dir u–bzz komm bzz–ann bzz–urück«, rauschte es aus dem Handy.

Jonas prägte sich den Absturzort der Drohne ein und kletterte wieder hinunter. Er überquerte den Platz und begann durch das Gras zu laufen. Einige Meter vor sich entdeckte er die Stelle, wo die umgeknickten Grashalme ein Loch im Gräsermeer bildeten. Zum Glück hatten die Halme den Aufprall gedämpft. Er hoffte, dass es ausgereicht hatte, um die Drohne vor dem Schlimmsten zu bewahren. Er rannte die letzten Meter. Als er die Drohne fast erreicht hatte, setzte er im Laufen den Fuß auf einen kleinen Strauch. Doch anstatt auf dem Boden aufzusetzen, ging sein Fuß mitten hindurch. »Aaahhh!«, entfuhr es Jonas. Er taumelte vorwärts. Der Strauch hatte einen Schacht verdeckt, der in den Boden eingelassen war.

Jonas rutschte ab und kam auf dem Bauch auf. Seine Beine hingen im Abgrund, den der Strauch verdeckt hatte. Verzweifelt versuchte er, mit den Beinen genug Schwung zu holen, um an der Seite des Schachts wieder hinauszuklettern. Dabei hielt er sich mit den Händen an dem Strauch fest. Er wollte gar nicht daran denken, wie tief der Schacht unter ihm in die Erde führte. Wenn er jetzt abstürzte, würde er sich wahrscheinlich alle Knochen brechen.

Er hatte fast genug Schwung bekommen, um seinen Fuß über den oberen Rand des Schachts zu bringen. Einmal noch schwingen! Doch in diesem Moment gab der Strauch nach. Jonas' Gewicht zog ihn mitsamt seiner Wurzeln aus dem Erdreich. Panikartig versuchte Jonas, sich am Rand des Schachts festzukrallen, doch der blanke Beton bot ihm nicht den geringsten Halt. Jonas stürzte ab und fiel schreiend in den Schacht.

Die Entdeckung

Sekunden später prallte Jonas mit voller Wucht auf dem Betonboden auf. Er hatte sich im Fallen gekrümmt und seine Arme und Beine an den Körper gezogen. Ein dumpfer Schmerz flammte in seinen Rippen auf, und er sah Sternchen. Ächzend öffnete er die Augen. Er lag auf dem Boden eines Korridors, der sich links und rechts in der Dunkelheit verlor. Die einzige Lichtquelle war das Loch, durch das er gestürzt war. Die Sonne warf ein Quadrat aus Licht auf den Boden, in dessen Mitte er jetzt lag.

Langsam stand er auf. Er testete vorsichtig, ob er sich etwas gebrochen hatte. Seine Rippen schmerzten zwar gewaltig, doch es schien, als sei er mit dem Schrecken davongekommen. Seine Knochen waren heil geblieben. Er blickte nach oben. Der lange Schacht endete in einer Öffnung, durch die er einen quadratischen Ausschnitt des blauen Himmels sah. Die Wände waren so glatt, dass keine Chance bestand, dort wieder hinaufzuklettern. Er war hier unten gefangen.

Mit klopfendem Herzen zog Jonas sein Handy aus der Tasche. Er war nicht überrascht, dass das Netzsymbol so tief unter der Erde null Striche anzeigte. Keine Verbindung. Jonas hatte alle Mühe, nicht vor Verzweiflung loszuheulen. Sein ganzer Körper schmerzte, er hatte den Kontakt zu seinen Freunden verloren, und er saß in einem unterirdischen Gang fest. Er atmete tief durch. »Nur nicht den Mut verlieren«, sagte Jonas zu sich selbst.

Es gab nur zwei Möglichkeiten. Er konnte dem Tunnel entweder nach links oder rechts folgen. Da er keine Anhaltspunkte hatte, die ihm die Entscheidung erleichtern würden, entschloss er sich, nach rechts zu gehen. Das Handy war als Kommunikationsmittel zwar nutzlos, doch die eingebaute Taschenlampe funktionierte einwandfrei. Er schaltete sie an und ließ den Lichtschein über die Wände und den Boden gleiten. Dann ging er los.

Der Korridor war, wie der Pfad und die Betonbauten an der Oberfläche, alt und rissig. Hier und da tropfte es durch die brüchige Decke, sodass sich am Boden Pfützen gebildet hatten. Moosteppiche bedeckten die Wand, und Spinnweben hingen wie Girlanden von der Decke. Jonas' Schritte klangen in der Stille unheimlich. Ab und zu hallten aus der Dunkelheit unheimliche Geräusche durch den Tunnel, ein Knarzen, ein Schaben, ein Schlurfen, als wäre er hier unten nicht allein. Was, wenn Anton doch richtiggelegen hatte? Vielleicht wuselten wirklich Außerirdische durch das Gemäuer?

Nach langer Wanderung erreichte er eine schwere Eisentür, die in die rechte Wand eingelassen war. Er versuchte, sie zu öffnen, doch sie war entweder abgeschlossen, oder das Türschloss war über die Jahre hinweg zugerostet. Jonas ging weiter, bis er an eine Abzweigung gelangte. Sollte er nach links oder rechts gehen? Beide Wege führten in die dunkle Ungewissheit. Jonas bog nach links ab und ging weiter. Bei der nächsten Abzweigung ging er nach rechts. Langsam kamen ihm Zweifel, ob es klug gewesen war, auf eigene Faust einen Ausgang zu suchen. Wenn die anderen ihm folgten, hätte er sie durch Hilferufe leicht auf sich aufmerksam machen können. Doch jetzt hatte er sich in einem Labyrinth aus Gängen verloren, von dem er nicht einmal wusste, wie weitläufig es war.

Ein Kloß saß ihm im Hals, doch es war zu spät, um seine Entscheidung zu überdenken. Er durfte jetzt nur nicht den Mut verlieren. Langsam schwenkte er die Handytaschenlampe nach oben. Ein Bündel aus Kabeln lief über ihm an der Decke entlang. Alle paar Meter war dort eine Lampe in einem Plastikgehäuse angebracht. Die Glühbirnen waren zwar dunkel, doch manche von ihnen schienen noch intakt zu sein. Jonas beschloss, dem Kabelbündel zu folgen, schließlich musste es irgendwann zu einer Stromquelle führen. An den nächsten drei Abzweigungen nahm er jeweils die Richtung, die auch der Kabelstrang einschlug.

Einige Minuten später wurde sein Einfall mit einer Entdeckung belohnt. Die Kabel mündeten in einen großen Raum, den Jonas jetzt betrat. Hier roch es nach altem Benzin und verkohltem Plastik. An der gegenüberliegenden Wand standen drei große Tanks, die etwa zu einem Drittel mit einer dunklen Flüssigkeit gefüllt waren. Dem Geruch nach zu urteilen, handelte es sich dabei um eine Art Treibstoff. Links von ihm war eine Steuereinheit in die Wand eingelassen. *Main Generator* stand dort auf einem Schild über der Einheit. Es war zwar auf Englisch geschrieben, doch das Wort »Generator« hatte mit ziemlicher Sicherheit in beiden Sprachen die gleiche Bedeutung. Ein großer Schalter ruhte in der *Off*-Position.

Jonas zögerte.

Sollte er den Generator einschalten? Was würde geschehen, wenn das Stromnetz wieder Saft hatte? Klar, wenn die Beleuchtung anging, war das ein großer Vorteil für ihn, doch was sonst war in diesem unheimlichen Komplex verborgen? Was würde er in Gang setzen, wenn er den Schalter umlegte? Er blickte auf die Anzeige seines Handys. Nur noch 18 Prozent Batterieladung. Wenn er hier unten nicht im Dunkeln sitzen wollte, hatte er keine Wahl. Jonas lief zu der Einheit hinüber. Er ergriff den Schalter und versuchte ihn nach oben in die *On*-Stellung zu drücken, doch er bewegte sich nicht. Jonas legte vorsichtig sein Handy auf den Boden, sodass das Licht nach oben strahlte, und griff mit beiden Händen zu. Er drückte, so fest er konnte. Der Schalter protestierte mit einem lauten Quietschen, doch Zentimeter um Zentimeter gab er nach. Urplötzlich löste sich der Widerstand, und der Schalter landete krachend in der *On*-Position.

Jonas machte einen Schritt zurück. Auf der Kontrolleinheit erwachten Statuslichter und Anzeigetafeln zum Leben. Der Boden begann zu vibrieren. Ein dumpfes Dröhnen hallte durch das Betonlabyrinth und steigerte sich langsam zu einem rhythmischen Wummern. Was hatte Jonas hier unten aus dem Schlaf erweckt? Würde er es noch bereuen, den Schalter umgelegt zu haben?

Die Glühdrähte der Deckenleuchten glommen erst zaghaft auf und entfalteten dann ihre volle Strahlkraft. Die plötzliche Helligkeit brannte ihm auf der Netzhaut. Jonas schloss die Augen. Wenigstens hatte er jetzt genug Licht. Doch das Wummern, das durch die Mauern drang, beunruhigte ihn. Es klang wie der Herzschlag eines riesigen Ungeheuers. Als er sich an die Lichtintensität gewöhnt hatte, schaltete er sein Handylicht ab und verließ den Generatorraum. Auch im Korridor leuchteten die Deckenlampen, bis auf ein paar vereinzelte Blindgänger, wieder auf.

Jonas folgte dem Gang. Jetzt, wo er nicht mehr in der Dunkelheit festsaß, fasste er wieder Mut. Bald vernahm er ein weiteres Geräusch. Es war eine Art mechanisches Rattern, Klappern und Pfeifen, wie von einer altmodischen Maschine. Der Gang, den er gerade entlanglief, endete an einer weiteren Tür.

Seine Hand zitterte, als Jonas nach der Klinke griff. Was würde ihn dahinter erwarten? Er öffnete die Tür und staunte nicht schlecht, als er sich in einer Art Computerraum wiederfand. Dabei handelte es sich jedoch nicht um die moderne Art von Computerlabor, mit flachen Bildschirmen, schnittigen Laptops und glatten Plastikoberflächen. Die Ausrüstung, die sich auf den Schreibtischen und an den Wänden befand, war uralt. Klotzige Recheneinheiten, so groß wie Wandschränke, waren an der linken Seite aneinandergereiht. Bei den dicken Spulen, die wie übergroße Audiokassetten vor- und zurückliefen, handelte es sich wohl um Datenträger. Klobige Röhrenmonitore zeigten in kryptischen Reihen Computercode an. Alles blinkte, piepste und ratterte. Jonas fühlte sich gar nicht wohl in seiner Haut. Er hatte irgendwie das Gefühl, als würden die blinkenden Lichter jeden seiner Schritte wie tausend Augen beobachten. Immer wieder zuckte er zusammen, denn das Quietschen und Knarzen der jahrzehntealten Maschinen klang, als würde ihm jemand hinterherschleichen.

Von irgendwoher drang ein fauliger Duft an seine Nase. Er blickte sich um und hatte bald die Quelle des unangenehmen Aromas ausgemacht. In der Ecke stand ein altmodischer Kühlschrank. Einige Fliegen hatten ihren Weg in den Komplex gefunden und summten nun gierig um den Kühlschrank herum. Jonas lief hinüber und öffnete ihn. Der Gestank, der ihm entgegenschlug, war unbeschreiblich. Was immer es gewesen war, das darin die Jahrzehnte überdauert hatte, es hatte sich in einen Teppich aus blassgrünem Schimmel verwandelt, der sich im gesamten Innenraum ausgebreitet hatte. Sofort schloss Jonas die Tür wieder.

Er wollte diesen Raum so schnell wie möglich hinter sich lassen und lief zwischen den Rechnern entlang. Dahinter gelangte er an eine weitere Tür. Diese öffnete er und fand sich in einem größeren Raum wieder. Einige der Fliegen waren ihm gefolgt und surrten nun in der Luft herum. Jetzt kam sich Jonas endgültig vor, als sei er in einen Science-Fiction-Film geraten. Allerlei mysteriöse Maschinen waren in dem Labor installiert. Offenbar hatten sie alle wieder den Betrieb aufgenommen, als er den Generator eingeschaltet hatte. Anzeigetafeln spuckten Textketten aus, und ein Drucker druckte kreischend Zahlenreihen auf Endlospapier. Ein kleiner Roboterarm, der auf einem Schreibtisch installiert war, drehte sich immer wieder hin und her, als würde er nach einem unsichtbaren Gegenstand greifen und ihn dann wieder fallen lassen.

Nervös blickte Jonas sich um. Er erwartete beinahe, dass jeden Moment ein uralter Wissenschaftler um die Ecke schlurfte, der seit Jahrzehnten hier unten an seiner Höllenmaschine arbeitete. Doch die einzigen Lebewesen außer ihm waren die Fliegen, die ihm aus dem anderen Raum gefolgt waren. Hatte Anton wirklich recht gehabt? War das hier ein geheimes Ufo-Labor, in dem Alien-Technologie erforscht wurde? In diesem Moment hörte er das Knarzen einer Tür.

Oder hatte er es sich nur eingebildet? Jonas lief an den Maschinen vorbei in die Mitte des Raumes.

Und dann sah er es.

Der Computerraum erweiterte sich hier zu einer kreisrunden Halle, in deren Mitte ein merkwürdiges Gebilde stand. Es handelte sich um eine Art Torbogen aus massivem Metall, der die Form des griechischen Buchstabens Omega hatte.

Ω

Auf der Innenseite des Bogens befanden sich Lichtquellen, die in einem seltsam flimmernden Licht erstrahlten. Jonas spürte, dass er Kopfweh bekam, je länger er in den grellen Lichtschein starrte. Am höchsten Punkt des Bogens entspross ein dicker Kabelstrang, der über die Decke zu einem Computerterminal an der Wand führte. Was war das für ein Ding? So etwas hatte er noch nie gesehen.

Plötzlich fühlte Jonas eine Hand auf seiner Schulter. Er zuckte zusammen, und sein Herz setzte einen Schlag aus. Er fuhr herum.

Felix stand hinter ihm.

Portal activated

»Felix! Ich bin fast vor Schreck gestorben!«, rief Jonas.

»Es ist so laut hier drinnen, dass man seine eigenen Schritte nicht hört«, sagte Felix. Nina und Anton waren bei ihm.

»Als der Kontakt zu dir abgerissen ist, sind wir dir gefolgt«, erklärte Nina. »Wir haben den Platz erreicht, und in einem von den Betonbunkern ist eine Tür aufgegangen.«

»Ich habe den Generator angeschaltet«, sagte Jonas. »Wahrscheinlich hat das auch den Türmechanismus in Gang gesetzt.«

»Was ist das alles für ein cooles Zeug?«, fragte Felix, der gar nicht wusste, wo er zuerst hinsehen sollte.

»Ich bin auch gerade erst auf diesen Raum gestoßen«, antwortete Jonas.

»Sieh mal einer an, ein Omega-Symbol!«, sagte Anton, als er das große Gebilde in der Mitte des Raumes entdeckte. »Der alte Jasper Vogel war wohl doch auf dem richtigen Weg.«

Felix ging zu der Computereinheit, die per Kabelstrang mit dem Gebilde verbunden war. »Wow, das ist ja ein uralter Rechner. Fast aus der Steinzeit.« Sofort war sein Forscherdrang geweckt. Er untersuchte den Code, der in bernsteinfarbener Schrift auf dem Monitor angezeigt wurde. »Die Computersprache kommt mir bekannt vor«, sagte er und begann die Zahlenreihen genauer zu studieren. »Ich glaub's nicht«, rief er. »Das Ding läuft auf Fortran.«

»Was für'n Tran?«, fragte Anton.

»Das ist eine Programmiersprache aus den Fünfzigerjahren.

Die NASA hat früher damit ihre Raumsonden programmiert. Mal sehen, ob ich das Ding aktivieren kann.« Felix begann auf der Tastatur zu tippen.

»Mach bloß keinen Blödsinn, Felix«, warnte Nina. »Wir haben keine Ahnung, was das hier für eine Maschine ist. Außerdem ist das hier alles jahrzehntealt. Ein Kurzschluss, und das könnte uns alles um die Ohren …«

Im selben Moment blitzten die Leuchtkörper in der Maschine mit einem gleißenden Lichtschein auf. Ein stetig ansteigender Brummton erklang, und der gesamte Raum vibrierte.

»Nichts wie raus hier, bevor das Ding explodiert«, rief Jonas. Die drei anderen ließen sich das nicht zweimal sagen und rannten in Richtung Ausgang. Doch bevor sie ihn erreicht hatten, stabilisierte sich der Brummton. Die vier drehten sich um. Das runde Symbol hatte sich mit einer wabernden Energie gefüllt, die den Raum hell erleuchtete.

»Was ist das für ein Ding?«, fragte Anton.

»Sieht aus wie eine Art Tor«, meinte Jonas.

»Aber wohin?«, fragte Nina.

Felix ging zu dem Computer zurück.

»Fass das Ding ja nicht an«, warnte Anton.

»Doch, sonst kriegen wir nie heraus, was das für eine Maschine ist.«

Felix ging zu der Steuereinheit zurück. Die drei anderen näherten sich vorsichtig. Das Energiefeld, das sich im Torbogen aufgebaut hatte, knisterte mit elektrischer Spannung. Dahinter war die Rückwand des Labors zu sehen.

Felix blickte auf den Bildschirm. »Hier steht es: *Portal activated*. Also: Portal aktiviert. Das ist tatsächlich ein Tor.«

»Irgendeine Ahnung, wo es hinführt?«, fragte Jonas.

Felix ließ seinen Finger über die Zeilen des Monitors gleiten. »Hier ist ein Feld von Koordinaten, doch ich habe keine Ahnung, was die Zahlen bedeuten«, sagte er. »Vielleicht ist es eine Art Teleporter.«

»Soll ich durchgehen?«, fragte Anton.

»Bist du wahnsinnig?«, rief Jonas. »Du könntest sonst wo wieder herauskommen. Auf einem Planeten mit giftiger Atmosphäre. Oder auf dem Grund des Ozeans.«

»Cool!«, meinte Anton.

Die Fliege, die aus dem Nebenraum gekommen war, landete auf dem Monitor der Steuereinheit. Felix wischte sie weg. Das Insekt schwang sich in die Luft und brummte um seinen Kopf herum. Dann entdeckte es die Lichter des riesigen Tors. Zielstrebig flog es auf das Portal zu.

Felix beobachtete die Fliege genau. Sie summte in der Luft vor dem Energiefeld auf und ab. Dann wechselte sie abrupt die Richtung und flog hindurch. Sie verschwand im Energiefeld. »Seht! Die Fliege hat sich in Luft aufgelöst«, rief Felix. »Faszinierend!«

»Da gehen wir auf keinen Fall durch«, sagte Jonas und machte einen Schritt zurück. Sekunden später tauchte die Fliege jedoch quicklebendig wieder auf.

»Völlig unversehrt«, sagte Felix. »Höchst interessant.« Er blickte auf den Bildschirm und versuchte sich einen Reim auf den Programmiercode zu machen.

Die Fliege landete auf Antons ausgestreckter Hand. »Sieht aus, als wäre sie aus dem Reich der Toten zurückgekehrt.« Er grinste. »Für eine Zombie-Fliege ist sie ganz schön munter.«

»Dann geh doch durch, wenn du dir so sicher bist, dass dir nichts passiert«, stachelte ihn Jonas an.

»Faszinierend ist es ja schon«, sagte Nina. Sie trat an das Portal heran und streckte die Hand aus. Ihre Finger näherten sich dem Energiefeld. »Sieht aus wie die Luft über heißem Asphalt«, sagte sie. »So komisch verschwommen.«

Anton schlich sich leise von hinten an Jonas an und schubste ihn spielerisch. »Buh!«, rief er.

Jonas zuckte vor Schreck zusammen. »Blödmann!« Er griff nach Anton, und die beiden begannen zu rangeln. Jeder versuchte den anderen in die Nähe des Energiefelds zu schieben.

»Hört doch auf, ihr Idioten«, rief Nina.

Die beiden Jungs ignorierten sie. Jonas hatte Anton mit dem Rücken zu dem Portal gedreht und schob ihn nach hinten. Ganz plötzlich drehte sich Anton zur Seite. Jonas fiel nach vorne. Er hob schützend die Hände, doch er fand nirgendwo Halt. Erschreckt stellte er fest, dass es nichts gab, woran er sich festhalten konnte. Er fiel durch das Portal. Sein Kopf und sein Oberkörper glitten lautlos durch das Energiefeld, und er fiel der Länge nach zu Boden. Es knisterte, und er spürte ein ekelhaftes Kribbeln auf der Haut, als würden Hunderte eiskalte Spinnen über seinen Rücken laufen. Aber immerhin war er noch am Leben. Er blickte sich um. Sein Oberkörper ragte aus dem Portal, doch seine Beine waren verschwunden. Er spürte sie jedoch noch. Wie abgefahren!

Plötzlich wurde er an den Füßen durch das Portal gezogen und fand sich im nächsten Moment auf der anderen Seite wieder. Anton und Nina hatten ihn gepackt und ihn aus dem Torbogen gezerrt. Ihre Gesichter waren kreidebleich.

»Für einen Moment dachte ich, du wärst hinüber«, stammelte Anton.

»Dein Oberkörper war verschwunden«, murmelte Nina.

»Ich kriege einen Hirnkurzschluss«, sagte Felix.

»Bist du … in Ordnung?«, fragte Anton. Er kniff Jonas testweise in den Arm.

»Aua, was soll denn das?«, rief Jonas.

»Dein Schmerzempfinden funktioniert noch«, sagte Anton.

»Scherzkeks«, kommentierte Jonas und rieb sich die Stelle, wo Anton ihn gekniffen hatte.

»Sonst alles okay?«

Jonas ballte seine Hände zu Fäusten und öffnete sie wieder, um die Funktion seiner Finger zu testen. »Es scheint so«, sagte er. »Das war vielleicht ein ekeliges Gefühl. So ein widerliches Kribbeln.«

»Was ist auf der anderen Seite?«, fragte Felix.

»Der gleiche Raum«, sagte Jonas. »Nur ihr wart nicht da.«

»Wahrscheinlich bloß eine optische Täuschung«, mutmaßte Felix.

»Eine was?«, fragte Anton.

»Optische Täuschung. Das ist, wenn man etwas sieht, was nicht da ist. Oder wenn man etwas nicht sieht, was da ist.«

»Das will ich sehen«, sagte Anton. Bevor jemand ihn davon abhalten konnte, war er durch das Tor gegangen. Einige Sekunden später erschien er wieder.

»Ist nicht so aufregend«, meinte er schulterzuckend. »Ein Tor zu einem anderen Planeten wäre cooler gewesen.«

»Dann wäre Jonas mausetot gewesen«, antwortete Nina.

»Irgendetwas muss dieses Energiefeld doch bewirken«,

meinte Felix. »Ich kann mir nicht vorstellen, dass jemand dieses ganze Zeug hier zusammenbaut, ohne dass es eine Funktion hat. Vielleicht sollten wir das genauer untersuchen.«

»Ich finde, es ist Zeit zurückzugehen«, sagte Jonas. »Es wird sicher bald dunkel.«

Seine Worte stießen jedoch auf taube Ohren. Felix hatte Nina und Anton mit seinem Wissensdurst angesteckt.

»Einen kleinen Ausflug können wir doch wagen«, sagte Nina. »Nur fünf Minuten. Vielleicht finden wir ja heraus, was es mit diesem Portal auf sich hat.«

»Na gut.« Jonas seufzte. »Aber wirklich nur fünf Minuten.«

Die vier stellten sich vor dem Portal auf. Es war groß genug, dass sie nebeneinander hineingehen konnten. Der helle Lichtschein des Torbogens strahlte sie an. Instinktiv fassten sie sich an den Händen.

»Auf drei?«, fragte Nina.

Die Jungs nickten.

»Eins. Zwei. Drei.«

Zusammen schritten sie durch das Portal.

Die andere Seite

Jonas spürte ein intensives Kribbeln auf der Haut. Die Haare an seinem Nacken standen ihm zu Berge. Doch einen Moment später fand er sich, zusammen mit Nina, Anton und Felix, auf der anderen Seite des Portals wieder.

»Es sieht genauso aus wie drüben«, sagte Felix ein wenig enttäuscht.

»Ist es etwas heller, oder bilde ich mir das nur ein?«, fragte Nina.

Die vier Freunde suchten den Raum ab, um irgendeinen Anhaltspunkt darauf zu finden, wohin sie das Tor gebracht hatte.

»Es ist alles genauso alt und heruntergekommen wie auf der anderen Seite«, sagte Anton.

Felix war zur Kontrolleinheit gegangen, die an das Tor angeschlossen war. »Der Computer zeigt dieselben Koordinaten an«, sagte er nach einem kurzen Check des Bildschirms.

»Ich glaube, das Tor führt nirgendwo hin«, meinte Nina, etwas enttäuscht. »Wahrscheinlich ist es wirklich nur eine optische Täuschung.«

»Oh, verdammt!«

Nina, Anton und Felix drehten sich zu Jonas um, der sie entsetzt ansah.

»Mein Bruder! Er kommt in einer halben Stunde nach Hause! Wenn die Drohne dann nicht zurück an ihrem Platz ist, bin ich geliefert.«

Er rannte auf den Ausgang zu. Anton, Nina und Felix folgten ihm. Jonas öffnete die rostige Stahltür und trat auf die Wiese hinaus. Die Sonne senkte sich langsam zum Horizont, und die Bäume warfen lange Schatten auf das hohe Gras.

»Die Drohne muss irgendwo hier drüben sein!«, rief Jonas den vier anderen zu, die in diesem Moment aus dem Bunker gerannt kamen. »Helft mir suchen!«

Felix, Anton und Jonas streiften durch die Wiese, reckten ihre Hälse und blickten nach links und rechts. Nina kletterte die Sprossenleiter des Schornsteins hinauf und hatte so einen besseren Blick auf das Areal. »Ich sehe keine Spur der Drohne«, rief sie zu den anderen herunter.

»Aber sie muss hier irgendwo sein!« Jonas war verzweifelt. »Ich habe sie doch erst vor ein paar Minuten gesehen.«

»Vielleicht hat sie jemand mitgenommen«, mutmaßte Felix.

»Hier ist doch niemand«, entgegnete Anton.

»Vielleicht doch«, überlegte Jonas. »Als die Drohne abgestürzt ist, habe ich eine Gestalt auf dem Bildschirm gesehen.«

»Eine Gestalt? Wieso hast du uns nichts davon gesagt?«, fragte Nina, die wieder heruntergeklettert war.

»Ich wollte euch nicht beunruhigen.«

»Na, das ist dir aber super gelungen«, meinte Nina sarkastisch.

»Ahh!« Felix schrie auf.

»Was ist?«, rief Anton.

»Ich wäre fast in das Loch hier gefallen. Es ist total überwuchert.«

»Das muss der Schacht sein, in den ich gestürzt bin«, sagte Jonas und sah sich die Stelle an. »Die Drohne muss ganz in der Nähe liegen.«

Zusammen begannen die vier Freunde, das Gras um das Loch herum abzusuchen. Doch nach einigen Minuten war ihnen klar, dass die Drohne verschwunden war.

»So ein verdammter Mist! Was mache ich denn jetzt?«, rief Jonas.

»Wir fahren erst mal zurück ins Dorf«, sagte Nina. »Ich habe keine Lust, hier nach Sonnenuntergang noch rumzustöbern. Das ist mir zu unheimlich. Wir können morgen wiederkommen.«

»Wenn ich den morgigen Tag noch erlebe …«, murmelte Jonas.

Die vier Freunde liefen zu dem geteerten Weg zurück und folgten ihm, bis sie den Maschendrahtzaun in der Ferne entdeckten. Sie näherten sich und suchten ihn nach dem Loch ab, das sie in das Drahtgeflecht geschnitten hatten. Doch auch hier hatten sie kein Glück. Außer ein paar Rostflecken war der Zaun völlig unversehrt.

»Wie kann ein Loch verschwinden?«, fragte Jonas verwundert.

»Vielleicht hat jemand es repariert«, sagte Anton. »Die Gestalt, die du auf dem Display gesehen hast.«

»Selbst wenn jemand den Zaun geflickt hätte, würde man doch die Stelle sehen, wo das Loch war«, gab Jonas zurück.

»Jonas hat recht«, sagte Felix. »Da müsste schon jemand den ganzen Zaun ausgetauscht haben. Und das glaube ich nicht. Schließlich ist er noch genauso verrostet wie vorher.«

»Bleibt uns nichts anderes übrig, als drüberzuklettern«, sagte Nina.

Sie machte mit den Händen eine Räuberleiter, und Jonas

und Felix zogen sich am oberen Rand des Zaunes hoch. Auf der anderen Seite sprangen sie auf die Erde. Nina kletterte ohne Hilfe am Zaun empor, doch oben angekommen streckte sie die Hand aus, um Anton beim Erklimmen zu helfen. Die beiden landeten neben Jonas und Felix auf dem Waldboden.

»Jetzt müssen wir nur noch unsere Fahrräder holen«, sagte Anton.

Zum dritten Mal begannen sie nach etwas zu suchen, und zum dritten Mal hatten sie keinen Erfolg. Stattdessen machte Nina eine Entdeckung.

»Seht mal, hier«, rief sie aus dem Unterholz. Die drei Jungs kamen zu ihr gelaufen. Sie fanden Nina neben dem roten Zelt, das Jasper Vogel gehörte. »Das Zelt ist noch da.«

»Wir sind an der richtigen Stelle«, sagte Felix. »Hier sind wir über den Zaun geklettert.«

»Aber unsere Räder sind weg«, stellte Anton fest.

»Also hat jemand die Drohne und unsere Fahrräder mitgehen lassen«, mutmaßte Jonas.

»Und dann den Zaun repariert?« Felix war skeptisch.

»Wie kommen wir denn jetzt zurück ins Dorf?«, fragte Anton.

»Laufen.« Nina zuckte mit den Schultern und begann am Zaun entlang Richtung Waldstraße zu gehen.

»Das dauert doch Stunden«, maulte Anton, doch eine bessere Lösung fiel ihm auch nicht ein. Die drei Jungs folgten Nina missmutig.

Zwei Stunden später hatten sie die Ortsgrenze von Irrlach endlich erreicht. Die Sonne berührte bereits den Horizont, und der Himmel färbte sich leuchtend orange-rosa. In der Ferne zogen dunkle Wolken auf. Ein Gewitter lag in der Luft.

»Ich bin ganz schön kaputt«, keuchte Anton erschöpft.

Jonas hatte andere Sorgen. »Ich frage mich, wer mich zuerst umbringt. Mein Bruder, weil ich seine Drohne verloren habe, oder meine Mutter, weil mein Rad weg ist. Ich höre sie schon: ›Du musst besser auf deine Sachen aufpassen, Schatz. Das Rad war *so* teuer.‹«

Der Abendbus fuhr an ihnen vorbei und kam an der Haltestelle vor der Apotheke zum Stehen. Die Tür öffnete sich, und die kleine Traube von Fahrgästen, die am Unterstand gewartet hatte, stieg ein. Eine Frau kam über die Straße gerannt und hastete zu dem Bus, der kurz davor war, seine Tür wieder zu schließen. Sie war so in Eile, dass sie nicht bemerkte, wie ihr der Schlüsselbund aus der Handtasche rutschte und zu Boden fiel. Nina hob die Schlüssel auf und rannte hinterher.

»Ihr Schlüsselbund«, rief sie der Frau zu, die gerade noch rechtzeitig den Bus betreten hatte. Die Tür begann sich schon zu schließen. Nina warf ihr den Bund zu, und sie fing ihn gekonnt auf. Mit einem Lächeln und einem Nicken bedankte sie sich.

»War das deine gute Tat für heute?«, fragte Anton spöttisch.

»Hättest du das nicht gemacht?«, fragte Nina. »Außerdem kenne ich die Dame. Das ist die Mutter von Laura Monn.«

Die vier Freunde liefen weiter und erreichten den Marktplatz von Irrlach, in dessen Mitte ein riesiger Maibaum aufragte. Ein Springbrunnen mit Meerjungfrauen plätscherte daneben vor sich hin. Sonntagmorgens fand man hier einen beliebten Bauernmarkt, doch in den Abendstunden war der

Platz meistens ausgestorben. Irrlach war nicht gerade für sein ausschweifendes Nachtleben bekannt. Es war inzwischen so düster geworden, dass die Straßenbeleuchtung angegangen war. Die Straßenlaternen malten gelbe Kreise auf den Dorfplatz.

Als die vier den Springbrunnen erreicht hatten, hörten sie das Geräusch von Fahrrädern, die sich näherten. Aus einer Nebenstraße kam eine kleine Gruppe geradelt, die sich lautstark unterhielt. Jonas konnte die Radler in der Finsternis kaum erkennen, doch etwas fiel ihm ins Auge. Eine der Gestalten saß auf einem feuerroten Mountainbike, dass ihm sehr bekannt vorkam. Ihm fiel die Kinnlade herunter, als er den Comic-Sticker erkannte, den er selbst auf den Alurahmen geklebt hatte.

»Das ist mein Fahrrad!«, rief er. »Der Typ hat mein Fahrrad geklaut!«

Er wollte gerade loslaufen, als Felix ihn zurückhielt.

»Spinnst du?«, fragte Jonas aufgebracht. »Ich will mir den Typen…« Er brach ab.

Felix war kreidebleich. »Duckt euch! Sofort! Die dürfen uns auf keinen Fall entdecken.«

So einen barschen Tonfall waren sie von Felix nicht gewohnt. Normalerweise war er eher ruhig und zurückhaltend. Die vier kauerten sich hinter den Springbrunnen und hielten den Atem an. Die Radfahrer fuhren auf der anderen Seite des Brunnens vorbei und hielten auf eine der Seitenstraßen zu.

»Die sind genauso alt wie wir«, flüsterte Anton. »Mit denen können wir es doch leicht aufnehmen.«

»Leise!«, mahnte Felix.

Kurz bevor die Radfahrer in die Straße einbogen, durchquerten sie den Schein einer Straßenlaterne. Die vier Freunde blickten verstohlen um die Ecke des Brunnens. Zum ersten Mal waren die Radler gut zu erkennen. Nina, Jonas, Anton und Felix trauten ihren Augen nicht. Was sie da sahen, sprengte ihre Vorstellungskraft.

»Das sind ja …«, sagte Nina.

»A…aber das k…kann doch nicht …«, stotterte Anton.

»Was zum Teufel …«, murmelte Jonas.

»Ihr habt richtig gesehen«, sagte Felix mit ernster Stimme. »Die vier Radfahrer … das waren *wir*.«

Felix

Felix versuchte krampfhaft nachzudenken. Bedeutete diese Entdeckung etwa, dass …

Jonas unterbrach seine Gedanken. »Was meinst du damit, das waren *wir*? *Wir* sind doch … wir«, sagte er,

»Wie kann es uns zweimal geben?«, fragte Anton.

Je länger Felix darüber nachdachte, desto mehr war er davon überzeugt, dass die Theorie, die er aufgestellt hatte, korrekt war.

»Einen Moment«, rief er und rannte zu einem Zeitungsautomaten, der neben einer Parkbank stand. Er griff hinein und kehrte mit einer Ausgabe des *Irrlacher Anzeigers* wieder zurück. Er studierte kurz die Titelseite und nickte dann.

»Genau wie ich vermutet habe«, sagte er. »Ich habe es schon geahnt, als das Loch im Zaun verschwunden war. Es gibt für das alles nur eine einzige Erklärung.«

»Und zwar?«, fragte Nina ungeduldig.

»Als wir vorhin in dem Geheimlabor durch das Portal gegangen sind, haben wir vergessen, wieder durch das Tor *zurück*zugehen. Wir sind immer noch auf der anderen Seite.«

»Und wo ist das?«, fragte Jonas.

Felix räusperte sich. »Wir sind durch das Tor in die Vergangenheit gereist«, sagte er.

»Soll das ein Witz sein?« Jonas starrte Felix fassungslos an und blickte dann unsicher zu Anton und Nina, doch die beiden lachten nicht.

Felix hielt ihm die Zeitung hin. »Schau dir das Datum an«, sagte er. »Heute ist der Sechzehnte. Doch die Zeitung ist vom Zwölften.«

»Vielleicht ist das eine alte Ausgabe«, meinte Jonas.

»Und wie erklärst du dir dann, dass wir selbst gerade an uns vorbeigeradelt sind?«, fragte Felix.

»Vielleicht waren das vier Typen, die uns ähnlich sehen?«

»Vier Doppelgänger? Denen wir in diesem kleinen Dorf in unserem Leben noch nie über den Weg gelaufen sind?«

Darauf wusste Jonas auch keine Antwort.

»Totaler Hirnkurzschluss«, seufzte Nina.

»Ist das cool!«, rief Jonas. »Hey! Ich habe eine super Idee! Wir könnten doch Lotto spielen! Wir holen uns die Zahlen aus der Vergangenheit und räumen kräftig ab.«

Anton und Nina sahen sich hoffnungsvoll an, doch Felix war von der Idee alles andere als begeistert. »Bist du wahnsinnig?«, fragte er. »Wisst ihr überhaupt, in welcher Gefahr wir schweben? Wenn wir irgendwas in der Vergangenheit verändern, dann kann das ganz schlimme Auswirkungen auf die Zukunft haben.«

»Was denn für Auswirkungen?«, fragte Jonas. »Die einzige Auswirkung, die ich sehe, ist, dass wir stinkreich werden.«

Felix dachte nach. »Stell dir vor, du schreibst dir die Lottozahlen auf einen Zettel und nimmst ihn mit in die Vergangenheit. Du verlierst den Zettel, und jemand anderes findet ihn und spielt deine Nummern. Er wird Millionär und kauft, sagen wir, das Freibad. Mit dem ganzen Geld baut er an der Stelle eine Chemiefabrik, die ganz Irrlach verpestet. So hast du mit einer kleinen Änderung das ganze Tal zerstört.«

Jonas blickte Felix unbeeindruckt an. »Dann verliere ich eben den Zettel nicht«, entgegnete er.

»Das ist doch nur ein Beispiel«, antwortete Felix aufgebracht. »Jede kleinste Veränderung, die wir in der Vergangenheit vornehmen, kann katastrophale Konsequenzen haben. Unsere bloße Anwesenheit hier ist ein Risiko. Wenn wir nicht aufpassen, erzeugen wir ein Paradox, das das ganze Raum-Zeit-Kontinuum auseinanderreißt.«

»Ein Para-was?«, fragte Jonas.

»Ein Paradox. Stell dir vor, du reist in die Vergangenheit und bringst aus Versehen deinen eigenen Opa um.«

»Warum würde ich das tun?«, fragte Jonas. »Ich mag meinen Opa.«

»Ist ja nur ein Beispiel«, fuhr Felix fort. »Du bringst also deinen Opa um. Der kann dann natürlich keine Kinder bekommen. Deshalb wird dein Vater nie geboren, und auch du kommst nicht zur Welt. Dann kannst du natürlich auch nicht in der Zeit zurückreisen und deinen Opa umbringen. Der lebt, bekommt deinen Vater, der bekommt dich, und du reist in der Zeit zurück und begehst Opa-Mord. Und so weiter.«

Jonas antwortete nicht, und Felix konnte förmlich sehen, wie es in seinem Kopf arbeitete. »Ich glaube, mein Hirn hat sich verrenkt«, sagte er schließlich.

»Felix hat recht«, warf Anton ein. »Ich habe da mal einen Film gesehen, wo die Hauptpersonen in der Vergangenheit rumgepfuscht haben. Es ging nicht gut aus.«

»Wir müssen zurück durch das Portal«, sagte Felix.

Langsam schien es Jonas zu dämmern, wie ernst ihre Lage war.

»Okay. Ist mir sowieso lieber. Schließlich wartet in unserer Gegenwart die Drohne. Und so komme ich vielleicht doch noch mit dem Leben davon.«

Die vier kehrten um und gingen in die Richtung zurück, aus der sie gekommen waren.

»Wir dürfen mit niemandem reden«, schärfte Felix ihnen ein. »Es ist sogar besser, wenn uns keiner sieht.«

Wie eine Einbrecherbande schlichen sich die vier durch Irrlach. Sie duckten sich in den Schatten der Häuser und nahmen kleine Nebenstraßen, die um diese Zeit wenig benutzt wurden. So erreichten sie die Straße, die zum Wald führte. Sie blieben abseits der Fahrbahn, um nicht von einem vorbeifahrenden Auto entdeckt zu werden. Als sie den Wald erreichten, war es schon stockdunkel. Im Schein der Taschenlampen ihrer Handys wanderten sie durch die Finsternis. Als der Zaun vor ihnen auftauchte, war es mitten in der Nacht.

»Ganz schön unheimlich hier draußen«, sagte Jonas.

»Und gleich müssen wir den Weg in der Dunkelheit noch mal hinter uns bringen«, jammerte Anton.

»Möglicherweise ist es ›drüben‹ immer noch Tag«, sagte Felix. »Das kommt darauf an, ob die Zeit auf unserer Seite weiterläuft oder ob wir zur selben Uhrzeit zurückkehren, zu der wir hergekommen sind.«

»Völliger Hirnkurzschluss«, raunte Anton.

Sie erreichten die Stelle am Zaun, an der sie herübergeklettert waren, und überquerten ihn auf dieselbe Weise. Dann liefen sie den Pfad entlang bis zu der Wiese, unter der sich die Bunkeranlage befand. Sie traten durch die Stahltür und liefen die Treppe zum Labor hinab. Zu ihrer Erleichterung war das

Portal immer noch aktiv. Es leuchtete mit seinem gleißenden Lichtschein, und die Luft unter dem Torbogen flimmerte.

»Und jetzt?«, fragte Jonas.

»Wenn wir von der anderen Seite durchgehen, müssten wir wieder drüben ankommen«, sagte Felix.

Die vier fassten sich erneut bei den Händen und schritten gemeinsam durch das Tor. Sie spürten das merkwürdige Kribbeln auf der Haut und traten auf der anderen Seite aus dem Portal. Der Raum hatte sich nicht verändert.

»Hat es funktioniert?«, fragte Jonas.

»Das lässt sich leicht überprüfen«, sagte Felix.

Er lief zur Treppe hinüber, die nach oben – zum Ausgang – führte. Die anderen folgten ihm. Gemeinsam schoben sie die Stahltür auf. Grelles Tageslicht schlug ihnen entgegen.

»Wir sind zu Hause«, sagte Felix.

»Ist das krass«, staunte Jonas.

»Wir waren tatsächlich in der Vergangenheit«, raunte Nina.

Die vier traten hinaus. Jonas kletterte aufs Dach des Betongebäudes und ließ seinen Blick über die Wiese schweifen.

»Da ist die Drohne!«, rief er erleichtert und deutete auf einen Punkt, an dem das hohe Gras ein Loch aufwies. Er sprang vom niedrigen Dach herab und rannte zu der Stelle. Die Drohne lag dort im Gras. Er hob sie auf und betrachtete sie von allen Seiten. Die anderen kamen zu ihm.

»Bin ich froh! Es ist nichts gebrochen.« Jonas atmete erleichtert aus.

»Dann nichts wie weg hier«, rief Nina. Die anderen stimmten zu, und sie liefen, so schnell sie konnten, zum Zaun. Ihre Erleichterung war groß, als sie nicht nur das Loch, sondern dahinter auch ihre Fahrräder entdeckten. Jonas packte die Drohne in den Rucksack und schulterte ihn. Dann schwangen sie sich auf ihre Räder und ließen den Zombiepark hinter sich.

Nina

Als sie in die Straße zum Haus von Jonas' Eltern einbogen, hörten sie ein Knattern, das sich aus der anderen Richtung näherte.

»Mist, das ist Svens Roller!«, rief Jonas. »Ich bin zu spät.«

»Wir lenken ihn ab«, schlug Nina vor. »Lauf du ins Haus und bring die Drohne zurück.«

Jonas lenkte sein Rad auf den Bordstein und fuhr dann um das Haus herum zur Rückseite.

Nina, Felix und Anton stellten sich mit ihren Rädern vor der Einfahrt auf und warteten auf Sven. Lange dauerte es nicht, bis sein Motorroller um die Ecke bog. Sven hielt auf die Einfahrt zu und verzog das Gesicht, als er die drei Freunde erblickte, die ihm den Weg versperrten.

»Könnt ihr mal zur Seite gehen?«, maulte er.

Felix und Anton, die seine Launen kannten, wollten schon flüchten, doch Nina ließ sich von Sven nicht einschüchtern. »Also, ich habe mir deinen YouTube-Kanal angesehen, und das ist schon klasse, wie du das machst.«

Der Hauch eines Lächelns huschte über Svens Gesicht. »Danke.« Er wollte gerade an ihr vorbeigehen, als Nina fortfuhr.

»Ich habe mir gedacht, vielleicht kann ich auch ein paar Videos machen. Aber ich kriege das mit dem Hochladen nicht hin. Kannst du mir helfen? Ich kenne mich nicht so gut mit Technik aus.«

Nina bemerkte aus den Augenwinkeln, dass sich Anton und Felix verwirrte Blicke zuwarfen. Kein Wunder, denn erstens wusste Nina genau, wie man Videos auf YouTube hochlud, und zweitens war es normalerweise überhaupt nicht ihre Art, einen auf unbeholfenes Mädchen zu machen. Aber bei Sven wirkte es.

Er zwinkerte ihr zu. »Na klar. Komm, gib mal dein Handy her. Also, wenn du hier drückst, geht deine Kamera-App an …«

Jonas

Jonas hatte sein Fahrrad achtlos zu Boden fallen lassen und war durch die Terrassentür ins Wohnzimmer gestürzt. Er wollte gerade am Sofa vorbei in die Diele laufen, als seine Mutter ihn entdeckte.

»Wie siehst du denn aus?«, fragte sie entsetzt. »Du bist ja völlig verdreckt.«

Jonas hatte nicht bemerkt, dass sein Abenteuer im Zombiepark Spuren hinterlassen hatte. Erd- und Grasflecken zierten seine Hose.

»Ja, ja, schon gut!«, murmelte er und wollte weiterlaufen, aber seine Mutter hielt ihn zurück.

»Kannst du mir den Gefallen tun und bitte besser auf deine Kleidung achtgeben? Diese ganzen Klamotten sind ganz schön teuer.«

»Mach ich, Mama!«

In der Vordertür drehte sich ein Schlüssel. Das musste Sven sein. Jonas lief durchs Wohnzimmer und rannte die Treppe hinauf. Im selben Moment öffnete sich die Haustür. Oben angekommen drückte Jonas so leise wie möglich Svens Klinke herunter. Er schlich in das Zimmer, nahm den Rucksack mit der Drohne von seinem Rücken und platzierte ihn genauso wieder auf dem Schreibtisch, wie er ihn gefunden hatte. Sein Puls raste. Wenn Sven merkte, dass er die Drohne entwendet hatte, war es aus mit ihm. Er drehte sich um und wollte gerade aus dem Zimmer hasten, als er sich Auge in

Auge mit seinem großen Bruder wiederfand. Wie erwartet war Sven nicht gerade begeistert.

»Was hast du hier drinnen verloren?«

»Äh, ich suche meine Handyladegerät«, log Jonas.

»Meinst du, ich würde mir dein blödes Ladegerät ausleihen?«

»Wäre ja nicht das erste Mal.«

Sven boxte ihn in die Schulter.

»Aua!«, rief Jonas.

»Auch noch frech werden, was? Wenn ich dich noch mal hier drinnen erwische, werde ich wirklich böse.« Er blickte misstrauisch im Zimmer umher.

Jonas sah mit klopfendem Herzen, wie Sven den Rucksack mit der Drohne betrachtete. Hatte er ihn wirklich wieder genauso hingelegt, wie er ihn gefunden hatte?

Sven blickte ihn an, als wolle er ihn durchleuchten. »Mach dich mal lieber dünne«, sagte er dann.

Jonas verließ das Zimmer, und Sven knallte die Tür hinter ihm zu. Jonas rieb sich die Schulter. Das war noch mal gut gegangen. Er ging die Treppe hinunter und trat zur Haustür hinaus, wo seine Freunde auf ihn warteten.

»Schön, dass du deine Haut noch hast«, witzelte Anton.

»Ja, ich hänge sehr an ihr«, meinte Jonas trocken.

»Bin ich froh, dass du noch lebst«, sagte Nina. »Wir konnten Sven leider nicht länger aufhalten.«

»Ihr habt mir echt das Leben gerettet. Eine Sekunde früher und ich wäre dran gewesen.«

Anton gähnte. »Ich bin wirklich müde«, sagte er.

»Kein Wunder«, antwortete Felix. »Schließlich war unser Tag fast vier Stunden länger als sonst.«

»Hä, wieso das denn?«, fragte Anton.

»Na, weil wir vier Extrastunden in der Vergangenheit verbracht haben«, erklärte Jonas.

»Daran hatte ich gar nicht gedacht«, sagte Nina. Auch sie musste gähnen. »Ich muss heim. Morgen ist Fußballfinale.«

Nina

Am Nachmittag des nächsten Tages war es so weit. Nina würde im Finale um die lokale Meisterschaft spielen. Auf dem Weg zur Umkleidekabine versuchte sie, alle Gedanken an das bevorstehende Match zu verdrängen. Sie atmete tief ein und aus und ging noch mal die Taktik durch, die ihre Trainerin ihnen immer wieder eingeflößt hatte. Sie öffnete die Tür zum Umkleideraum... und blieb verdutzt stehen. Anstelle ihres Teams waren die Mädchen vom FC Grafenberg gerade dabei, sich umzuziehen. Eine völlig genesene Laura Monn blickte sie herablassend an. »Willst du jetzt bei uns mitspielen, oder was?«, fragte sie spöttisch.

»Äh, was machst du denn hier?«, fragte Nina. »Wir haben doch gegen euch gewonnen.«

»In deinen Träumen vielleicht«, sagte Laura. »Ich habe euch drei Dinger reingemacht, schon vergessen?«

»Ein lupenreiner Hattrick«, ergänzte Leonie, die Torhüterin.

Völlig verwirrt trat Nina den Rückzug an. Sie lief zur Seitenlinie, wo die Jungs auf sie warteten.

»Warum läuft sich denn das Team aus Grafenberg warm?«, fragte Jonas. »Bin ich blöd, oder habt ihr letztes Mal gewonnen?«

»Das dachte ich auch«, antwortete Nina. »Doch hier scheinen alle davon überzeugt zu sein, dass wir das Halbfinale gegen Grafenberg verloren haben. Laura hat mir unter die Nase gerieben, dass sie uns drei Tore reingehauen hat.«

»Ich dachte, sie war krank«, sagte Anton.

Felix schien tief in Gedanken versunken. Plötzlich blickte er verstört auf. »Moment, Moment! Nina, warum war Laura beim letzten Spiel krank?«

»Sie hatte sich erkältet«, antwortete Nina.

»Aber warum? Du hattest uns doch den Grund erzählt.«

Nina musste kurz nachdenken. »Oh ja, ich hab's, ihre Mutter hatte vergessen, sie vom Freibad abzuholen. Laura wollte zu Fuß heimgehen, und dann kam dieser Platzregen. Nein, ihre Mutter hat es nicht vergessen, sie hatte ihren Autoschlüssel am Tag vorher verloren.«

»Genau! Und gestern, als wir durch das Portal in die Vergangenheit geraten sind, hast du einer Frau an der Bushaltestelle den Autoschlüssel aufgehoben. Und diese Frau war …«

»… Lauras Mutter«, sagte Nina. Jetzt fiel es auch ihr wie Schuppen von den Augen.

»Also hat sie den Schlüssel nicht verloren«, sagte Felix. »Und so konnte sie Laura vom Freibad abholen, sodass diese sich nicht erkältete und somit im Halbfinale spielen konnte wo, sie euch …«

»… drei Tore reingehauen hat«, ergänzte Nina.

Jonas griff sich an den Kopf. »Totaler …«

»… Hirnkurzschluss«, ergänzte Anton.

»Kapiert ihr's nun?«, fragte Felix. »Eine winzig kleine Veränderung kann große Konsequenzen haben.«

Die vier Freunde schwiegen.

Die Zuschauer um sie herum jubelten. Laura Monn hatte zum eins zu null getroffen.

»Tja, mit der Vergangenheit ist nicht zu spaßen«, sagte Nina missmutig, während Laura an der Seitenlinie ihre Teamkameradinnen abklatschte.

»Am besten vergessen wir, dass das Portal überhaupt existiert«, schlug Jonas vor.

»Gute Idee«, sagte Anton. »Wird wohl nichts mit den Lotto-Millionen.«

Felix

Felix hatte in den letzten Tagen wie ein Wilder für den Mathematiktest gebüffelt. Immer wieder war er seine Notizen aus dem Unterricht durchgegangen, bis die vollgeschriebenen Seiten seines Mathehefts sich vom vielen Umblättern schon wellten. Nina, Jonas und Anton hatten nur die Köpfe geschüttelt. »Du bestehst den Test sicher auch ohne Pauken mit einer Eins«, hatte Nina gemeint. Es stimmte, dass Felix in Mathe Klassenbester war und ihm das Fach leichtfiel, aber er wollte nichts dem Zufall überlassen.

Die Schüler saßen an ihren Tischen, und Frau Bartels, die Mathelehrerin, teilte die Testblätter aus. Felix schloss die Augen und ging noch mal den gesamten Stoff in Gedanken durch. Berechnung der Fläche eines Kreises, Wahrscheinlichkeitsrechnung, Funktionen mit zwei Unbekannten.

»Ihr habt 45 Minuten. Bitte fangt an«, sagte Frau Bartels und setzte sich an ihren Schreibtisch. Felix drehte das Blatt um. Er las die erste Frage.

Irgendetwas war faul.

Er konnte die Wörter zwar einzeln entziffern, doch sie ergaben im Zusammenhang keinen Sinn. Immer wieder begann er den ersten Satz von vorne zu lesen, doch es war, als sei er in einer fremden Sprache geschrieben. Vielleicht hatte er mit der zweiten Frage mehr Glück. Wieder begann er zu lesen, doch es war das Gleiche. Die Wörter wollten sich einfach nicht zu einem sinnvollen Ganzen zusammensetzen. Felix blickte auf.

Er hatte schon zehn Minuten verschwendet! Eine halbe Ewigkeit. In Panik sah er sich im Raum um. Die anderen Schüler waren eifrig über ihre Blätter gebeugt und schrieben. Nur Lukas, der schräg hinter ihm saß, blickte zu ihm herüber. Wenn er vorhatte, von ihm abzuschreiben, hatte er den falschen Tag erwischt. Felix riss sich zusammen und schrieb irgendetwas hin, in der Hoffnung, dass es sich nicht nur um völligen Zahlensalat handelte. So ging er Frage um Frage durch, bis er bei vier der sechs Fragen wenigstens irgendetwas zu Papier gebracht hatte. Die zwei schwierigsten Nüsse hatte er sich fürs Ende aufgehoben.

»Noch fünf Minuten«, sagte die Lehrerin.

Was? Das war eine Katastrophe! Der Raum begann sich um ihn herum zu drehen. Felix hatte plötzlich das Gefühl, keine Luft mehr zu bekommen. In Panik stand er auf und rannte aus dem Zimmer.

»Felix?«, rief die Lehrerin ihm hinterher, doch er hörte nicht auf sie. Er lief durch das Schulhaus und zur Eingangstür hinaus. Er setzte sich an die Hauswand, vergrub den Kopf in den Händen und wartete darauf, dass sich seine Atmung wieder normalisierte. Den Gong, der das Ende der Stunde ankündigte, nahm er wie durch Watte wahr. Erst als seine Freunde auf ihn zukamen, sah Felix hoch.

»Was ist denn mit dir los?«, fragte Jonas bestürzt.

»Alles okay? Du bist ja kreidebleich«, meinte Anton.

»Ich … Ich glaube, ich hatte eine Panikattacke. Ich habe keine einzige Antwort gewusst, und alles hat sich gedreht und …«

»Jetzt hol doch erst mal richtig Luft«, sagte Nina. »Du bist nicht der Erste, der eine Mathearbeit verhaut.«

Felix blickte sie verzweifelt an. »Aber mir passiert so was nicht! Ich kann den Stoff doch sonst rückwärts aufsagen. Wenn ich am Jahresende keine gute Note schaffe, ist alles aus!«

»Alles aus! Jetzt beruhige dich doch erst mal!«, sagte Jonas. Auch wenn er es wahrscheinlich nur nett meinte, hatte Felix das Gefühl, dass Jonas ihn überhaupt nicht ernst nahm.

»Ich kann mich aber nicht beruhigen!«, rief er. Er sprang wütend auf und rannte zurück ins Schulhaus. Die drei verstanden einfach nicht, wie wichtig die Mathenote für ihn war. Er rannte blindlings durch die Korridore, bis er sich plötzlich vor der Bibliothek wiederfand. Das war der ideale Zufluchtsort. Hier würde ihn bestimmt keiner stören.

Jonas

Jonas schüttelte den Kopf. »Hirnkurzschluss«, sagte er.

Keinem der drei fiel etwas ein, mit dem man Felix beruhigen konnte. Es klingelte zur nächsten Stunde, und sie kehrten ins Schulhaus zurück.

Jonas hatte als Nächstes Erdkunde, doch er konnte sich überhaupt nicht auf die Bodenschätze Südamerikas konzentrieren, die Herr Maigraf ihnen in seiner monotonen Stimme zu erklären versuchte. Der Grund war, dass Jonas direkt hinter Alina Sommer saß, die sich angeregt mit ihrer Tischnachbarin unterhielt. Er konnte ganz leicht den Duft ihrer Haare wahrnehmen. Sie rochen nach Kokosnuss. Er schloss die Augen und stellte sich vor, er sei mit ihr an einem Palmenstrand. Sie tranken Kokosmilch direkt aus der Nuss und gingen zusammen im Meer schwimmen.

Herr Maigraf hatte zwar eine langweilige Stimme, doch er besaß einen sechsten Sinn für Tagträumer. Wenn jemand in seiner Klasse nicht aufpasste, merkte er es sofort.

»Kannst du es mir nennen, Jonas?«, fragte er und blickte Jonas mit hochgezogenen Augenbrauen an.

Jonas, der natürlich keine Ahnung hatte, wovon Herr Maigraf sprach, spielte auf Zeit.

»Ähm, was genau meinten Sie?«, fragte er.

»Brasilien ist der viertgrößte Exporteur welchen Handelsguts? Ich hatte es eben gesagt.«

Alle Augen richteten sich auf Jonas. Wen Herr Maigraf

beim Träumen erwischte, den ließ er auch schon mal nachsitzen.

Jonas setzte alles auf eine Karte und sagte das Erstbeste was ihm in den Kopf kam. »Ähm, Kokosnüsse?«

Glücklicherweise hatte er voll ins Schwarze getroffen. »Du hast ja doch aufgepasst«, sagte Herr Maigraf sichtlich enttäuscht.

Die anderen Schüler drehten sich wieder nach vorne. Nur Alina nicht. Sie blickte Jonas an und … *lächelte*. Jonas stockte der Atem. Er hatte das Gefühl, noch nie so etwas Schönes gesehen zu haben. Alina drehte sich wieder nach vorne. Sofort begann es in Jonas' Kopf zu arbeiten. Sie ging gerne ins Kino. Vielleicht sollte er sie einladen? Ja, das war eine super Idee! Ein Date! Nur er und sie, alleine! Er würde in ihre Augen blicken, den Duft ihres Kokos-Shampoos genießen und ihre wundervolle Stimme hören. Und dann würden sie Händchen halten … und sich dann vielleicht sogar küssen …

Es klingelte zur Pause. Jonas packte sein Erdkundeheft ein und verließ das Zimmer, dabei blieb er einige Schritte hinter Alina, die sich immer noch mit ihrer Freundin unterhielt. Sie setzten sich zusammen in ihre Stammecke und packten ihre Pausenbrote aus.

Jonas brauchte dringend einen Plan. Er konnte nicht einfach so auf sie zugehen. Zuerst musste er einen passenden Film finden. Er zog sein Handy aus dem Rucksack und checkte die Webseite des Grafenberger Kinocenters. Lauter Action- und Horrorfilme. Schließlich fand er doch eine romantische Komödie, die gerade angelaufen war: *Paris im Schnee*. Perfekt. Jetzt oder nie. Er ging auf Alina zu und legte sich einen Satz zurecht.

Hast du Lust, mit mir …

Wenn du nichts anderes vorhast …

Wir könnten doch …

Er wollte sich gerade für einen der Sprüche entscheiden, als er sich schon Angesicht zu Angesicht mit Alina befand.

»Äh …«, begann er. »Also, ähm, Paris ist ja die Hauptstadt von Frankreich.«

Was hatte er da eben von sich gegeben? Das ging ja gut los.

»Und, da schneit's im Winter. Und im Kino läuft ein Film. Also … und du gehst doch gerne ins Kino.«

Was faselte er denn da? Alina sah ihn an, als würde er Kauderwelsch reden – was er ja auch tat.

»Und ich dachte, äh, wir könnten doch …«

Er brachte es nicht heraus. Wie konnte er dieses wundervolle Wesen fragen, ob es mit einem Niemand wie ihm ins Kino gehen würde?

»Also, der Film ist echt empfehlenswert«, schloss er ab und trat die Flucht an.

Er hörte noch, wie Alinas Freundin losprustete, dann war er auch schon auf der Schultoilette verschwunden. Er blickte sich im Spiegel an, der über den Waschbecken hing. Sein Gesicht war knallrot angelaufen. Er hatte sich vor Alina bis auf die Knochen blamiert. Und vermutlich vor der ganzen Klasse, denn Alinas Freundin würde mit Sicherheit allen von seinem Auftritt erzählen. Jonas hätte sich selbst ohrfeigen können.

Als er die Toilette wieder verließ, wartete draußen Nina auf ihn.

»Hi Nina«, sagte er.

Sie blickte ihn mitleidig an. »Was war *das* denn?«, fragte sie. Hatte sie etwa alles mitbekommen?

»Was meinst du?«, sagte er unschuldig.

»Dein katastrophaler Versuch, Alina Sommer anzubaggern.«

Jonas konnte seine Niedergeschlagenheit nicht mehr verbergen. »Ich wollte sie nicht anbaggern, ich wollte sie ins Kino einladen.«

»Und warum hast du's nicht getan?«, fragte Nina.

»Ich hab's einfach nicht geschafft. Jetzt lachen sicher alle über mich. Na super. Am besten gehe ich ins Zeugenschutzprogramm, ändere meinen Namen und denke nie wieder daran, dass ich mich vor der schönsten Frau der Welt völlig zum Affen gemacht habe.«

»So schlimm war's auch wieder nicht«, versuchte Nina ihn zu beruhigen, doch in diesem Moment lief Alinas Freundin an ihnen vorbei. Sie grinste Jonas spöttisch an. Der letzte Rest seines Selbstvertrauens schmolz dahin.

»Das ist der schlimmste Tag meines Lebens!«, stöhnte er.

»Kopf hoch«, antwortete Nina. »Morgen hat das jeder vergessen.«

Bis zum Ende des Schultages befand sich Jonas in einer Art Scham-Trance. Er kam sich so blöd vor, dass er wie hypnotisiert an den Stunden teilnahm und nichts von dem Stoff mitbekam, den die Lehrer ihm eintrichtern wollten. Als die Glocke am Ende der letzten Stunde läutete, nahm Anton ihn beiseite.

»Ich habe eine Idee, wie ich dich aufmuntern kann«, sagte er. »Heute beginnt das Ritterturnier unten an der Entenwiese. Warum schauen wir nicht vorbei?«

»Mein letztes Taschengeld ist fürs Kino draufgegangen«, sagte Jonas mürrisch.

»Ich bin auch ziemlich blank«, antwortete Anton.

Jonas überlegte. »Aber lustig wäre es schon, beim Lanzenstechen und Schwertkampf zuzusehen.«

»Na dann komm doch mit zu mir nach Hause«, schlug Anton vor. »Mein Vater leiht uns vielleicht das Geld.«

»Okay. Klasse Idee!« Jonas schnappte sich seinen Rucksack. Schlimmer konnte der Tag sowieso nicht mehr werden, und er konnte etwas Ablenkung gut gebrauchen.

Anton

Auf ihren Fahrrädern fuhren sie zu Antons Haus. Dort angekommen stellten sie ihre Räder ab und gingen durch die Küche ins Wohnzimmer und von dort in das kleine Arbeitszimmer, in dem Antons Vater seine Artikel schrieb, wenn er nicht gerade in der Redaktion der Zeitung war. Er saß an seinem Computer und blickte konzentriert auf den Bildschirm.

»Papa?«, begann Anton.

»Hm?«, brummte sein Vater etwas unwillig.

»Wir wollen uns das Ritterturnier ansehen. Kannst du uns das Geld leihen?«

Jetzt hob Antons Vater den Blick und sah seinen Sohn über den Rand seiner Brille an. »Kommt gar nicht infrage.« Er tippte seine E-Mail fertig und schickte sie ab. Dann stand er auf. »Warum spielt ihr nicht draußen Fußball?«, schlug er vor und ging an ihnen vorbei in Richtung Küche.

Anton setzte sich in den Arbeitssessel seines Vaters und drehte sich im Kreis.

»Was, wenn wir uns ins Turnier reinschleichen?«, fragte Jonas.

Anton drehte sich ein weiteres Mal um seine eigene Achse. Er kam zum Stehen und ließ seinen Blick über das Regal neben dem Fenster schweifen. Das Fernglas seines Vaters hing dort an einem Lederriemen herunter. Antons Augen leuchteten.

»Ich habe eine bessere Idee!«, rief er.

Die Entenwiese lag zwischen dem Fluss, der sich von der Talsperre her durch die Landschaft schlängelte, und einem Berghang, der auf der anderen Seite der Wiese leicht anstieg. Hier standen vereinzelte Kiefern, die sich hervorragend zum Klettern eigneten. Anton und Jonas hatten es sich in den oberen Ästen gemütlich gemacht. Anton aß einen Schokoriegel, den er aus der Küche stibitzt hatte, und Jonas blickte mit dem Fernglas auf die Zeltstadt hinab, die für das Ritterturnier errichtet worden war. Jetzt am frühen Nachmittag war der Andrang groß. Irrlach hatte, was Unterhaltung anging, nicht viel zu bieten, und das alljährliche Ritterturnier war immer ein Höhepunkt im Kalender. Verkleidete Gaukler, Knappen und Edelleute mischten sich unter die Schaulustigen und sorgten für eine authentische Atmosphäre. »Lass mich mal durchs Fernglas sehen«, bat Anton.

»Ja, gleich«, antwortete Jonas, machte aber keinerlei Anstalten, ihm das Fernglas zu geben.

»Jetzt gib schon her. Du hast es schon die ganze Zeit gehabt.«

Anton griff nach dem Riemen, der um Jonas' Hals hing.

»Warte doch mal. Die beiden Ritter reiten doch gleich los. Du kannst dir den nächsten Kampf ansehen.«

Anton hob den Riemen über Jonas' Kopf und legte die Hand an das Fernglas. »Ich möchte aber jetzt durchschauen«, sagte er bestimmt und zog an dem Fernglas. »Das ist schließlich mein …«

»Okay, okay …« Jonas ließ los.

Anton hatte nicht damit gerechnet und so kräftig gezogen, dass ihm das Fernglas jetzt aus der Hand rutschte und in die Tiefe fiel.

»Oh nein!« rief er. Wie in Zeitlupe sah er das Fernglas nach unten fallen. Ein paarmal hoffte er, der lange Lederriemen würde sich an einem der zahlreichen Äste verfangen, doch das Fernglas fiel unaufhaltsam zu Boden und kam mit einem unmissverständlichen Knacken auf einem Gesteinsbrocken auf. »Das darf nicht wahr sein«, sagte Anton tonlos. Er saß starr vor Schreck im Geäst des Baums und blickte hinunter.

»Äh … vielleicht kann man es reparieren?«, stammelte Jonas kleinlaut.

Es dauerte einige Momente, bis Anton seine Sprache wiedergefunden hatte. »Das Ding kostet Tausende von Euro. Mein Vater killt mich!«

Die beiden kletterten vom Baum herunter. Vorsichtig hoben sie das Fernglas auf. Ein Rohr des Feldstechers war unversehrt, das andere war jedoch mit voller Wucht auf dem Stein aufgekommen. Das Metall war eingedellt, und die Objektivlinse war durch den Aufprall zersprungen. Anton hob das Fernglas hoch, und staubfeine Glasscherben rieselten heraus.

»Vielleicht kann man das kleben«, sagte Jonas nicht ohne Galgenhumor.

»Witzbold«, murmelte Anton, der das gar nicht komisch fand. Akribisch sammelte er jede einzelne Glasscherbe ein. Das hatte zwar keinen Sinn, denn reparieren konnte man die Linse ganz sicher nicht, doch irgendetwas trieb ihn dazu, es doch zu tun.

»Lass uns heimfahren«, sagte er. »Es ist besser, wenn ich das Geständnis so schnell wie möglich hinter mich bringe.«

Missmutig stiegen die beiden auf ihre Räder und traten den Heimweg an.

Nina

Auch am anderen Ende des Dorfes herrschte Krisenstimmung. Mittlerweile war es dunkel geworden, und Nina stieg gerade in das Auto ihrer Mutter ein. Sie trug eine weiße Bluse, einen blauen Rock und einen beleidigten Gesichtsausdruck. Sie verschränkte die Arme.

»Du siehst aus, als wären wir auf dem Weg zum Zahnarzt«, kommentierte ihre Mutter, während sie den Motor anließ.

»Das wäre mir, ehrlich gesagt, lieber«, antwortete Nina schnippisch.

»Ach komm, so schlimm ist es nun auch nicht. Ich habe Klavierstunden früher geliebt. Musik ist eine Bereicherung fürs ganze Leben.«

Ninas Mutter hatte es als Ansporn gemeint, doch dieser Satz hatte auf Nina genau die umgekehrte Wirkung. Sie stöhnte und rollte genervt mit den Augen. »Mama, das ist einfach nichts für mich«, sagte sie.

»Jetzt probiere es doch erst mal aus, bevor du es madig machst.«

Ohne ein weiteres Wort blickte Nina aus dem Fenster. Das Auto fuhr die Landstraße entlang, die durch den Wald nach Grafenberg führte. Das Scheinwerferlicht malte einen hellen Lichtkreis auf die dunkle Fahrbahn, und die Bäume bildeten eine schwarze Wand am Rande der Straße. Klavierstunden! Was für eine bescheuerte Idee! Wieso glaubte ihre Mutter, dass ihr so etwas Spaß machen würde? Nina liebte Fußball,

Schwimmen und Fahrradfahren. Das Letzte, wonach ihr der Sinn stand, war, an einem Klavier zu sitzen und *Alle meine Entchen* zu spielen.

»Nur weil du Papa beim Klavierunterricht kennengelernt hast, musst du das noch lange nicht mir aufzwingen«, maulte sie.

»Jetzt sei doch mal offen für neue Erfahrungen«, sagte ihre Mutter.

»Das ist total spießig. Ich habe keine Lust auf so was.«

Ninas Mutter verlor langsam die Beherrschung. »Das finde ich aber jetzt wirklich undankbar von dir, Nina. Diese Klavierstunden sind nicht billig. Ich dachte, du freust dich.«

»Ach was, du hast überhaupt nicht an mich gedacht. Sonst hättest du mir Tennisstunden geschenkt. Du hast an *dich* gedacht. Du willst, dass ich so werde wie du.«

»Das hört sich ja an, als wäre das eine Strafe. Musik ist doch die schönste Sache der Welt.«

»Deswegen muss ich sie aber nicht selber spielen. Es gibt genug Leute die das besser können.« Zum Beweis schaltete Nina das Radio ein. Wie durch Zufall wurde gerade ein Klavierkonzert übertragen. »Mann ist das öde. Wenn ich das schon höre.«

Ninas Mutter warf ihrer Tochter einen beleidigten Blick zu. »Nina, hör auf jetzt!«

Nina wechselte den Sender. Ein Rocksong drang aus den Lautsprechern. Nina drehte den Lautstärkeregler bis zum Anschlag auf. Die Stereoboxen wummerten so sehr, dass das Armaturenbrett des Wagens vibrierte. »Das nenne ich Musik!«, rief sie über die dröhnenden E-Gitarrenriffs.

»Dreh das ab!«, rief ihre Mutter. Für den Bruchteil einer Sekunde blickte sie zum Radio, um es abzuschalten.

Sie sah zurück auf die Straße …

… und trat abrupt auf die Bremse. Im Scheinwerferkegel vor dem Auto war, wie aus dem Nichts, ein Reh erschienen. Es stand reglos auf der Fahrbahn und blickte Nina und ihre Mutter mit großen braunen Augen an.

Das Letzte, was Nina sah, bevor das Auto mit dem Tier kollidierte, war der schneeweiße Fleck auf seiner Stirn, der wie ein Stern geformt war.

Es krachte.

Die nächsten Sekunden liefen in Zeitlupe ab. Das Reh rollte über die Motorhaube und zerschmetterte die Windschutzscheibe. Ninas Mutter riss das Lenkrad herum, das Auto drehte sich einmal um sich selbst und blieb dann stehen. Nina und ihre Mutter blieben wie angewurzelt sitzen. Sie atmeten stockend.

»Bist … bist du okay?«, fragte ihre Mutter.

Nina nickte. »Ich glaube schon.« Sie sah ihre Mutter an. Ein eiskalter Schock durchzuckte sie. »Du blutest!«

Ninas Mutter hatte sich eine kleine Wunde an der Schläfe zugezogen, als sie sich den Kopf am Türrahmen angeschlagen hatte. Glassplitter lagen wie frisch gefallene Schneeflocken in ihrem Haar. Sie war nicht schlimm verletzt, doch der Anblick von Blut am Kopf ihrer Mutter versetzte Nina einen schmerzhaften Stich. Das hatte sie nicht gewollt.

Ninas Mutter schaltete den Warnblinker an und öffnete die Tür. »Bleib sitzen«, sagte sie zu ihrer Tochter. Nina beobachtete, wie sie ausstieg und zur Mitte der Straße lief. Dort lag das

Reh, mit dem sie zusammengestoßen waren. Nina war sich sicher, dass es den Aufprall nicht überlebt hatte.

Ninas Mutter kam zurück. Sie setzte sich auf den Fahrersitz und kramte ihr Handy aus der Tasche. Sie war kreidebleich. Mit zitternden Fingern rief sie die Notrufnummer. »Äh, ja, hallo, es hat einen Unfall gegeben…«

Nina fühlte sich elend. Nicht nur, dass ihr der Schreck des Aufpralls in den Gliedern saß, sie fühlte sich auch noch schuldig. Wenn sie nicht so blöd herumgehampelt hätte, dann hätte ihre Mutter vielleicht noch rechtzeitig reagiert.

Es dauerte eine Stunde, bis die Polizei den Unfallort erreicht hatte. In dieser Zeit redete Ninas Mutter kein Wort mit ihrer Tochter. Ob es an dem Schock lag, den sie beide erlitten hatten, oder ob sie sauer auf Nina war, konnte Nina nicht ahnen. Ein Streifenwagen und ein Krankenwagen erreichten schließlich die Unfallstelle. Die Polizisten sperrten die Straße ab, und die Nothelfer kümmerten sich um Nina und ihre Mutter, bis der Abschleppwagen eingetroffen war. Die Polizisten lieferten Nina und ihre Mutter zu Hause ab.

Der Schock saß so tief, dass Nina erst zu weinen begann, als sie im Bett lag.

Der Plan

Am folgenden Wochenende saßen die vier Freunde bei Jonas im Hobbykeller. Sie fläzten sich auf der abgewetzten Ledercouch und wussten nicht recht, was sie mit sich anfangen sollten. Draußen regnete es in Strömen.

»Wir könnten ins Kino gehen«, schlug Jonas vor.

»Ich habe doch kein Geld«, brummte Anton. »Schon vergessen? Mein Vater hat mir das Taschengeld gestrichen, nachdem du das Fernglas fallen gelassen hast.«

»Ich habe das Fernglas fallen gelassen?«, fragte Jonas entrüstet. »Das war ja wohl einzig und allein deine Schuld.«

»Wenn du es nicht die ganze Zeit für dich beansprucht hättest, wäre das nicht passiert.«

»Jetzt hört auf, euch zu streiten«, fuhr Felix dazwischen. »Das geht mir echt auf die Nerven.«

»Was ist denn mit dir los?«, fragte Anton.

»Er hat seinen Mathetest zurückbekommen«, antwortete Jonas an Felix' Stelle. »Eine glatte Fünf.«

»Unser tolles Mathe-Genie schreibt eine Fünf?«, fragte Anton spöttisch.

»Lass mich in Ruhe«, rief Felix. »Mein Leben hat keinen Sinn mehr.«

»Du hast gut reden«, meinte Jonas. »Seit Tagen machen sich sämtliche Mädchen in der Schule lustig über mich. Ich bin für alle der komplette Trottel. Und ein Date mit der Frau meiner Träume kann ich mir sowieso abschminken.«

Anton blickte zu Nina, die gedankenverloren am Ende der Couch saß und auf den Boden starrte.

»Hat es dir die Sprache verschlagen?«, fragte Anton. »Du bist doch sonst immer so eine Quasselstrippe.« Er benutzte diesen Begriff, um Nina aufzuziehen, doch überraschenderweise zeigte er keine Wirkung.

»Alles okay mit dir?«, fragte Jonas besorgt.

Es dauerte einen Moment, bis Nina antwortete. »Ich muss immer wieder an meine Mutter denken«, sagte sie schließlich.

»Was ist mit ihr?«, fragte Felix.

Nina schilderte so knapp wie möglich, was sich am Abend des Unfalls zugetragen hatte.

»Und jetzt habe ich immer wieder diesen Moment vor Augen, wo das Reh vor uns aufgetaucht ist und nur so dastand«, endete sie schließlich. »Und meine Mutter hat am Kopf geblutet. Es war schrecklich. Ich mache mir solche Vorwürfe, weil ich mich mit ihr gestritten und sie abgelenkt habe. Außerdem ist ihr Auto hinüber. Ich wünschte, ich hätte einfach meinen Mund gehalten und wäre zu der blöden Klavierstunde gegangen, dann wäre das alles nicht passiert. Wenn ich doch die Zeit zurückdrehen könnte …«

Sie blickte aus dem Kellerfenster, wo der Regen an die Scheibe prasselte. Keiner sagte etwas. Das Tröpfeln des Regens und das Ticken der alten Kuckucksuhr, die über dem Regal mit den Brettspielen an der Wand hing, waren die einzigen Geräusche.

Jonas blickte die Uhr an. »Ob der Kuckuck noch funktioniert? Ich glaube, es ist Jahre her, dass ich ihn rufen gehört habe.«

Wie vom wilden Affen gebissen sprang Anton auf. »Das ist es!«, rief er. »Das ist die Lösung!«

»Der Kuckuck?«, fragte Jonas verdutzt.

»Nein, nicht der Kuckuck. Was Nina gesagt hat. Sie hat sich gewünscht, die Zeit zurückdrehen zu können. Wir *können* die Zeit doch zurückdrehen, schon vergessen?«

Jonas lächelte. »Das Portal!«, sagte er.

»Genau!«, rief Anton. »Wenn wir herauskriegen, wie man es steuert, können wir ein paar Tage in die Vergangenheit reisen. Dann kannst du deinen Mathetest noch mal schreiben, Felix. Nina kann zu der Klavierstunde gehen, ohne sich mit ihrer Mutter zu streiten, Jonas kann Alina ins Kino einladen, ohne sich zum Dorftrottel zu machen, und ich kann verhindern, dass das Fernglas zu Bruch geht!«

»Uns gibt es doch schon in der Vergangenheit«, sagte Nina. »Wenn wir plötzlich noch mal dort auftauchen, passiert doch eins von diesen Para-Dingern.«

»Paradox«, korrigierte Felix. »Das Risiko ist groß. Aber wenn wir vorsichtig sind, können wir es verhindern.«

»Du warst doch derjenige, der uns davor gewarnt hat«, sagte Nina.

»Das stimmt schon. Aber vielleicht habe ich überreagiert«, meinte Felix.

»Nur weil du den Mathetest noch mal schreiben willst.«

»Du bist also dagegen, dass wir es versuchen?«, fragte Jonas Nina.

»Du etwa nicht?«

»Wenn wir es geschickt anstellen, könnte es klappen«, sagte Jonas.

»Und was wäre unser Plan?«, fragte Felix.

Jonas kratzte sich am Kinn und überlegte. »Der Mathetest war in der ersten Stunde. Wir lenken dich … also den Vergangenheits-Felix – nennen wir ihn Felix-2 – ab und spielen ihm einen Spickzettel zu. Dann rede ich in der Pause anstelle von Jonas-2 mit Alina und lade sie ins Kino ein.«

»Und was ist mit Jonas-2?«, fragte Nina.

»Den verwickelt ihr eben in ein Gespräch«, sagte Jonas. »Dann leiht sich Anton das Fernglas von seinem Vater aus, bevor Anton-2 es nehmen kann. Und später fährt Nina zum Klavierunterricht, anstatt von Nina-2.«

»Guter Plan. Es gibt da allerdings einen kleinen Haken«, stellte Nina fest.

»Was denn?«

»Wenn du Alina anstelle von Jonas-2 ins Kino einlädst, woher soll Jonas-2 dann wissen, dass er sie eingeladen hat? Und wie willst du Nina-2 davon abhalten, ins Auto meiner Mutter zu steigen?«

Jetzt ging eine aufgeregte Diskussion los. Die vier waren so sehr damit beschäftigt, jedes erdenkliche Problem des Plans auszubügeln, dass sie gar nicht mehr über die entscheidende Frage nachdachten: ob sie es überhaupt tun sollten.

Am Ende des Nachmittags hatten sie auf mehreren Seiten Papier jeden Schritt ihres Vorhabens bis ins Detail aufgeschrieben. Draußen wurde es schon dunkel, als sie die Stichpunkte noch einmal durchgingen.

»So könnte es klappen«, sagte Felix. »Wenn wir uns genau an den Zeitplan halten, dürfte es keine Probleme geben.«

»Wollen wir das wirklich tun?«, fragte Nina jetzt. »Was, wenn das Portal kaputtgeht und wir in der Vergangenheit stranden?«

»Das Portal ist Dutzende Jahre alt. Wenn es jetzt noch funktioniert, hält es auch noch einen Tag durch«, antwortete Jonas.

»Wollen wir abstimmen?«, fragte Anton. »Wer ist dafür, dass wir den Plan in die Tat umsetzen?«

Die vier Freunde blickten einander an. Langsam hoben alle vier die Hände in die Höhe. So richtig wollte keiner von ihnen über die Konsequenzen nachdenken, sollte tatsächlich etwas schiefgehen. Zu verführerisch war die Aussicht darauf, die Ereignisse des schrecklichen Tages ungeschehen zu machen.

Durch das Tor

Am nächsten Tag trafen sich Nina, Jonas, Anton und Felix kurz nach Sonnenaufgang auf ihren Fahrrädern am Waldrand. Sie waren in denselben Klamotten gekleidet, die sie an jenem Tag angehabt hatten. Schließlich mussten sie genauso aussehen wie ihre Doppelgänger aus der Vergangenheit, um, ohne Aufsehen zu erregen, die Plätze tauschen zu können. Sie radelten die Waldstraße entlang, bis sie an den Ort kamen, an dem der Drahtzaun zwischen den Bäumen verschwand. Sie stiegen von ihren Rädern ab und schoben diese am Zaun entlang. Einige Minuten später hatten sie die Stelle erreicht, an der das Loch im Zaun klaffte.

Sie stellten ihre Räder ab und schlüpften durch das Loch. Hinter dem Zaun liefen sie durchs hohe Gras, bis sie auf den geteerten Weg kamen, der zu dem Laborkomplex führte. Nach kurzem Marsch entdeckten sie die Betonbauten, die aus der Erde ragten. Die Tür, durch die sie das letzte Mal ins Freie getreten waren, stand noch offen. Sie gingen hinein und stiegen die Betontreppe hinunter, die zu dem Raum mit dem Portal führte. Draußen kündigte sich ein heißer Sommertag an, doch hier, unter der Erde, war es angenehm kühl.

Wie ein übergroßes Omega-Symbol stand das Portal am Ende des Raumes. Seine Innenseite war immer noch von dem grellen Licht erleuchtet, das die Luft unter dem Torbogen wie Hitzewellen wabern ließ. Die vier Freunde traten an das Tor heran.

»Felix, kannst du das Tor so programmieren, dass es uns an den richtigen Tag schickt?«, fragte Jonas.

»Das dürfte kein Problem sein«, antwortete sein Freund. Er ging zu dem Terminal, das an das Portal angeschlossen war, und begann auf der Tastatur herumzutippen.

»Die Benutzeroberfläche ist zwar steinzeitlich, aber ich glaube, ich hab's raus. Jetzt nur noch das Datum und die Zeit eingeben.« Er wandte sich an Jonas. »Zu welchem Zeitpunkt wollen wir ankommen?«

»Sechs Uhr morgens«, antwortete Jonas. »Dann haben wir genug Zeit, es in die Schule zu schaffen.«

»Wir brauchen doch keine zwei Stunden bis zur Schule«, meinte Anton. »Auf den Rädern sind wir in einer Viertelstunde da.«

»Die Räder sind aber nicht da, du Genie«, sagte Nina. »Wir reisen schließlich in der Zeit zurück.«

»Oh Mann, das habe ich glatt vergessen«, gab Anton zu.

»Also, sechs Uhr morgens«, sagte Felix und gab die restlichen Daten auf der Tastatur ein. »So, jetzt nur noch ausführen …«

Er drückte auf die Eingabetaste. Das Licht im Torbogen flackerte auf, und ein pulsierender Ton drang aus den Eingeweiden der Maschine. Mit einer Serie von Piepslauten quittierte das Portal Felix' Eingabe. Er gesellte sich zu den anderen.

»Ich bin mir nicht mehr sicher, ob das so eine gute Idee ist«, sagte Nina zweifelnd.

»Was soll schon passieren?«, fragte Jonas.

»Was ist, wenn uns jemand entdeckt?«, fragte Nina.

»Wir sehen doch genauso aus wie unsere Vergangenheitsversionen«, sagte Jonas. »Solange wir uns denen nicht nähern, merkt keiner, dass es uns zweimal gibt.«

»Los jetzt«, sagte Anton. »Wird schon schiefgehen.«

Mit drei Schritten hatte er das Tor durchquert und war verschwunden.

»Na dann«, sagte Felix. Er, Jonas und Nina passierten das Tor. Das ekelhafte Kribbeln, dass das Energiefeld auf Felix' Haut erzeugte, ließ ihn erschaudern.

»Alles okay?«, fragte Anton, als sie auf der anderen Seite ankamen.

»Ja. Lasst uns loslegen. Wir haben keine Zeit zu verlieren«, antwortete Felix.

Anton wollte schon durch das Portal auf den Ausgang zugehen, als Jonas ihn zurückhielt. »Außen rum, du Genie«, sagte er spöttisch. »Sonst landest du doch wieder genau da, wo wir hergekommen sind.«

Anton fasste sich an den Kopf und lief um das Tor herum. Die anderen folgten ihm. Sie liefen die Treppe hinauf und traten auf die Wiese hinaus. Nichts deutete darauf hin, dass sie sich in der Vergangenheit befanden.

»Hat es geklappt?«, fragte Nina.

»Das wissen wir erst, wenn wir im Dorf sind«, antwortete Felix.

Sie liefen los und erreichten bald die Stelle, an der sie durch den Zaun geklettert waren. Ihre Fahrräder fehlten, doch das Loch im Zaun war noch da.

»Das ist schon mal ein gutes Zeichen!«, sagte Felix. »Wir sind auf jeden Fall in einer anderen Zeit als vorher.«

»Fragt sich nur, ob es die richtige ist«, bemerkte Jonas.

»Bestimmt«, sagte Felix. »Zweifelst du etwa an meiner Programmierkunst?«

»Na ja«, antwortete Jonas. »Schließlich sind wir unter anderem hier, weil du einen kinderleichten Mathetest verhauen hast.«

Felix lief vor Zorn rot an. »Das ist echt unfair! Ich hatte halt einen schlechten Tag! Ich mach dich doch auch nicht blöd an, weil du dich vor deiner Geliebten lächerlich gemacht hast!«

»Jonas, hör auf, ihn zu triezen«, sagte Nina. »Wir brauchen ihn noch.«

Jonas entschuldigte sich bei Felix, und die vier Freunde liefen den Zaun entlang, bis sie zur Waldstraße kamen. Diese wanderten sie entlang, bis sie kurz nach dem Irrlacher Ortsschild zur Schule abbog. In der Ferne sahen sie das Schulgebäude, das aus roten Ziegeln gebaut war. Sie schlichen sich hinter einen Baum, von dem aus sie die Umgebung überblicken konnten.

»Regel Nummer eins«, begann Felix. »Wir dürfen unter keinen Umständen unseren Vergangenheitsversionen über den Weg laufen. Erinnert euch daran, wo ihr an jedem Moment dieses Tages wart. Dort dürft ihr auf keinen Fall auftauchen. Wer gerade nicht an einer Aktion beteiligt ist, hält sich in der Abstellkammer im Schulkeller auf. Dort war keiner von uns an diesem Tag.«

»Wo warst du, bevor die erste Stunde losging?«, fragte Jonas Felix.

»In der Bibliothek. Ich habe noch schnell ein paar Formeln nachgeschlagen.«

»Dann gehe ich da jetzt hin und stecke dir den Spickzettel zu.«

»Lass mich das machen«, sagte Nina. »Ich hatte die ersten zwei Stunden frei. Keine Chance also, dass ich mir selbst begegne.«

Felix stimmte zu. »Gute Idee.« Er nahm einen kleinen gefalteten Zettel aus der Tasche, auf den er die Antworten für den Test geschrieben hatte. Außen hatte er mit großen Buchstaben seinen Namen geschrieben. »Steck ihn in mein Federmäppchen«, sagte Felix, als er Nina den Zettel reichte. »Das habe ich am Anfang der Testzeit geöffnet, um einen Radiergummi herauszunehmen.«

»Mach ich«, sagte Nina. »Wünscht mir Glück.«

Nina

Nina trat hinter dem Baum hervor und lief auf das Schulhaus zu. Es war ein merkwürdiges Gefühl, in der Vergangenheit herumzulaufen. Einerseits sah alles so aus wie immer. Jeder Grashalm war ihr vertraut. Doch irgendwie fühlte sie sich wie eine Außerirdische, die auf einem fremden Planeten herumgeisterte. Sie gehörte hier nicht her, das spürte sie ganz deutlich. Und der Gedanke, dass hier eine zweite Nina herumlief, war unheimlicher als jede Gruselgeschichte. Sie versuchte, sich auf ihre Aufgabe zu konzentrieren, und betrat das Schulhaus durch die Vordertür. Bis es zur ersten Stunde läutete, war noch eine halbe Stunde Zeit, und nur eine Handvoll Schüler hatte sich bis jetzt blicken lassen. Nina wollte gerade die Treppe zur Bibliothek hinaufgehen, als jemand ihren Namen rief.

»Nina! Was machst du denn schon hier? Ich dachte, du hast die ersten zwei Stunden frei.«

Sie drehte sich um. Das konnte sie jetzt gar nicht gebrauchen! Sophie, ihre Mannschaftskollegin aus dem Fußballteam, stand hinter ihr. Sophie hatte die Angewohnheit, ohne Punkt und Komma zu reden. Sie verwickelte einen manchmal in minutenlange Gespräche, in denen nur sie zu Wort kam.

»Also ich ärgere mich immer noch, dass wir das Spiel gegen Grafenberg verloren haben. Diese Laura Monn ist echt nicht zu stoppen. Die dribbelt wie ein Weltfußballer. Stimmt es, dass du auch mit Klavierstunden anfängst? Das ist super! Ich habe denselben Lehrer. Wir können doch zusammen ...«

»Sophie«, unterbrach Nina den Redeschwall. »Ich habe leider keine Zeit zu quatschen.«

Sie ließ Sophie verdutzt stehen, drehte sich um und lief die Treppe hinauf. Oben angekommen ging sie auf den Eingang der Bibliothek zu. Sie wollte gerade die Tür öffnen, als erneut jemand ihren Namen rief.

»Ah, Nina, gut, dass ich dich treffe.«

Diesmal war es Frau Lehmann, die Sportlehrerin. Diese konnte Nina leider nicht links liegen lassen. Durch die Fenster der Bibliothek sah sie Felix, der an einem Tisch in der hinteren Ecke saß und sein Mathebuch aufgeschlagen hatte.

»Ich wollte mit dir über das kommende Sportfest sprechen. Ich könnte mir gut vorstellen, dass du das Organisationskomitee von Schülerseite unterstützt. Hast du einen Moment Zeit?«

»Klar«, sagte Nina. Ihr war bewusst, dass Felix jeden Moment zu seinem Mathetest aufbrechen konnte. Frau Lehmann führte Nina in die Bibliothek und setzte sich mit ihr an einen Tisch in Felix' Nähe. Sie begann über die Planungen für das Sportfest zu reden. Nina hörte nur mit einem Ohr hin, genug, um hin und wieder an den richtigen Stellen »Aha« und »Gute Idee« zu sagen. Ihre Konzentration war jedoch ganz auf Felix ausgerichtet. Dieser sah schließlich auf seine Armbanduhr, packte sein Mathebuch weg und stand auf. Nina musste schnell handeln, wenn sie Felix noch vor dem Mathetest abfangen wollte.

»Das hört sich alles ganz großartig an!«, sagte Nina. »Wenn sie mich jetzt bitte entschuldigen würden. Ich muss zu meiner ersten Stunde.«

Überstürzt verließ sie die Bibliothek und sah gerade noch, wie Felix-2 in einem Korridor verschwand.

»Felix!«, rief sie ihm nach.

Er drehte sich zu ihr um. »Nina, ich kann jetzt nicht«, sagte er. »Ich muss zu meinem Mathetest.«

»Ich weiß«, sagte Nina. »Ich habe nur eine ganz kurze Frage.«

Sie rannte zu ihm hinüber.

»Was denn?«, fragte er ungeduldig. Sie hatte keine Ahnung, was sie ihn fragen wollte, und sagte das Erstbeste, was ihr in den Sinn kam.

»Kannst du mir diese Musik-App auf meinem Handy installieren, von der du mir erzählt hast?«

»Kann das nicht bis später warten«, fragte er.

»Das schaffst du doch in zwei Minuten«, sagte Nina und hielt ihm ihr Handy hin. Er nahm es und gab ihr seinen Rucksack. Während er auf dem Handy herumtippte, öffnete Nina heimlich und leise den Reißverschluss des Rucksacks. Sie ließ ihre Hand, die den Spickzettel hielt, hineingleiten und suchte mit den Fingern nach dem Federmäppchen. Ihre Fingerspitzen stießen an das Lederetui, in dem Felix seine Stifte aufbewahrte. Sie fuhr am Reißverschluss entlang, bis sie den Schieber fand. Felix war wirklich schnell. Er hatte die Musik-App bereits gefunden und wartete nur noch darauf, dass sie auf das Handy geladen war. Nina bohrte ein Loch in den Reißverschluss, indem sie den Schieber mit dem Finger zur Seite drückte. Felix hielt ihr das Handy hin.

»Fertig. Jetzt musst du dich nur noch mit deiner E-Mail-Adresse einloggen.«

»Kannst du mir dabei helfen?«, sagte Nina, um Zeit zu gewinnen. Sie sagte ihm ihre E-Mail-Adresse, und Felix gab sie ein. Diesen Zeitraum nutzte sie, um den Spickzettel in das Mäppchen zu stecken. Unbemerkt zog sie ihre Hand aus seinem Rucksack.

»Fertig«, sagte Felix ungeduldig. Er gab ihr das Handy.

»Danke!«, antwortete Nina.

»Übrigens, du kommst aus der Zukunft.«

»Was?«, fragte Nina verblüfft.

Felix zeigte auf das Smartphone, das sie in der Hand hielt.

»Das Datum auf deinem Handy ist falsch eingestellt«, sagte er und ging.

Nina atmete erleichtert aus. »Viel Glück!«, rief sie ihm hinterher, doch er war schon verschwunden.

Nina drehte sich um. Sie wollte gerade zurück zur Treppe gehen, als sie an dem Raum vorbeikam, in dem die Schülerzeitung ihre Redaktion hatte. Reflexartig ging sie auf den Raum zu. Schließlich hatte sie die ersten beiden Stunden frei. Sie konnte also die Zeit dazu nutzen, an ihrem Artikel weiterzuschreiben. Doch als ihre Hand auf der Türklinke lag, fiel ihr ein, dass sie ja in der Vergangenheit war und dass sie genau das an diesem Tag gemacht hatte! Sie blickte zur Treppe. Verdammt! Nina-2 nahm gerade die letzte Stufe. Der Redaktionsraum lag schräg hinter ihr. Sie war dabei, sich umzudrehen, als Nina-1 die Flucht ergriff und in den Korridor sprintete, in dem Felix verschwunden war. Sie rannte zu dem anderen Treppenhaus, das sich am Ende des Korridors befand, und von dort zwei Etagen tiefer in den Keller. Dort suchte sie den Abstellraum, den die vier Freunde als Basis auserkoren hatten. Sie öffnete die Tür, rannte hinein und schloss sie hinter sich. Ihre Freunde warteten bereits auf sie. Schwer atmend lehnte Nina sich mit dem Rücken an die Tür. »Ich bin gerade fast mit mir selbst zusammengestoßen«, sagte sie.

»Ich dachte, du hattest die ersten zwei Stunden frei«, sagte Felix.

»Hatte ich auch, aber ich bin in die Redaktion gegangen, um an meinem Artikel zu arbeiten.«

»Streber«, sagte Felix.

»Besser ein Streber als ein Schummler«, antwortete Nina.

»Was meinst du damit?«, fragte Felix.

»Ich habe dir den Spickzettel zugespielt«, sagte Nina. »Mal sehen, ob du ihn benutzt.«

Felix-2

Zwei Stockwerke über ihnen saß Felix-2 an seinem Platz und drehte das Blatt mit den Fragen um, das Frau Bartels an die Schüler ausgeteilt hatte. Er las die Fragen durch und konnte sich keinen Reim darauf machen. Es war, als wären sie in einer fremden Sprache geschrieben. Nervös sah er dem Minutenzeiger dabei zu, wie er unaufhaltsam weiter tickte. Er versuchte, die Frage nach der Kreisfläche zu beantworten, doch die Formel, die er gestern noch rückwärts aufsagen konnte, war in seinem Gehirn nicht mehr zu finden. Er beschloss, ein Diagramm zu malen, um die Frage besser zu verstehen. Aus seinem Federmäppchen kramte er einen Bleistift hervor. Dabei fiel ein zusammengefalteter Zettel auf seinen Tisch. Sein Name stand darauf.

Merkwürdig.

Er faltete ihn auseinander. Fast wäre er vor Erstaunen vom Stuhl gefallen. In seiner eigenen ordentlichen Handschrift standen dort, fein säuberlich, die Antworten aller Fragen des Tests aufgeschrieben. Spielte ihm jemand einen Streich? Verstohlen blickte er sich um. Außer Lukas Helmer, der schräg hinter ihm saß, arbeiteten alle Schüler konzentriert die Fragen ab. Lukas schien nachzudenken, doch Felix hätte schwören können, dass er ihn angesehen hatte. Hatte er ihm den Zettel untergejubelt? Völlig unmöglich. Lukas war nicht gerade eine Leuchte, was Mathematik anging, und die Vorstellung, dass er erraten hatte, welche Fragen im Test drankommen würden, war völlig unrealistisch. Außerdem war der Zettel ja in seiner eigenen Handschrift geschrieben. Felix konnte es sich nicht erklären. Aber eins war ihm klar: Er würde den Test nun locker mit einer Eins bestehen. Ein Blick auf den Zettel hatte seine Blockade gelöst, und die Fragen erschienen ihm nun kinderleicht. Er begann, die Lösungen hinzuschreiben. Konnte man das, was er tat, als Schummeln bezeichnen? Schließlich hatte er keine Erinnerung daran, den Zettel geschrieben zu haben. Was blieb ihm anderes übrig, als ihn zu benutzen? Wenn er ihn Frau Bartels zeigte, würde die ihm eine glatte Sechs geben. Und so zu tun, als ob er die Antworten nicht gesehen hätte, war unmöglich. Er wandte sich der ersten Frage zu und begann seine Antwort zu formulieren. Dabei bemerkte er nicht, wie Lukas sich zur Seite neigte, um unter Felix' Arm hindurch einen Blick auf sein Blatt zu erhaschen.

Jonas

Im Kellerraum saßen die vier Besucher aus der Zukunft und gingen noch einmal den Plan durch, den sie für die nächste Aktion geschmiedet hatten. Bis zur Pause hatten sie noch etwas Zeit.

»Felix und ich passen Jonas-2 am Klassenzimmer ab«, sagte Anton zu Jonas. »Wir locken ihn unter einem Vorwand aus der Aula weg. Dann gehst du zu Alina und fragst sie nach einem Date.«

Jonas lief rot an. »Äh. Klar. Kein Problem«, stammelte er.

»Jonas, du wirst doch wohl jetzt keinen Rückzieher machen«, ermahnte ihn Nina. »Wir sind extra in die Vergangenheit gereist, damit du eine zweite Chance bekommst.«

»Aber was ist, wenn sie Nein sagt?«, fragte Jonas.

»Dann sagt sie eben Nein. Aber du bist nicht mehr der Dorftrottel.«

Jonas nickte, doch er fühlte sich, als stünde er kurz davor, mit dem Fallschirm aus einem Flugzeug zu springen.

»Sollen wir es üben?«, fragte Nina?

»Was üben?«

»Na, wie du sie fragen willst.«

Jonas verzog das Gesicht. »Das ist doch Quatsch.«

»Das ist kein Quatsch. Vielleicht hilft es.«

Nina drehte sich zu Anton und Felix. »So, ich bin Alina, und Felix und Anton sind meine Freundinnen. Wir sind in ein Gespräch vertieft. Und du fragst mich jetzt.«

Nina begann, sinnloses Zeug zu reden. Anton und Felix nickten und taten so, als würden sie sich unterhalten. Jonas schluckte.

»Äh, Nina …«

»Alina!«, rief Nina.

»Alina, würdest du … kann ich kurz … ich möchte nicht stören, aber …« Jonas stotterte hoffnungslos herum.

Nina seufzte. »So wird das nichts«, sagte sie. »Du musst mit mehr Selbstvertrauen sprechen, als wäre es das Natürlichste auf der Welt.«

»Leicht gesagt«, antwortete Jonas frustriert. »Ich komme mir so blöd vor. Warum sollte sie mit mir ins Kino gehen wollen?«

»Weil du ein ganz netter Typ bist. Und schlecht siehst du auch nicht aus. So, jetzt versuch es noch mal. Diesmal schau nicht deine Schnürsenkel an, sondern mir in die Augen. Und leg dir einen möglichst einfachen Satz zurecht.«

Nina begann wieder mit Anton und Felix über nichts zu diskutieren.

»Alina?«, sagte Jonas. Nina drehte sich um.

»Hast du Lust, am Wochenende mit mir ins Kino zu gehen?«

»Gerne.« Nina lächelte ihn an.

Jonas war sprachlos.

»Am besten fragst du sie dann auch nach ihrer Nummer«, ergänzte Nina.

»Äh, ja. Klar. Wow, das war so einfach!« Alleine wäre ihm nie eingefallen, einfach zu fragen, ob Alina ins Kino gehen wollte! Er fühlte sich, als hätte er gerade eine komplizierte Mathematikaufgabe verstanden.

»Und genauso machst du es mit der richtigen Alina!« Nina lächelte ihm ermutigend zu.

»Wir müssen los«, mischte sich Felix ein. »Die Pause fängt gleich an.«

Anton und Felix passten Jonas-2 an seinem Klassenzimmer ab und gaben vor, dass ein Lehrer sie dazu verdonnert hatte, den Projektor aus dem Lehrmittelraum zu holen. Sie baten ihn darum, ihnen zu helfen. Jonas-2 protestierte zwar kurz, doch dann gab er klein bei. Jetzt war die Bühne für den anderen Jonas frei, um Alina ins Kino einzuladen. Zusammen mit Nina betrat er die Aula. Alina saß mit ihren Freundinnen in ihrer Stammecke und unterhielt sich.

»Los jetzt«, flüsterte Nina. »Mach es genau so, wie wir geprobt haben.«

Sie gab Jonas einen Schubs. Dieser machte einen zaghaften Schritt in Richtung seiner Angebeteten. Dann einen weiteren. Quälend langsam ging er auf sie zu. Er hatte ein flaues Gefühl in der Magengegend. Hatte sein Herz je so schnell geklopft?

Nina

Nina blickte zum Treppenhaus und sah, dass Felix, Anton und Jonas-2 den Projektor bereits aus dem Keller geholt hatten. Sie hievten ihn die Stufen zum ersten Stock hinauf.

Im selben Moment lief Nina-2 an den dreien vorbei und betrat die Aula. Mist! Ihre Doppelgängerin durfte sie auf keinen Fall entdecken! Nina duckte sich hinter eine Säule. Sie lugte dahinter hervor und sah, dass Jonas Alina erreicht hatte. Sie konnte nicht hören, was er sagte, doch er lächelte und hielt Augenkontakt mit seiner Angebeteten. Ein gutes Zeichen! Er sagte etwas, und kurz darauf antwortete Alina. Dabei lächelte sie und nickte. Jonas verabschiedete sich und drehte sich um. Mit einem breiten Grinsen lief er durch die Aula … direkt auf Nina-2 zu. Ninas Herz setzte aus. Jonas hatte nicht gemerkt, dass es sich bei Nina-2 um die Version aus der Vergangenheit handelte!

Jonas

Sein Herz hämmerte immer noch wie ein Dampfhammer. Er hatte es getan! Er hatte es wirklich getan! Wie auf Wolken lief er zu Nina hinüber.

»Ich hab's gemacht!«, sagte Jonas. »Genau wie wir es geübt haben. Und stell dir vor, sie hat Ja gesagt!«

Nina blickte ihn verständnislos an. »Wer hat wozu Ja gesagt?«, fragte sie.

»Na, Alina! Zu dem Date!«

»Herzlichen ... Glückwunsch?«, sagte Nina trocken.

Jetzt erst bemerkte Jonas, dass etwas nicht stimmte. In diesem Moment entdeckte er die andere Nina, die hinter einer Säule hervorlugte und ihm warnend zuwinkte. Oh nein! Er sprach mit der falschen Nina! Sein Blick über ihre Schulter machte Nina-2 misstrauisch, und sie drehte sich um. Nina-1 duckte sich schnell hinter die Säule.

»Alles okay mit dir?«, fragte Nina-2.

»Ja, ja«, antwortete Jonas. »Ich wollte es nur jemandem mitteilen.« Er zwang sich zu einem Grinsen.

In diesem Moment ertönte die Schulglocke. Zu seinem Entsetzen sah er, wie Felix, Anton und Jonas-2 aus dem Treppenhaus kamen.

»Ich muss weg!«, rief Jonas abrupt und ließ Nina-2 in der Mitte der Aula stehen. Diese sah verdutzt dabei zu, wie Jonas sich hinter eine Gruppe Schüler duckte und in Richtung der Ausgangstür schlich.

Jonas-2

Jonas-2, der mit Felix und Anton den Projektor ins erste Stockwerk gebracht hatte, sah, dass Alina ihre Tasche gepackt hatte und in Richtung des Treppenhauses ging.

»Wartet, Jungs«, sagte er und ging auf sie zu. Anton und Felix konnten ihn nicht aufhalten und liefen hinterher. Jonas wollte sie gerade ansprechen, als sie ihn sah.

»Ciao Jonas, man sieht sich«, sagte sie und lächelte ihm zu, bevor sie sich ihren Freundinnen anschloss.

Jonas-2 blieb mit offenem Mund stehen. »Sie … sie hat mich … sie hat mich angesprochen«, sagte er, als Felix und Anton zu ihm stießen.

»Klar«, improvisierte Anton. »Die will was von dir.«

»Echt?«, fragte Jonas ungläubig.

»Ja. So was spricht sich rum.«

»Nicht bis zu mir«, sagte Jonas.

Nina-1, die außer Hörweite der drei stand, blickte Anton an. Dieser nickte ihr zu. Sie nahm ihr Handy aus der Tasche, stellte es auf *Nummer unterdrücken* und wählte. Das Handy von Jonas-2 klingelte.

Er nahm ab.

»Hallo«, sagte er.

»Hi, hier ist Alina«, sagte Nina, mit verstellter Stimme. Sie hatte stundenlang geübt, um den etwas höheren Tonfall Alinas zu imitieren.

Jonas-2 blickte Anton und Felix erstaunt an. Er zeigte auf

sein Handy und sagte tonlos Alinas Namen. Die beiden taten so, als konnten sie es nicht fassen.

»Ich wollte fragen, ob du vielleicht Lust hast, mit mir am Wochenende ins Kino zu gehen«, fuhr Nina fort.

Jonas brachte kaum ein Wort heraus. »Äh. Ich meine ... Klar ... gerne ...«

»Super. Vielleicht wählst du einen Film aus?«

»Einen Film? Ja«, stammelte Jonas.

»Cool. Melde dich bei mir. Ich gebe dir meine Nummer.«

Nina gab Alinas echte Nummer durch und beendete das Gespräch.

»Oh mein Gott!«, rief Jonas-2. »Das war Alina! Sie hat mich ins Kino eingeladen!«

»Wahnsinn«, rief Felix mit gespieltem Erstaunen.

»Ich fasse es nicht«, sagte Anton.

Nina stieß zu ihnen. »Hey, was ist denn mit euch los.«

Jonas-2 blickte sie mit einem breiten Lächeln an. »Du wirst es nicht glauben: Ich gehe mit Alina ins Kino!«

Anton zwinkerte Nina verschwörerisch zu, was diese ignorierte.

»Das hast du mir doch eben schon erzählt«, sagte Nina. »Was ist denn heute mit dir los?«

Felix blickte Anton verständnislos an. Warum spielte Nina nicht wie verabredet mit? Hinter Anton winkte ihm jemand zu. Er lehnte sich zur Seite und entdeckte ... Nina. Sofort verstand er, was hier passierte. Die Nina, die zu ihnen gestoßen war, war Nina-2 aus der Vergangenheit. Felix stieß Anton mit dem Ellbogen in die Seite.

»Au, was soll das?«, beschwerte er sich.

Felix ließ seine Augen demonstrativ zu Nina wandern, die bei ihnen stand, und blickte dann wieder Anton an.

Es dauerte einige Sekunden, bis dieser begriff, was Felix ihm mitteilen wollte.

»Oh, entschuldigt uns«, sagte er schnell an Nina-2 und Jonas-2 gewandt. »Wir müssen weg.«

Ohne ein weiteres Wort verschwanden Felix und Anton in der Menge und ließen die beiden anderen verdutzt stehen.

Jonas

Die vier Freunde trafen sich hinter dem Schulhaus wieder. Sie setzten sich unter einen Baum, der an diesem sonnigen Tag ein wenig Schatten spendete.

»Mann, Zeitreisen ist ganz schön anstrengend«, sagte Nina.

»Ja, ständig muss man aufpassen, dass man sich nicht selbst über den Weg läuft«, fügte Jonas hinzu.

»Bis jetzt ist es erstaunlich gut gelaufen«, sagte Felix. »Ich habe meinen Spickzettel bekommen, und du hast dein Date, Jonas.«

»Ich freue mich schon darauf«, sagte Jonas. »Ich kann es noch gar nicht glauben, dass ich mit Alina ins Kino gehe.«

»Tut mir leid, dass ich deine Euphorie bremsen muss«, sagte Felix. »Doch leider gehst *du* nicht mit Alina ins Kino.«

»Wieso nicht?«, fragte Jonas. »Meinst du, sie überlegt es sich anders?«

»Nein, das glaube ich nicht«, entgegnete Felix. »Aber wenn wir wieder in unsere Zeit zurückkehren, dann ist das Date bereits vorbei. Jonas-2 geht mit Alina ins Kino.«

»Daran hatte ich gar nicht gedacht«, sagte Jonas mürrisch. »Irgendwie bin ich ein bisschen eifersüchtig. Aber ich bin es ja, der mit ihr ins Kino geht. Aber eben nicht ich-ich. Kann man auf sich selbst eifersüchtig sein?«

»Das ist alles so kompliziert.« Anton runzelte die Stirn. »Als Nächstes müssen wir mich davon abhalten, dass ich das Fernglas meines Vaters zerstöre.«

»Nichts wie los«, rief Jonas. »Lass uns den Zeitvorsprung nutzen.«

Sie standen auf und machten sich auf den Weg zu Antons Haus. Da sie ihre Räder nicht dabeihatten, dauerte es eine Stunde, bis sie es erreicht hatten. Ihr Plan war simpel. Anton würde einfach ins Haus gehen und seinen Vater fragen, ob er sich das Fernglas ausleihen durfte. Anton wollte gerade losgehen, als Nina ihn aufhielt.

»Du kannst jetzt noch nicht hineingehen«, sagte Nina.

»Warum nicht?«, fragte Anton.

»Du bist doch noch in der Schule. Wenn du jetzt einfach aufkreuzt, wird dein Vater dich fragen, ob du den Unterricht schwänzt.«

»Nina hat recht«, pflichtete Felix ihr bei. »Wir müssen mindestens noch eine halbe Stunde warten.«

»Aber dann gehen wir doch das Risiko ein, dass Anton-2 heimkommt, bevor unser Anton das Haus verlassen hat«, sagte Jonas.

»Was ist, wenn ich das Fernglas einfach mitgehen lasse?«, fragte Anton. »Dann kann Anton-2 es sich nicht ›ausleihen‹.«

»Aber dein Vater ist doch im Arbeitszimmer«, sagte Nina.

»Ja, und da bleibt er auch, bis ich aus der Schule heimkomme«, seufzte Anton.

»Weißt du noch, wann du an diesem Tag heimgekommen bist?«, fragte Felix.

»So um zwei«, sagte Anton.

»Jetzt ist es ein Uhr. In einer halben Stunde gehst du hinein und holst dir das Fernglas«, sagte Jonas.

Jonas-2 und Anton-2

Während ihre Zukunftsversionen bei Antons Haus warteten, saßen Jonas-2 und Anton-2 in der Physikstunde. Frau Richter, die Physiklehrerin, hatte versprochen ihnen in der zweiten Hälfte der Stunde einen Film zu zeigen. Sie hatte das Klassenzimmer verlassen, um den Projektor zu besorgen. Einige Minuten später kehrte sie jedoch ohne den Projektor zurück.

»Tja, es tut mir leid«, sagte sie. »Ich kann den Projektor nicht finden. Es wird wohl nichts mit dem Film.«

»Ich weiß, wo er ist«, rief Jonas. »Anton und ich haben ihn in der Pause in den ersten Stock gebracht.«

Anton blickte Jonas verständnislos an. Was faselte er denn da? Er hatte den Projektor überhaupt nicht angerührt. Er konnte natürlich nicht ahnen, dass sein Doppelgänger aus der Zukunft mit Jonas den Projektor hinaufgetragen hatte, um ihn abzulenken.

»Na ja, jetzt ist es sowieso zu spät für den Film. Ich schlage vor, wir machen heute einfach ein bisschen früher Schluss.«

Das ließen sich die Schüler nicht zweimal sagen. Sie packten ihre Sachen, so schnell sie konnten, und liefen zum Ausgang.

»Was meintest du damit, dass wir den Projektor in den ersten Stock gebracht haben?«, fragte Anton-2. »Sollte das ein Witz sein?«

»Wieso Witz?«, antwortete Jonas-2. »Du und Felix habt mich doch extra dafür eingespannt.«

Anton blickte ihn an, als sei er verrückt geworden.

Jonas wechselte das Thema. »Ich kann es immer noch nicht fassen, dass Alina Sommer mich ins Kino eingeladen hat. Jetzt muss ich unbedingt den passenden Film finden.«

Jonas

Zur gleichen Zeit schlich sich Anton aus der Zukunft an seine eigene Haustür. Er verschwand im Inneren. Jonas, Felix und Nina saßen hinter dem Gartenzaun. Ein Geräteschuppen spendete Schatten und schützte sie vor fremden Blicken. Plötzlich vernahm Jonas eine Stimme, die ihm bekannt vorkam.

Es war seine eigene.

»Mist, verdammter!«, fluchte er.

»Was ist?«, fragte Felix.

»Anton und ich! Wir sind früher aus der Schule gekommen als geplant.«

»Wie kann das sein?«, fragte Felix.

»Keine Ahnung«, meinte Jonas. »Es ist aber so.« Er spähte um die Ecke des Schuppens. Auf der Straße, die am Haus vorbeiführte, kamen Jonas-2 und Anton-2 auf ihren Rädern entlanggefahren. »Was machen wir denn jetzt?«

»Wir müssen unseren Anton warnen«, rief Felix.

»Aber wie?«

»Ich hab's«, sagte Nina und zückte ihr Handy. Sie wählte Antons Nummer. Es klingelte einige Male, bevor Anton abnahm.

»Ja?«

»Du musst ...«

Weiter kam Nina nicht. Felix hatte ihr das Handy entrissen und aufgelegt.

»Was soll das denn?«, fragte sie entrüstet. Felix nickte zu

Anton-2 hinüber, der sich sein Handy ans Ohr hielt. Nina verstand. Da beide Antons die gleiche Handynummer besaßen, hatte es auch bei dem Anton aus der Vergangenheit geklingelt. Anton-2 und Jonas-2 liefen zur Küchentür und betraten das Haus.

»Wenn Anton-2 seinen Doppelgänger entdeckt, ist alles aus!«, rief Felix.

»Ich habe eine Idee!«, sagte Jonas. Er stand auf und rannte zu dem Fenster, hinter dem das Arbeitszimmer von Antons Vater lag. Durch die Scheibe sah er Anton-1, der sich mit seinem Vater unterhielt. Dieser hatte den Rücken zum Fenster gedreht. Jonas sprang auf und ab und versuchte, Antons Aufmerksamkeit zu erregen. Er winkte wie ein Wahnsinniger, bis Anton ihn endlich wahrnahm. Jonas gab ihm ein Zeichen, die Flucht zu ergreifen.

Glücklicherweise verstand Anton, was Jonas ihm mitteilen wollte. Hastig verließ er das Arbeitszimmer. Im selben Moment drehte Antons Vater sich um und blickte aus dem Fenster. Jonas ließ sich auf den Boden fallen, um nicht entdeckt zu werden. Vorsichtig lugte er durch das Fenster. Antons Vater hatte sich zur Tür zurückgedreht, und dort stand Anton-2 an den Rahmen gelehnt.

Im selben Moment schlich sich Anton aus der Zukunft durch die Hintertür aus dem Haus. Jonas beobachtete, wie er zu dem Schuppen lief, hinter dem Nina und Felix warteten, und machte sich selbst ebenfalls auf den Weg dorthin.

»Es war alles umsonst«, sagte Anton niedergeschlagen. »Ich habe das Fernglas nicht bekommen. Wir haben unsere Chance verpasst.«

»So schnell geben wir nicht auf«, rief Felix. »Wenn wir das Fernglas jetzt nicht kriegen, müssen wir eben improvisieren. Erzähl uns noch mal genau, wie es kaputtgegangen ist.«

»Na ja, Jonas und ich sind auf einen Baum geklettert, um das Ritterturnier zu beobachten. Dann haben wir uns um das Fernglas gestritten, Jonas hat es fallen gelassen …«

»Hab ich gar nicht!«, fiel Jonas ihm ins Wort. »Du hast es losgelassen, bevor ich es richtig fassen konnte.«

»Das ist doch jetzt egal«, sagte Felix. »Wisst ihr noch, wo der Baum ist?«

Ausgrabung

Anton und Jonas führten die anderen zu der Kiefer, auf der sie gesessen hatten, als ihnen das Missgeschick passiert war. Darunter ragte der Gesteinsbrocken aus der Erde, der dem Fernglas zum Verhängnis geworden war.

»Da oben saßen wir«, sagte Anton. »Und das ist der Stein, auf dem das Fernglas zerbrochen ist.«

»Okay, dann los«, sagte Felix.

»Was, los?«, fragte Anton.

»Na, wir graben den Stein aus. Wenn das Fernglas auf dem weichen Boden aufkommt, geht es bestimmt nicht kaputt.«

Jetzt ging auch den anderen ein Licht auf. Sie konnten vielleicht nicht mehr verhindern, dass Anton das Fernglas fallen ließ, doch sie konnten etwas dagegen unternehmen, dass es zu Bruch ging. Sie gruben mit bloßen Händen. Bald stand ihnen der Schweiß auf der Stirn. Ihre T-Shirts waren völlig verdreckt.

Felix wischte sich mit dem Handrücken über die Augen. Er blickte auf. »Da hinten kommen Jonas-2 und Anton-2«, rief er. »Schnell, wir müssen den Stein zur Seite wälzen.«

Mit vereinten Kräften schoben und zogen sie an dem Gesteinsbrocken, bis dieser sich widerwillig aus der Erde löste. Sie hoben ihn aus dem Loch, das sie freigelegt hatten, und ließen ihn zur Seite plumpsen.

Jonas und Anton aus der Vergangenheit hatten den Baum fast erreicht. Im letzten Moment flüchteten die vier Zeitreisenden hinter die nächste Kiefer.

Anton-2 trug das Fernglas an einem Lederriemen um den Hals.

»Dieser Baum ist perfekt«, sagte Anton-2. »Von den oberen Ästen können wir die gesamte Arena überblicken.«

Sie machten sich direkt ans Klettern, ohne zu ahnen, dass ihre Doppelgänger sie dabei beobachteten.

»Ich sehe ganz schön komisch aus, wenn ich klettere«, sagte Jonas.

»Worauf warten wir?«, fragte Anton. »Lasst uns abhauen.«

»Moment«, ermahnte sie Felix. »Wir müssen sicherstellen, dass das Fernglas den Absturz wirklich überlebt.«

Sie warteten gespannt. Es dauerte eine gefühlte Ewigkeit, bis Jonas-2 und Anton-2 begannen, sich um den Feldstecher zu streiten. Anton-2 zerrte an dem Fernglas, Jonas-2 ließ es abrupt los, und es rutschte Anton-2 aus der Hand. Es plumpste zu Boden und landete direkt in dem Loch, wo eben noch der Stein gelegen hatte. Die weiche Erde bremste den Fall.

»Siehst du«, sagte Anton aus der Zukunft. »Es war deine Schuld. Du hast es losgelassen, bevor ich es richtig ergriffen hatte.«

»Was kann ich denn dafür, wenn du so ein Tollpatsch bist?«, gab Jonas zurück.

»Könnt ihr Trottel mal den Mund halten?«, sagte Felix. »Sonst hören eure Doppelgänger euch noch.«

Anton-2 und Jonas-2 hatten den Boden erreicht. Anton-2 bückte sich und hob das Fernglas auf. Bis auf ein wenig lockere Erde, die am Gehäuse klebte, war es unversehrt.

Die vier Freunde atmeten erleichtert aus.

»Das ist ja gerade noch mal gut gegangen«, sagte Anton.

»Dieses Zeitreisen hatte ich mir einfacher vorgestellt«, seufzte Nina.

»Wohin jetzt?«, fragte Anton.

»Jetzt müsst ihr meine Vergangenheitsversion abpassen, bevor ich nach Hause komme«, sagte Nina. »Und ich ... also ich-ich, muss so tun, als wäre ich ... äh ... mein Vergangenheits-Ich.«

»Wo warst du noch mal zu diesem Zeitpunkt?«, fragte Felix.

»Beim Fußballtraining«, antwortete Nina. »Ihr müsst euch beeilen, wenn ihr mich auf dem Heimweg erwischen wollt. Ich bin von der Schule durchs Dorf geradelt.«

Jonas, Anton und Felix schlugen den Weg zum Dorf ein. Nina lief in die entgegengesetzte Richtung los.

Nina

Nina wohnte nicht weit von der Entenwiese entfernt. Trotzdem musste sie Gas geben. Ihr blieb nicht viel Zeit, um den nächsten Punkt des Plans in die Tat umzusetzen. Das kleine Haus mit Garten, in dem sie mit ihrer Familie wohnte, lag am Waldrand. Das Auto ihrer Mutter stand in der Einfahrt. Nina schauderte unwillkürlich. Ihr fiel wieder ein, wie das Reh wie aus dem Nichts mitten auf der Fahrbahn erschienen war. Ihre Mutter war auf die Bremse gestiegen, die Reifen hatten gequietscht, und dann …

Sie musste unbedingt verhindern, dass der Unfall noch einmal passierte. Sie öffnete die Vordertür und ging hinein. Ihre Mutter lief geschäftig in der Küche auf und ab. Ihre Handtasche hing über der Rückenlehne eines Stuhls. Nina musste an ihr Handy kommen, doch wie sollte sie das anstellen, solange ihre Mutter sich in der Küche befand?

»Wir müssen in einer halben Stunde los«, sagte ihre Mutter, während sie sich einen Kaffee einschenkte.

»Wohin?«, fragte Nina. Sie wusste natürlich, wovon ihre Mutter sprach, doch Felix hatte ihr eingeschärft, so wenig wie möglich von den echten Geschehnissen abzuweichen, um unvorhergesehene Auswirkungen ihrer Zeitreise zu vermeiden. Da Nina ziemlich mieser Laune gewesen war, reagierte sie auch jetzt genervt auf ihre Mutter.

»Na, zur Klavierstunde! Du hast es doch nicht vergessen, oder?«

»Leider nicht«, maulte Nina. Ihre Mutter sah sie mit einem verletzten Blick an. Nina hatte beim ersten Mal gar nicht mitbekommen, wie enttäuscht ihre Mutter darüber gewesen war, dass Nina so abweisend reagiert hatte. Jetzt tat es ihr leid.

»Ich will pünktlich losfahren«, sagte ihre Mutter kurz angebunden. Nina hatte sich währenddessen Schritt für Schritt der Handtasche genähert. Schaffte sie es, in einem unbeobachteten Moment das Handy herauszufischen?

»Ich gehe mich mal eben frisch machen«, sagte ihre Mutter jetzt und verließ die Küche.

Nina konnte ihr Glück kaum fassen. Sobald ihre Mutter das Zimmer verlassen hatte, öffnete Nina ihre Handtasche und begann, darin herumzukramen. Ein Portemonnaie, eine Packung Taschentücher, eine Armbanduhr, diverse Kugelschreiber und loses Kleingeld kamen zum Vorschein, doch vom Handy keine Spur. Mist! Sie sah auf die große Uhr, die über der Tür hing. 17.31 Uhr. Sie hätte die SMS schon vor einer Minute schicken sollen!

Nina-2

Zur selben Zeit begleiteten die drei Jungs Nina-2 vom Fußballtraining nach Hause. Nina-2 war etwas verwundert gewesen, als die drei auf dem Dorfplatz zu ihr gestoßen waren, zumal sie aussahen, als hätten sie sich gerade eine Schlammschlacht geliefert.

»Hey Nina, hast du Lust, heute mit uns ins Kino zu gehen?«, fragte Jonas. »Wir wollen uns *Fluch der Piratenmumie* ansehen.«

»Ich würde ja gerne, aber ich habe keine Zeit«, sagte Nina-2.

»Warum nicht?«, fragte Anton.

Es war Nina-2 sichtlich peinlich, den wahren Grund zu nennen.

»Meine Mutter hat mich dazu verdonnert, Klavierstunden zu nehmen.«

»Was?«, rief Anton mit gespieltem Entsetzen. »Wieso das denn?«

»Keine Ahnung«, antwortete Nina-2. »Ich glaube, sie hat gute Erinnerungen an die Zeit, als sie selbst Klavierspielen gelernt hat.«

Sie kamen ans Ende des Dorfes. Von hier aus waren es nur noch wenige Minuten bis zu Ninas Haus. Jonas warf Felix einen heimlichen Blick zu und deutete hinter Nina-2s Rücken auf seine Armbanduhr. Die Zukunfts-Nina hätte schon vor fünf Minuten ihre SMS schicken sollen!

Felix zuckte mit den Schultern. Um Zeit zu schinden, deutete er auf einen großen Baum, der am Waldrand stand. »Seht mal, ein Specht«, rief er.

Anton und Jonas taten so, als sei ein Specht das Interessanteste, was sie je gesehen hatten.

»Wo?«, rief Jonas laut.

»Ich sehe ihn nicht«, sagte Anton und blickte mit zugekniffenen Augen ins Blätterwerk des Baums.

»Jungs, wir sehen uns morgen«, sagte Nina-2, die sich für den eingebildeten Specht kein bisschen interessierte. Wenn sie jetzt losfuhr, war sie in zwei Minuten zu Hause. Sie wollte sich auf ihr Fahrrad schwingen, doch Jonas hielt sie davon ab.

»Warte einen Moment«, sagte er.

»Was ist denn?«, fragte Nina-2.

»Äh … also …«, stammelte Jonas.

»Ich muss echt los«, sagte Nina-2.

Jonas blickte Felix an. Warum zum Teufel hatte Nina-1 die SMS noch nicht geschickt?

Nina

Nina-1 war kurz davor, zu verzweifeln. Sie hatte jeden Winkel der Handtasche ihrer Mutter durchsucht, doch das Handy war nicht zu finden. Was sollte sie jetzt bloß tun? Es war schon 41 Minuten nach fünf. Nina-2 konnte jede Sekunde heimkommen. Sollte sie abbrechen? Sie warf einen Blick durchs Küchenfenster nach draußen. Am Ende der Straße sah sie Nina-2, die sich gerade von den drei Jungs verabschiedete. Verdammt! Sie war zu spät! Nina wollte gerade die Flucht antreten, als ihr Blick auf die Arbeitsfläche unter dem Küchenfenster fiel. Da lag das Handy! Natürlich, ihre Mutter hatte es an das Ladegerät angeschlossen. Sie hob es auf und begann zu tippen. Gleichzeitig hörte sie, wie ihre Mutter die Treppe herunterkam. Ninas Finger flogen über die Buchstaben. Durch das Fenster sah sie, dass Nina-2 mit dem Fahrrad losfuhr und die Jungs hinter sich ließ. In einer Minute würde sie hier sein.

Nina-1 hatte die Nachricht getippt und drückte auf *Senden.* Als im Display *Nachricht gesendet* erschien, öffnete Nina den Ordner mit den gesendeten Nachrichten und löschte die Mitteilung, die sie eben an sich selbst, also Nina-2, geschickt hatte. Im selben Moment, als ihre Mutter die Küche betrat, legte Nina das Handy auf die Ablage zurück.

»Alles okay?«, fragte ihre Mutter?

Nina nickte. Ihre Mutter hängte sich ihre Handtasche über die Schulter. Sie ging auf Nina zu, um ihr Handy einzustecken. Ninas Blick fiel durchs Küchenfenster. Nina-2 hatte fast die

Einfahrt erreicht. Sie holte gerade ihr Handy aus der Tasche. Reflexartig zog Nina die karierten Gardinen des Fensters zu.

»Stimmt etwas nicht?«, fragte ihre Mutter. »Du bist so komisch.

»Nein, nein«, sagte Nina. »Ich dachte nur, wenn die Gardinen offen sind, kann ja jeder reinsehen.«

Ihre Mutter sah sie verwirrt an. »Wollen wir los?«, fragte sie dann.

Jonas

Jonas suchte krampfhaft nach einem weiteren Vorwand, um Nina-2 aufzuhalten, als diese vor dem Haus ihrer Eltern anhielt und ihr Handy aus der Hosentasche zog. Sie las etwas, runzelte die Stirn und machte auf ihrem Fahrrad kehrt. Jonas, Anton und Felix atmeten erleichtert auf, als Nina-2 zurückgeradelt kam. Im selben Moment kam Ninas Mutter mit Nina-1 aus der Tür des Hauses. Nina-2 durfte sich jetzt auf keinen Fall umdrehen, denn sonst würde sie ihre Doppelgängerin mit ihrer Mutter entdecken. Sie stiegen in das Auto ein, das in der Einfahrt parkte.

»Gute Neuigkeiten!«, sagte Nina-2. »Ich habe gerade eine SMS von meiner Mutter bekommen. Die Klavierstunde ist abgesagt!«

»Das ist ja großartig!«, rief Jonas.

»Super!«, sagte Anton.

»Dann können wir ja doch ins Kino gehen«, schlug Felix vor.

»Klar«, sagte Nina-2. »Ich muss ihr nur schnell zurückschreiben, damit sie sich keine Sorgen macht.« Sie wollte gerade lostippen, als Jonas sie unterbrach.

»Ach, Blödsinn«, sagte er. »Sie weiß doch, dass du mit uns unterwegs bist.«

»Genau«, pflichtete Felix ihm bei. »Du musst ihr nicht extra eine SMS schreiben, nur weil du ins Kino gehst.«

Das Auto von Ninas Mutter setzte zurück und bog in die Waldstraße ein, die nach Grafenberg führte.

»Spinnt ihr?«, fragte Nina-2. »Meine Mutter bringt mich um, wenn ich spät wegbleibe, ohne ihr Bescheid zu sagen.«

Nina-2 begann zu tippen. Die drei Jungs sahen sich ratlos an. Wenn Ninas Mutter eine SMS von Nina-2 bekam, während die falsche Nina neben ihr im Auto saß, konnte das ein ernstes Problem ergeben.

»Ich weiß was«, sagte Jonas zu Nina-2. »Gib mir mal dein Handy.«

Widerwillig händigte Nina-2 es ihm aus. Er nahm es und wählte die Nummer ihrer Mutter. Es klingelte kurz, und Ninas Mutter nahm ab.

Nina

Im Auto bekam Nina-1 fast einen Schock, als Jonas' Stimme über die Freisprechanlage erklang.

»Hallo, hier ist Jonas«, sagte er. Nina spürte, wie ihr das Blut ins Gesicht schoss.

»Oh, hallo!«, antwortete ihre Mutter.

»Darf Nina heute Abend mit uns ins Kino gehen?«, fragte er.

»Nina hat heute Abend leider keine Zeit. Aber ich werde ihr sagen, dass du angerufen hast.«

»Vielen Dank«, sagte Jonas und legte auf.

Nina amtete erleichtert aus.

»Das ist wirklich ein Netter, der Jonas«, kommentierte ihre Mutter lächelnd. Nina nickte.

Der Wagen fuhr die Landstraße entlang, die durch den Wald nach Grafenberg führte. Nina saß auf dem Beifahrersitz und blickte nervös auf die Bäume, die rechts am Auto vorbeirauschten. Das Reh konnte jeden Moment auf die Fahrbahn springen. Wenn sie ihre Mutter nicht rechtzeitig warnte, würde Nina ein zweites Mal den Albtraum des Unfalls durchleben.

»Du bist so still«, bemerkte ihre Mutter. »Freust du dich denn gar nicht?«

»Doch, schon«, sagte Nina kurz angebunden.

»Ich habe so gute Erinnerungen an meine Klavierstunden«, fuhr ihre Mutter fort. »Ich habe dort Papa kennengelernt, hatte ich dir das schon erzählt?«

»Nur ungefähr hundert Mal«, antwortete Nina.

»Warum bist du denn plötzlich so schlecht gelaunt?«, fragte ihre Mutter und blickte zu ihr herüber.

»Kannst du bitte auf die Straße schauen?«, fuhr Nina sie an.

»Was ist nur los mit dir?«

»Nichts ist los. Ich will nur nicht, dass ... Achtung!«

Vor ihnen im Scheinwerferlicht war, wie aus dem Nichts, das Reh aufgetaucht. Ninas Mutter drehte den Kopf. Sie stieß einen Schreckenslaut aus und trat mit voller Wucht auf die Bremse. Nina und ihre Mutter wurden nach vorne in ihre Sicherheitsgurte gedrückt. Merkwürdigerweise reagierte das Reh überhaupt nicht auf das herannahende Auto. Es blieb wie angewurzelt stehen. Ein seltsamer Gedanke schoss Nina durch den Kopf. Es war fast so, als wolle das Reh mit ihnen zusammenstoßen, als wäre es sein Schicksal.

Doch dazu kam es nicht. Die Bremsen taten ihren Dienst, und das Auto kam Zentimeter vor dem reglosen Tier zum Stehen. Nina schlug das Herz bis zum Hals. Das Reh blickte sie an, und Nina bemerkte wieder den weißen Fleck auf seiner Stirn. Dann setzte es sich, fast gelangweilt, in Bewegung und trabte auf der anderen Straßenseite in den Wald hinein. Kurz darauf hatte die Dunkelheit es verschluckt.

»Um Gottes willen, habe ich einen Schock bekommen«, sagte Ninas Mutter atemlos. »Alles okay mit dir?«

Nina nickte. Sie hatte es geschafft! Sie hatte den Unfall verhindert. Ein Gefühl der Erleichterung stieg in ihr hoch.

»Na, so ein Schreck«, sagte ihre Mutter. »Ich hätte das arme Reh beinahe übersehen. Wo waren wir stehen geblieben? Ach ja, ich habe Papa in der Klavierstunde kennengelernt.«

Ihre Mutter begann die Geschichte ihres ersten Treffens erneut zu erzählen, doch Nina störte sich gar nicht daran. Sie war so glücklich darüber, dass sie nicht mit dem Reh zusammengestoßen waren, dass sie die Anekdote sogar genoss.

Einen Nachteil hatte der Plan. Nina hatte es zwar geschafft, den Unfall zu verhindern, doch sie hatte nun keine andere Wahl, als an der Klavierstunde teilzunehmen. Schließlich konnte sie nicht einfach so verschwinden. Ihre Mutter setzte sie direkt vor dem Eingang der Musikschule ab.

Nina war nervös, als sie das Gebäude betrat. Doch als sie das richtige Zimmer fand und den Klavierlehrer begrüßte, der schon auf sie wartete, schwand ihre Nervosität. Bei ihrem Lehrer handelte es sich um einen netten jungen Mann, der mit italienischem Akzent Deutsch sprach. Er war voller Energie und Leidenschaft für die Musik, und als die Stunde vorbei war, stellte Nina erstaunt fest, dass es ihr sogar Spaß gemacht hatte. Klar, es würde sicher nicht ihr neues Lieblingshobby werden, aber so schlimm, wie sie es sich ausgemalt hatte, war es längst nicht gewesen. Sie verließ die Musikschule und stellte sich an den Straßenrand. Dort sah sie den Autos zu, die an der Schule vorbeifuhren, und hing ihren Gedanken nach. Warum hatte sie sich so geziert, in die Klavierstunde zu gehen?

Das Auto ihrer Mutter hielt am Straßenrand, und Nina stieg auf der Beifahrerseite ein.

»Und, wie war es?«, fragte ihre Mutter erwartungsvoll.

Nina hätte ihr jetzt am liebsten gesagt, dass ihr die Stunde eigentlich gefallen hatte, doch das konnte sie nicht tun. Es gab da nämlich ein winziges Problem: Nina-2, die sie vor der Fahrt abgefangen hatten, wusste ja nicht, dass Nina an ihrer Stelle in die Klavierstunde gegangen war. Nina musste ihre Mutter also davon überzeugen, dass es ihr nicht gefallen hatte und dass sie auch in Zukunft nicht wieder in den Klavierunterricht gehen wollte. Denn wenn ihre Mutter mit Nina-2 über die Klavierstunde reden würde, würde ja herauskommen, dass Nina-2 gar nicht da gewesen war.

»Mama, das ist nichts für mich«, sagte Nina. »Sei mir nicht böse, aber ich will da nicht wieder hingehen.«

Nina blickte zu ihrer Mutter. Sie konnte ihr die Enttäuschung ansehen und fühlte sich mies, sie anlügen zu müssen.

»Na ja, schade«, sagte ihre Mutter in einem Tonfall, der Nina ein bisschen das Herz brach. »Einen Versuch war's ja wert.« Sie fuhr los. Je länger die Fahrt dauerte, desto elender fühlte sich Nina. Sie hätte ihrer Mutter am liebsten alles erzählt, doch das durfte sie nicht tun. Ihre Mutter schaltete das Radio an, und sie fuhren schweigend durch die Nacht nach Hause.

Dort angekommen aß sie mit ihren Eltern zu Abend. Ninas Vater fragte sie nach der Klavierstunde aus, und sie hatte alle Mühe, genervt und gelangweilt zu klingen. Er erzählte ihr erneut die Geschichte, wie er als schüchterner junger Mann ihre Mutter bei einem Konzert angesprochen hatte, und diesmal kamen Nina beinahe die Tränen. Sie entschuldigte sich und zog sich auf ihr Zimmer zurück. Der Plan, den Unfall zu vermeiden, hatte zwar funktioniert, aber Nina fühlte sich ganz und gar nicht wohl dabei.

Jonas

Jonas, Anton und Felix kamen mit Nina-2 aus dem Kino. Es war mittlerweile dunkel geworden, und die Kinozuschauer liefen zum Parkplatz.

»Wollen wir heimgehen?«, fragte Nina-2.

»Mein Vater holt uns ab«, log Jonas. Der Grund für diese Lüge war der, dass sie Nina-2 noch nicht nach Hause lassen durften. Sie mussten warten, bis Ninas Eltern im Bett waren. Wenn Nina-2 heimkam und ihnen beispielsweise von dem Film erzählte, den sie eben gesehen hatte, würde ihre Mutter sie für verrückt erklären. Schließlich hatte sie ihre Tochter doch gerade erst aus der Musikschule abgeholt.

Die vier Freunde setzten sich auf einen Mauervorsprung und warteten. Als eine halbe Stunde vergangen war, wurde Nina-2 ungeduldig.

»Wann kommt dein Papa denn?«, fragte sie.

»Äh … er müsste jeden Moment hier sein«, sagte Jonas.

»Kannst du ihn nicht anrufen? Meine Eltern machen sich bestimmt schon Sorgen um mich.«

Jonas wusste, dass Ninas Eltern sich keine Sorgen machten, denn ihre Tochter war ja bereits wohlbehalten aus der Klavierstunde zu Hause angekommen. Er zog sein Handy heraus und schaltete das Display ein.

»Ah! Hier ist eine Nachricht von ihm. Er ist gleich da.«

Auch das entsprach natürlich nicht der Wahrheit, doch er musste Nina-2 so lange beruhigen, bis die Zukunfts-Nina ihnen das Signal gab, dass ihre Eltern ins Bett gegangen waren. Sie warteten eine weitere Viertelstunde, bis Nina-2 endgültig die Geduld verlor.

»Also, ich rufe jetzt meinen Vater an«, sagte sie.

»Nein!«, rief Felix, etwas zu laut. »Ich ... Ich meine, der schläft doch sicher.

Im selben Moment summte Jonas' Handy. Er sah auf das Display. Eine Nachricht von Nina war darauf erschienen.

Eltern im Bett! Ihr könnt kommen.

Er nickte Anton und Felix heimlich zu. Nina-2 hatte ihr Handy aus der Tasche gezogen und wählte die Nummer ihres Vaters. Jonas tippte auf den *Anruf beenden*-Button auf ihrem Display.

»Hey, was soll das?«, rief Nina.

»Ich habe eine bessere Idee«, sagte Jonas. »Wir nehmen uns ein Taxi. Dann müssen wir deinen armen Papa nicht aus dem Bett klingeln.«

»Du hast das Geld aber locker sitzen«, sagte Nina-2 mit hochgezogenen Augenbrauen.

Aber es funktionierte. Jonas winkte ein Taxi heran, und die vier Freunde stiegen ein.

Nina

Im Haus ihrer Eltern lauschte Nina an der Tür, die in den Gang führte. Es war kein Geräusch zu hören. Sie musste jetzt ganz leise sein. Wenn sie ihre Eltern aufweckte, war der ganze Plan im Eimer. Sie zog ihre Schuhe aus und schlich auf Zehenspitzen zur Treppe. Dies war der brenzligste Teil des Fluchtwegs. Die alten Treppenstufen knarzten, und das Schlafzimmer ihrer Eltern lag direkt neben dem oberen Absatz. Nina erreichte die Treppe und verlagerte langsam ihr Gewicht auf die oberste Stufe. Sie knackte und quietschte wie die Tür in einem Horrorfilm. Als sie mit ihrem ganzen Gewicht auf der Stufe stand, hielt sie inne und lauschte. Die Tür zum Schlafzimmer ihrer Eltern stand einen Spaltbreit offen. Leises Schnarchen drang an ihr Ohr. Schritt für Schritt arbeitete sie sich nach unten vor.

Jonas

Das Taxi bog in die Straße ein, in der das Haus von Ninas Eltern stand.

»Fahren sie bitte hier rechts ran«, sagte Jonas.

»Wieso das denn?«, fragte Nina-2. »Die letzten hundert Meter können wir doch auch noch fahren.«

»Ich möchte deine Eltern nicht aufwecken«, sagte Jonas. »Wenn wir weiterfahren, leuchten die Scheinwerfer doch direkt ins Schlafzimmer.«

»Du bist aber ganz schön um den Schlaf meiner Eltern besorgt«, sagte Nina-2.

»Ich will nicht, dass wir Ärger bekommen, weil wir so spät unterwegs waren«, antwortete Jonas.

»Da hast du recht«, sagte Nina-2. Sie stieg aus dem Taxi. »Wir sehen uns morgen«, sagte sie und verschwand in Richtung des Hauses.

»Wohin jetzt?«, fragte der Taxifahrer.

»Äh, wir warten hier noch auf jemanden«, stammelte Jonas.

»Dann muss ich aber das Taxameter weiterlaufen lassen«, sagte der Fahrer.

»Geht klar.«

Nina

Inzwischen hatte Nina-1 das Erdgeschoss erreicht. Sie atmete durch. Sie hatte den Abstieg geschafft, ohne ihre Eltern aufzuwecken. Erleichtert wandte sie sich der Haustür zu. Sie wollte gerade die Klinke ergreifen, als diese sich von alleine senkte. So schnell sie konnte, huschte Nina ins Wohnzimmer. Durch einen Türspalt beobachtete sie, wie die Vordertür sich öffnete und Nina-2 hereinkam.

Nina würde sich nie daran gewöhnen, ihre eigene Doppelgängerin zu betrachten. Es war fast so, wie wenn man seine eigene Stimme auf einem Video hörte, vertraut und doch fremdartig. Nina-2 ging zum Treppenabsatz, und jetzt musste Nina-1 schmunzeln. Denn genauso vorsichtig, wie sie eben die Treppe hinuntergeschlichen war, schlich ihre Doppelgängerin jetzt die Treppe wieder hinauf. Oben angekommen hielt sie inne und lauschte erleichtert dem Schnarchen ihrer Eltern, das aus dem Schlafzimmer drang. Nina wartete, bis Nina-2 die Tür ihres Zimmers geschlossen hatte, und ging dann zur Haustür. Sie zog sie auf und huschte hinaus. Dann lief sie die Straße entlang, bis sie zu dem Taxi kam, in dem die Jungs auf sie warteten. Dort öffnete sie die Tür und stieg ein. Der Fahrer sah sie verwirrt an.

»Bist du nicht eben gerade ausgestiegen?«, fragte er.

»Ich… äh… ich habe den Haustürschlüssel vergessen«, sagte sie.

»Ach ja«, rief Felix. »Da fällt mir ein, ich habe ja noch

deinen Zweitschlüssel zu Hause!« Seine Schauspielkunst war fragwürdig, aber der Fahrer schien das nicht zu bemerken – oder es war ihm ganz einfach egal.

Felix gab dem Fahrer die Adresse, und das Taxi setzte sich in Bewegung.

Rückkehr

Der Wagen hielt am anderen Ende des Dorfes, und die vier Freunde stiegen aus.

»Warum sind wir nicht gleich bis zum Zombiepark gefahren?«, fragte Anton.

»Na, was meinst du, was der Fahrer sich denkt, wenn er uns vier nach Mitternacht im tiefsten Wald aussetzt?«, antwortete Felix.

»Da hast du auch wieder recht«, sagte Anton.

Die Freunde machten sich auf den Weg. Im Dunkeln und bergauf dauerte es eine Stunde, bis sie den Wald erreicht hatten. Die Straße, die zwischen den Bäumen hindurchführte, war unbeleuchtet, und so mussten sie die Taschenlampen ihrer Handys benutzen, um sich Licht zu machen. In kurzer Zeit hatten sie jedes fliegende Insekt im Umkreis angelockt, darunter auch einige Stechmücken, die sie immer wieder piesackten.

»Mistviech!«, rief Jonas und klatsche sich aufs Gesicht. Das Insekt war schneller gewesen, und er hatte sich umsonst selbst geohrfeigt.

»Da ist der Maschendrahtzaun«, rief Felix.

»Na, dann sind es ja nur noch mehrere Stunden«, murrte Anton.

In der Ferne näherten sich die Scheinwerfer eines Autos.

»Runter!«, rief Felix. »Die dürfen uns nicht entdecken. Sonst kommen wir noch ins Waisenhaus, so wie wir aussehen.«

Die vier duckten sich ins Gras und warteten, bis der Wagen an ihnen vorbeigebraust war.

Nina stand auf und klopfte sich die Tannennadeln aus der Kleidung. »Also, ich habe erst mal die Nase voll vom Zeitreisen«, schnaubte sie.

»Da ist die Lichtung«, rief Jonas. Sie bogen ab und folgten dem Maschendrahtzaun, bis sie das Loch erreicht hatten, das Jonas in den Zaun geschnitten hatte. Sie schlüpften hindurch. Dahinter durchquerten sie das hohe Gras, bis sie auf den Weg kamen, der zum Labor führte. So kurz vor dem Ziel legten sie einen Zahn zu. Die Tür zum Treppenhaus des Komplexes stand immer noch offen. Sie gingen hinein, stiegen die Treppe hinab und erreichten den Raum, in dem sich das Portal befand. Das gleißende Licht erhellte den Raum, und im Inneren des Torbogens waberte die merkwürdige Energie, die das Zeittor antrieb.

»Nichts wie los«, sagte Felix. »Ich möchte keine Sekunde länger hier verbringen als nötig.«

Sie stellten sich vor dem Tor auf, nahmen sich bei der Hand und schritten gemeinsam hindurch.

Es kribbelte, und sie traten unversehrt auf der anderen Seite wieder hinaus. Jonas, Anton und Nina hatten von dem Laborkomplex erst mal genug und wollten so schnell wie möglich zum Ausgang.

»Wartet noch kurz«, sagte Felix. Er ging zur Steuereinheit hinüber und schaltete das Tor ab. »Es hat ja keinen Sinn, unnötig Strom zu verschwenden«, meinte er. Dann liefen sie die Treppe empor und traten ins Sonnenlicht hinaus.

Felix beschirmte seine Augen. »Mann, ist das hell!«

»Ganz schön krass«, sagte Jonas. »Hier ist es immer noch ganz früh am Morgen.«

»So muss sich Jetlag anfühlen«, überlegte Nina.

Die vier Freunde setzten sich ins Gras. Sie waren völlig übermüdet, hungrig und sahen aus, als hätten sie eine Dschungelsafari hinter sich. Die T-Shirts der Jungs waren völlig verdreckt, und alle vier konnten eine Dusche gut gebrauchen.

»Was für eine krasse Aktion«, murmelte Anton. »Ich weiß gar nicht, wo mir der Kopf steht.«

»Wir haben's echt geschafft«, rief Jonas. »Ich frage mich, wie mein Date mit Alina gelaufen ist!«

»Mann, ich hoffe, ich habe eine bessere Note geschrieben«, sagte Felix.

»Auf jeden Fall haben wir ein Reh gerettet«, sagte Nina.

Keiner der vier hatte die Energie, sofort zurückzugehen, und so dösten sie ein wenig in der Sonne.

Nina war gerade eingeschlummert, als Antons Magen so laut knurrte, dass sie davon aufwachte.

»Ich bin ganz seiner Meinung«, sagte Felix und deutete auf Antons Magen.

»Ich habe es vor lauter Müdigkeit gar nicht gemerkt, aber ich sterbe vor Hunger«, pflichtete Nina bei.

Sie rappelten sich auf und liefen zu dem Loch im Zaun zurück. Mittlerweile kannten sie sich in dem Areal so gut aus, dass sie in wenigen Minuten an ihrem Ziel angelangt waren. Sie kletterten durch das Loch.

»Wo sind unsere Fahrräder?«, fragte Jonas.

»Wir haben sie doch hier abgestellt«, sagte Felix.

Nina suchte die Umgebung ab.

»Keine Spur!«, rief sie.

»Irgendwas ist hier faul«, murmelte Felix, doch sein Gedankengang wurde von Anton unterbrochen.

»Wenn wir jetzt den ganzen Weg bis ins Dorf zurücklaufen müssen, verhungere ich.«

»Hilft ja nichts«, warf Nina ein und lief in Richtung der Waldstraße. Die Jungs folgten ihr.

Eine halbe Stunde später gelangten sie zu der Wiese, auf der sie Sven beim Steuern der Drohne beobachtet hatten.

»Um diese Uhrzeit hat man sicher eine coole Aussicht aufs Dorf«, sagte Felix. Er lief über die Wiese zum Rand der Klippe, wo der Felsen steil ins Tal abfiel.

»Komm schon, Felix, ich habe Hunger«, maulte Anton.

»Echt, Felix«, sagte Jonas. »Wenn ich in den nächsten Minuten nichts zu beißen bekomme, werde ich ungemütlich.«

Felix hatte die Klippe erreicht.

Er stieß einen lauten Schrei aus.

»Was ist?«, rief Nina.

Felix drehte sich um. Er war kreidebleich und zitterte am ganzen Körper. Er zeigte mit einem Finger ins Tal hinab.

»Das … Das kann doch nicht …«

Die drei anderen liefen zu ihm. Sie blickten ins Tal. Jetzt wurde auch ihnen klar, was Felix so aus der Fassung gebracht hatte.

Von dem Dorf, in dem sie aufgewachsen waren, war nur noch eine Trümmerwüste übrig. Die Häuser waren wie von einer riesigen Hand weggewischt worden. Kein Stein lag mehr auf dem anderen. Der Boden war matschig, braun und voller

Pfützen, als sei eine gigantische Flutwelle über das Dorf hereingebrochen. Und genau das war auch geschehen, denn der Staudamm, der die Wassermassen des Irrlacher Sees zurückgehalten hatte, war gebrochen. Die riesige Betonwand war wie eine Sandburg in sich zusammengefallen und hatte dem Wasser keinen Halt mehr geboten.

Irrlach existierte nicht mehr.

Zweiter Teil

Der Tag danach

Jonas, Anton, Nina und Felix blickten wortlos ins Tal hinab. Es dauerte Minuten, bis Jonas als Erster die Sprache wiederfand.

»Was um alles in der Welt ist hier passiert, während wir weg waren?«, fragte er.

Keiner konnte es sich erklären. Felix setzte sich ins Gras und begann zu weinen. Nina versuchte ihn zu trösten, doch ihr fehlten die Worte.

»Was … was, wenn das unsere Schuld ist?«, schluchzte Felix.

»Wieso das denn?«, rief Anton.

»Weil wir durch das Portal gegangen sind.«

»Willst du mir etwa einreden, dass der Staudamm eingestürzt ist, weil ich Alina ins Kino eingeladen habe?«, fragte Jonas. »Das ist doch Quatsch.« Ganz sicher war er sich da jedoch nicht.

»Keine Ahnung«, rief Felix aufgebracht. »Vielleicht hat es einen Energieüberschuss gegeben, der ein Erdbeben ausgelöst hat.«

»Dann wäre das doch auch schon beim letzten Mal passiert«, warf Nina ein.

Felix stand auf und ging zur Straße zurück.

»Wo willst du hin?«, fragte Jonas.

»Na, wohin wohl?«, rief Felix. »Ich gehe jetzt ins Dorf und finde heraus, ob wir daran schuld sind, dass es Irrlach nicht mehr gibt.«

Er drehte sich um und lief weiter. Die anderen folgten ihm.

Eine Viertelstunde später passierten sie das Ortschild, das wie durch ein Wunder den Wassermassen standgehalten hatte. Es wirkte wie ein Grabstein. Je näher sie dem Dorf kamen, desto offensichtlicher wurde das Ausmaß der Zerstörung. Von den meisten Gebäuden waren nur noch die Grundmauern übrig geblieben. Kein Stein stand mehr auf dem anderen. Der Boden bestand aus Schlammpfaden und länglichen Pfützen, die sich in den Reifenspuren der Rettungslaster gebildet hatten. Eine riesige Planierraupe fuhr an Jonas, Anton, Nina und Felix vorbei und verschwand zwischen den Geröllhaufen. Die vier Freunde folgten ihr.

Als sie den Ortskern erreicht hatten, bot sich ihnen ein deprimierender Anblick. Der Maibaum ragte schräg aus dem Boden wie der Mast eines gekenterten Schiffes. Das Becken des Springbrunnens war mit matschigem Wasser geflutet, und die bronzene Meerjungfrau hing traurig auf einer Seite herunter, als würde sie das Schicksal von Irrlach beweinen. Ein Team des Technischen Hilfswerks war gerade dabei, eine gekappte Stromleitung zu flicken, und ein Bagger lud Trümmer und Geröll auf die Ladefläche eines wartenden Lasters.

In der Mitte befand sich der Krisenstab der Polizei, der die einzelnen Hilfsmannschaften koordinierte. Nina entdeckte Polizeimeisterin Kerstin Hofer, die mit ihren Kollegen über einen Stadtplan gebeugt war. Sie lief zu der Polizistin hinüber.

»Frau Hofer?«, fragte sie.

Die Polizeimeisterin drehte sich um. »Oh, hallo. Ich habe jetzt leider keine Zeit für euch.«

Nina sah sie flehend an. »Wir wollen doch nur wissen, was hier passiert ist.«

»Der Damm ist gebrochen. Aber das müsst ihr doch mitbekommen haben.« Kerstin Hofer sah sie fragend an.

Nina wusste nicht, was sie darauf antworten sollte.

Felix hatte eine Idee. »Klar haben wir das mitbekommen«, improvisierte er. »Aber wir wissen nicht, wie es dazu gekommen ist. Wir haben so viele Theorien gehört, und wir wüssten gerne, was wirklich passiert ist.«

Die Polizistin blickte sie mitleidig an.

»Also, ich darf euch leider nichts erzählen, solange die Ermittlungen laufen. Glücklicherweise konnten wir wenigstens das gesamte Dorf rechtzeitig evakuieren, ohne dass es Todesfälle oder Vermisste gab. Der Sachschaden ist jedoch, wie ihr sehen könnt, beträchtlich.«

Felix atmete hörbar auf, und auch die anderen waren erleichtert. Es hatte also keine Toten gegeben.

»Ich muss jetzt leider hier weitermachen«, fügte Kerstin Hofer hinzu. »Außerdem muss ich euch bitten, das Katastrophengebiet zu verlassen. Es ist besser, wenn ihr bei euren Familien bleibt. Ich weiß, dass die Sporthalle von Grafenberg nicht gerade ein Luxushotel ist, aber wir arbeiten an einer Lösung für die Unterkünfte.«

Die vier Freunde verließen den Dorfplatz und gingen in eine Seitenstraße.

»Die Dorfbewohner sind also in Grafenberg untergekommen«, sagte Jonas.

»Wir sollten zu unseren Familien zurückkehren«, schlug Felix vor. »Die machen sich bestimmt schon Sorgen.«

»Eins ist merkwürdig«, sagte Nina.

»Was denn?«, fragte Jonas.

»Na, Kerstin Hofer hat gesagt, dass es keine Vermissten gab.«

»Was ist daran merkwürdig?«

»Warum vermisst keiner *uns*?«

Niemand hatte darauf eine Antwort.

»Bis Grafenberg schaffe ich es nie und nimmer«, maulte Anton. »Ich habe schon Blasen an den Füßen.«

»Wenn wir doch nur unsere Fahrräder hätten«, meinte Jonas. »Warum die wohl verschwunden sind?«

»Ich habe eine Idee, wo wir welche bekommen können«, rief Nina. »Folgt mir.«

Sie rannte los, und die Jungs liefen hinterher. Anton keuchte und hielt sich die Seite. Einige Minuten später kamen sie am Freibad an, oder an dem Ort, wo es bis gestern noch gestanden hatte. Der Zaun, der die Liegewiese abgrenzte, war umgeknickt, und das große Becken war mit braunem Schlammwasser gefüllt.

»Du willst doch nicht etwa schwimmen gehen«, sagte Anton.

»Quatsch!«, antwortete Nina. Stattdessen lief sie zum Eingang des Bads. Daneben stand der überdachte Fahrradständer. Er war durch den Druck des Wassers umgefallen. »Helft mir mal«, sagte sie.

Zu viert stemmten sie sich gegen das Dach und schafften es, ihn wieder aufrecht hinzustellen.

»Mit etwas Glück finden wir hier ein paar Räder, die wir uns ausleihen können.«

Viele der Fahrräder hatten den Druck der Flutwelle nicht überstanden, doch nach einigem Suchen fanden sie vier Exemplare, die noch einigermaßen fahrtauglich und nicht angekettet worden waren. Sie schwangen sich auf ihre neuen Fortbewegungsmittel und radelten in Richtung Grafenberg.

Nina

Mit dem Auto war man in zehn Minuten in Grafenberg, doch mit dem Fahrrad dauerte es eine Stunde, bis sie das Nachbardorf erreicht hatten. Nina kannte die Mehrzweckhalle von ihren Auswärtsspielen gegen den Grafenberger Fußballklub, die bei schlechtem Wetter in der Halle ausgetragen wurden. Es handelte sich um einen großen, modernen Bau, der zu einem Sportkomplex mit Tennisplatz, Fitnessstudio und Restaurant gehörte. Die vier Freunde stiegen ab und betraten das Gebäude.

Der moderne Sportkomplex hatte sich völlig verwandelt. Das Restaurant, in dem normalerweise hungrige Sportler nach ihren Aktivitäten einkehrten, war zu einer Großküche umfunktioniert worden. Freiwillige Helfer teilten Brot, Nudelsuppe und Wasserflaschen an die Irrlacher Bürger aus, die sich an den Tischen drängten. Nina führte die anderen zu der Treppe, über die man die Sporthalle erreichte. Es herrschte reger Verkehr. Die Halle beherbergte so viele Menschen, dass ein stetiger Strom von Anwohnern ein und aus ging. In der Halle angekommen, staunten sie nicht schlecht. Hunderte von Feldbetten waren hier aufgereiht. Die Familien, die aus Irrlach geflohen waren, hatten sich hier, so gut es ging, häuslich niedergelassen. Die Evakuierung musste ganz plötzlich passiert sein, denn die meisten hatten gerade mal Zeit gehabt, ihre nötigsten Habseligkeiten in Koffer und Taschen zu packen, bevor sie ihre Häuser verlassen mussten. Der Zusammenhalt schien jedoch groß zu sein. Nina sah, dass sich zwei Familien Windeln und Milch für ihre Babys teilten, und in einer Ecke las eine ältere Dame einigen Kindern aus einem Märchenbuch vor. An der hinteren Wand entdeckte sie ihre Mutter. Sie saß auf einem Bett und unterhielt sich gerade mit jemandem, den Nina nicht sehen konnte.

»Da hinten ist meine Mama!«, rief sie und wollte gerade loslaufen, als Felix sie zurückhielt.

»Was soll denn das?«, fragte Nina und blickte Felix an. Seine Augen hatten sich vor Schreck geweitet. »Was ist los mit dir?«

»Wir müssen hier raus! Sofort!«

Sein Tonfall ließ keinen Widerspruch zu, und die vier Freunde verließen die Halle durch einen Notausgang, der über eine schmale Treppe zum Sportplatz hinaufführte. Dort versteckte sich Felix hinter einem Baum. Die anderen drei folgten ihm.

Felix

»Oh Mann, ich bin so ein Vollidiot!«, rief Felix. »Dieser ganze Plan war völlig hirnverbrannt.«

»Jetzt hol doch erst mal Luft und sag uns, was los ist«, versuchte Jonas ihn zu beruhigen. Aber Felix war viel zu aufgebracht.

»Nina, hast du nicht gesehen, mit wem sich deine Mutter da unterhalten hat?«, fragte Felix.

»Äh, nein«, gab Nina zu.

»Das warst *du*!«

»Hä? Wie kann das sein? Wir sind doch nicht mehr in der Vergangenheit. Hier sind also gar keine Doppelgänger von uns.«

»Doch!«, rief Felix. »*Wir* sind die Doppelgänger. Überlegt doch mal. Was haben wir in der Vergangenheit angestellt?«

»Ich habe Alina auf ein Date eingeladen«, sagte Jonas.

»Und ich habe das Fernglas meines Vaters vor der Zerstörung bewahrt«, sagte Anton.

»Ich bin in die Musikschule gegangen und habe so das Reh gerettet«, ergänzte Nina.

»Genau. Und ich habe meinen Mathetest bestanden. Und was bedeutet das?«

»Worauf willst du hinaus?«, fragte Jonas.

Felix gab die Antwort selbst. »Das bedeutet, dass unser ›Schlimmer Tag‹ nie passiert ist! Deshalb haben wir das Portal erst gar nicht benutzt. Wir hatten ja gar keinen Grund mehr dazu. Stattdessen sind wir in der Gegenwart geblieben, und deshalb gibt es uns jetzt hier zweimal.«

Nina kratzte sich am Kopf. »Komisch, ich verstehe es, und gleichzeitig verstehe ich es überhaupt nicht.«

»Totaler Hirnkurzschluss«, fasste Anton zusammen.

»Wir dürfen uns ...«, begann Felix.

»... auf keinen Fall über den Weg laufen«, beendete Jonas den Satz. »Sonst setzt es ein Raum-Zeit-Paradox. Schon klar.«

»Und was sollen wir dann tun?«, fragte Nina. »Wir können doch nicht einfach für immer verschwinden.«

»Nein«, antwortete Felix. »Aber wir können herausfinden, was hier passiert ist. Ich glaube, es ist kein Zufall, dass der Damm ausgerechnet zu der Zeit gebrochen ist, als wir das Portal benutzt haben. Wir müssen mehr über die Ursache in Erfahrung bringen. Vielleicht verstehen wir dann, warum wir in dieser Situation stecken.«

»Zuerst müssen wir etwas essen«, warf Anton ein. »Mcin Magen knurrt wie ein Löwenkäfig.«

Er wollte schon in Richtung des Restaurants laufen, als Felix ihn zurückhielt.

»Was habe ich eben gesagt?«, fragte er streng.

»Das wir auf keinen Fall unseren Doppelgängern begegnen dürfen«, antwortete Anton kleinlaut.

»Genau, und die Chance ist groß, dass sie irgendwo hier im Komplex herumlaufen.«

»Ich gehe nachsehen, ob die Luft rein ist«, sagte Nina. »Schließlich ist Nina-2 gerade unten in der Sporthalle.«

Nina

Nina lief zum Restaurant hinüber und warf einen Blick durchs Fenster. Keiner ihrer Doppelgänger schien in der Nähe zu sein, und sie winkte die Jungs herüber. Zusammen betraten sie die improvisierte Großküche und stellten sich in der Schlange an. Leise Radiomusik drang aus den Lautsprechern des Restaurants. Als jeder eine Schale mit Nudelsuppe und ein Brötchen bekommen hatte, setzten sie sich an einen Ecktisch. Sie waren so hungrig, dass keiner ein Wort sagte, bis sie ihre Schalen geleert hatten. Bevor sie jedoch einen Plan für ihr weiteres Vorgehen schmieden konnten, stand plötzlich Antons Vater vor ihnen.

»Anton? Was machst du denn hier?«, fragte er. »Ich dachte, ihr seid ins Kino gegangen.«

»Äh …«, begann Anton.

»Mir war einfach nicht nach Kino«, kam Nina ihm zu Hilfe. »Wissen Sie, dieses schlimme Ereignis will mir einfach nicht aus dem Kopf gehen. Ich kann mich jetzt nicht auf einen Film konzentrieren.«

»Da geht es dir wie vielen anderen«, sagte Antons Vater. Er nahm ein altes Diktiergerät aus der Hosentasche. »Ich habe begonnen, Interviews mit den Irrlachern zu führen. Wir sind zwar alle mit dem Schrecken davongekommen, aber viele Leute leiden unter Angstzuständen und Albträumen. Mein Handy ist leider futsch, deshalb habe ich mir dieses alte Ding von einem befreundeten Reporter aus Grafenberg ausgeliehen.«

Nina nickte verständnisvoll.

»Es ist schon unglaublich«, sagte Antons Vater. »Erst vor zwei Tagen bin ich oben beim Damm im Wald spazieren gegangen. Es war ein traumhafter Tag. Ich habe mit dem Fernglas sogar einen Auerhahn beobachtet. Und dann bricht ohne Vorwarnung so eine Katastrophe über das Dorf herein.« Er schüttelte bekümmert den Kopf. »Na ja, morgen Nachmittag ist jedenfalls eine Gedenkfeier für Irrlach geplant«, fuhr er fort. »Der Bürgermeister hat mich gefragt, ob ich ein paar Auszüge aus meinen Interviews vorlese.« Er klopfte zum Abschied mit dem Finger auf den Tisch. »Haltet die Ohren steif, ihr vier.«

Dann ging er zu einem älteren Ehepaar, das am Nachbartisch saß, und bat sie darum, ihm ein paar Fragen zu beantworten.

»Eine Gedenkfeier«, sagte Anton. »Irgendwie möchte ich dabei sein.«

»Das ist zu riskant«, sagte Felix. »Da tauchen unsere Doppelgänger mit Sicherheit auf.«

»Dann halten wir uns eben im Hintergrund«, entgegnete Anton. »Hey, Jonas, spinnst du?«

Zweimal Jonas

Jonas war urplötzlich unter dem Tisch verschwunden.

»Ich bin gerade zur Tür hereingekommen«, flüsterte er.

Die drei anderen blickten zum Eingang. Dort war in der Tat gerade Jonas-2 erschienen. Doch er war nicht allein. Er lief Hand in Hand mit Alina Sommer.

»Ein schönes Paar«, kommentierte Nina spöttisch.

»Wie kann sie mir das antun?«, fauchte Jonas unter dem Tisch.

»Was meinst du denn? Sie hält doch mit *dir* Händchen«, witzelte Nina, die die ganze Situation offenbar äußerst komisch fand. »Bist du etwa auf dich selbst eifersüchtig?«

»Du verstehst das nicht«, sagte Jonas patzig. »Das ist die Frau meiner Träume, und sie stolziert da mit einem anderen Typen rum. Also, ich weiß natürlich, dass ich das bin. Aber eben auch nicht. Mann, ist das kompliziert.«

»Ich finde das gar nicht witzig«, sagte Felix nüchtern. »Diese Situation ist wirklich gefährlich. Wir müssen einen Ausweg finden.«

»Felix hat recht«, sagte Anton. »Lasst uns hier verschwinden, bevor die anderen auch noch auftauchen.«

Auf dem Weg nach draußen kamen sie an dem Tisch vorbei, an dem Jonas-2 und Alina saßen. Jonas-1 drehte ihnen dabei den Rücken zu, doch die beiden waren so sehr miteinander beschäftigt, dass sie den vier Freunden gar keine Beachtung schenkten.

In diesem Moment erklang die Stimme des Radio-DJs aus den Lautsprechern des Restaurants. »Und nun, für die Verliebten unter euch, einer meiner Lieblingshits des Sommers. *Time to be alive.*« Er legte eine langsame Ballade auf, die einen einprägsamen Refrain besaß.

Alina lächelte Jonas-2 an. »Hörst du? Sie spielen unser Lied«, sagte sie. »*Time to be alive*. Das wird mich für immer an unser erstes Date erinnern.«

»Ich fand es so süß von dir, dass du es dir für mich im Radio gewünscht hast«, antwortete Jonas-2.

»Ja. Das war leider der Tag des Unglücks«, sagte Alina niedergeschlagen. »Wenigstens haben wir uns gefunden.« Sie lächelte Jonas-2 an.

Jonas-1 war hinter einer Säule geblieben und starrte entrüstet zu dem Pärchen. Nina, Anton und Felix mussten ihn fast mit Gewalt aus dem Restaurant zerren, um zu verhindern, dass er seinem eigenen Doppelgänger einen Kinnhaken verpasste.

»Habt ihr diese beiden Turteltäubchen gesehen?«, rief er, als sie draußen bei ihren Rädern angekommen waren. »Dieses verliebte Gesäusel kann man sich ja nicht anhören.«

Anton lachte. »Dein Doppelgänger scheint es aber ganz schön genossen zu haben.« Er tat so, als würde er durchs Fenster sehen. »Schau jetzt nicht hin, aber sie knutschen gerade.«

Jonas wollte schon zurück ins Restaurant stürmen, doch Felix und Nina hielten ihn zurück.

»War doch nur ein Witz«, sagte Anton.

»Ihr müsst die Gefahr ernst nehmen, in der wir uns befinden«, sagte Felix. »Wir dürfen uns nicht selbst begegnen. Wie wäre es, wenn wir ein Codewort ausmachen, das wir benutzen, falls wir unsere Doppelgänger entdecken?«

»Gute Idee!«, sagte Nina. »Ich würde ›Zwilling‹ vorschlagen.«

»Das ist gut«, antwortete Felix. »Einfach zu merken, und es ist jedem sofort klar, was gemeint ist.«

»Zwilling!«, rief Anton.

»Genau«, sagte Felix.

»Nein! Zwilling! *Zwilling*!«

Anton deutete hinter Felix, wo gerade zwei Fahrräder in die Straße zum Sportzentrum einbogen. Erst jetzt begriffen die anderen.

Zum Glück hatten Anton-2 und Felix-2 sie noch nicht entdeckt. Sofort setzten sich die Zeitreisenden auf ihre Sattel und rasten in die entgegengesetzte Richtung davon.

Der Auslöser

Zehn Minuten später fuhren sie auf den Dorfplatz von Grafenberg, an dem auch das Kinocenter lag, wo sie sich *Am seidenen Faden* angesehen hatten.

»Das war knapp«, seufzte Nina und ließ sich auf einer Parkbank nieder.

»Was machen wir denn jetzt?«, fragte Jonas.

»Wir müssen so viel wie möglich über die Ursache der Katastrophe herausbekommen«, meinte Felix. »Vielleicht finden wir dann einen Ausweg aus diesem Albtraum.«

»Und wie sollen wir das anstellen?«, fragte Anton.

»Zeitung lesen!«, rief Nina. Neben der Parkbank befand sich der Zeitungständer eines großen überregionalen Blattes. Der Irrlacher Dammbruch war das Titelthema. In riesigen roten Buchstaben stand dort eine etwas reißerische Überschrift: »Ausgelöscht!«

Nina steckte ein paar Münzen in den Kassenschlitz und nahm ein Exemplar der Zeitung heraus. Sie blätterte zu der Doppelseite, auf der die Story groß behandelt wurde, und begann vorzulesen.

»Die Kleinstadt Irrlach gibt es nicht mehr«, begann sie. »Ausradiert! An einem sonnigen Samstag brach die Katastrophe über das 5000-Seelen-Dorf herein. Die Irrlacher Talsperre, einer der größten Staudämme Europas, stürzte ein, und Millionen Kubikmeter Wasser wischten die Ortschaft von der Landkarte. Erste Berichte über einen Terroranschlag erwiesen sich als falsch. Auslöser war ein mit Sprengstoff beladener Lkw, der von der Straße abgekommen und mitsamt seiner tödlichen Ladung in die Staumauer gekracht war. Die resultierende Explosion trieb einen Riss in den Beton, der sich durch den Druck der Wassermassen immer weiter durch die Mauer fraß. Er hielt nur noch wenige Stunden. Glücklicherweise gelang es den örtlichen Rettungskräften, das Dorf rechtzeitig zu evakuieren. Todesfälle konnten vermieden werden. Selbst der Fahrer des Lkw kam durch einen Sprung aus der Fahrerkabine mit dem Schrecken davon. Er wird nun dafür geradestehen müssen, dass durch seine Unachtsamkeit ein ganzes Dorf dem Erdboden gleichgemacht wurde.«

»Wahnsinn!«, sagte Felix. »Ich kann nicht glauben, dass der Fahrer des Lkw überlebt hat.«

»Der Laster ist wohl mit Schwung über die Klippe gedüst und in den Damm geprallt«, sagte Nina.

»Das muss eine ganz schöne Explosion gegeben haben«, sagte Jonas. »Ich bin sicher, Sven hätte wer weiß was darum gegeben, das mit seiner Drohne zu filmen.«

Felix kratzte sich an der Stirn und grübelte nach. »Der Einzige, der im Moment weiß, wie es zu dem Unfall kommen konnte, ist wohl der Lkw-Fahrer. Doch der steckt in Polizeigewahrsam.«

»Vielleicht kann Kerstin Hofer uns weiterhelfen?«, schlug Nina vor.

»Ich kann mir nicht vorstellen, dass sie ausgerechnet uns noch mehr erzählt«, sagte Felix.

»Wir können es doch wenigstens versuchen«, beharrte Nina.

»Nina hat recht«, sagte Jonas. »Der Lkw-Fahrer ist der

Schlüssel zu diesem Unfall. Er war hautnah dabei, als es passiert ist.«

»Wenn ihr meint«, sagte Felix. »Ich glaube aber nicht, dass die Polizei uns weiterhelfen wird.«

Trotz Felix' Einwand beschlossen die vier, der Polizeiwache einen Besuch abzustatten. Da die Dienststelle in Irrlach der Flutkatastrophe zum Opfer gefallen war, radelten sie zur Grafenberger Wache, die auf der anderen Seite des Orts lag. Dort stellten sie ihre Fahrräder an einem Baum ab und gingen zur Dienststelle hinüber. Sie hatten vor, an der Rezeption nach Kerstin Hofer zu fragen, doch so weit kamen sie erst gar nicht. Um den Eingang der Wache herum hatte die Polizei einen Sperrzaun errichtet, denn eine ganze Traube von Journalisten, Kamerateams und Reportern tummelte sich hier, um über die Ereignisse in Irrlach zu berichten und einen Blick auf den inhaftierten Fahrer zu erhaschen. Die vier Freunde stellten sich hinter die versammelten Pressevertreter und beratschlagten sich.

»Was sollen wir jetzt tun?«, fragte Anton. »Die lassen uns doch nie durch.«

»Eine Polizeiwache ist immer noch eine Polizeiwache und muss für die Allgemeinheit zugänglich sein«, sagte Nina. »Ich habe eine Idee. Lasst mich das mal machen.«

Nina

Nina bahnte sich einen Weg durch die Journalisten und Kamerateams, lief zu der Absperrung und kletterte hinüber. Der wachhabende Polizist, der am Eingang postiert war, sprach sie an.

»Wo wollen wir denn hin, junge Dame«, fragte er in einem etwas herablassenden Ton, als hätte er es mit einem Kleinkind zu tun.

»Wo Sie hinwollen, weiß ich nicht, aber ich möchte eine Vermisstenanzeige aufgeben«, antwortete Nina schlagfertig.

Einen Moment lang sah der Polizist sie bloß verdutzt an. »Äh …«

»Wenn sie nichts dagegen haben …«, sagte Nina lächelnd und ging an ihm vorbei.

»Natürlich«, meinte er kleinlaut und hielt ihr die Tür auf. Nina betrat die Polizeiwache. Vor der Rezeption, die gerade unbesetzt war, befand sich ein Wartebereich. Dort setzte sie sich auf einen Stuhl und beschloss abzuwarten. Neben ihr saß ein Mann, dessen verbundener Arm in einer Schlaufe hing. Er hatte eine Glatze und eine Designerbrille auf der Nase. Mit seiner freien Hand hielt er ein Handy, auf dem er die Webseite einer Tageszeitung geöffnet hatte. Nina wartete. Der Minutenzeiger der Uhr, die über der Rezeption hing, hatte gerade quälend langsame zwanzig Minuten hinter sich gebracht, als ein Mann mit einem Aktenkoffer aus dem hinteren Bereich der Wache trat. Er wurde von Kerstin Hofer begleitet. Der Mann trug einen dunkelblauen Anzug und ein weißes Hemd. Nina beobachtete, wie der Mann mit der Designerbrille die Foto-App seines Handys öffnete und in schneller Folge eine Reihe von Bildern des Mannes mit dem Aktenkoffer schoss. Dann stand er auf und ging auf ihn zu. Er zielte mit seiner Handykamera auf ihn und begann ihn auszufragen.

»Herr Schlaudraff, mein Name ist Richter, ich arbeite für den *Express*. Wie fühlt es sich an, einen Mann zu verteidigen, der ein ganzes Dorf ausgelöscht hat?«

Dieser Richter war also ein Reporter. Hatte er seinen verletzten Arm nur vorgetäuscht, um in die Wache eingelassen zu werden?

Kerstin Hofer wandte sich ihm zu. »Sie wissen ganz genau, dass die Presse draußen warten muss«, sagte sie. »Solche Tricks kann ich überhaupt nicht leiden.«

»Das ist ein Angriff auf die Pressefreiheit«, rief Richter, der die ganze Begegnung mit dem Handy filmte.

»Ja, ja, schon recht«, sagte Kerstin Hofer ruhig und schob Richter unsanft durch die Vordertür nach draußen. Als sie zurückkehrte, wandte sie sich an den Mann im Anzug.

»Entschuldigen Sie bitte, Herr Schlaudraff. Dann setzen wir also das erste Verhör mit Ihrem Mandanten für morgen früh an.«

»Wenn Sie bis dahin ihre Dienststelle gesichert haben, gerne«, antwortete Schlaudraff in einem äußerst herablassenden Tonfall.

Nina konnte Polizistin Hofer ansehen, dass sie sich eine bissige Antwort verkneifen musste. Schlaudraff verließ die Dienststelle. Kerstin Hofer wollte gerade wieder zu ihrem Schreibtisch zurückgehen, als sie Nina im Wartebereich entdeckte.

»Was machst du denn hier?«, fragte sie.

»Äh … also …«, stammelte Nina. »Ich wollte fragen, ob Sie mir vielleicht noch etwas mehr über den Dammbruch erzählen können. Ich weiß nur, was in der Zeitung stand und … mit dem Lkw und so … es beschäftigt mich halt sehr.«

Kerstin Hofer blickte sie verständnisvoll an. »Ich kann mir vorstellen, dass das alles sehr traumatisch für dich ist, aber ich darf dir leider keine Auskunft geben. Du hast ja gesehen, was da draußen los ist. Ich muss sicherstellen, dass die Untersuchung der Ereignisse reibungslos abläuft.«

Nina senkte enttäuscht den Kopf.

»Es ist am besten, wenn du dich irgendwie ablenkst«, fuhr Kerstin Hofer fort. »Früher oder später finden wir heraus, was genau passiert ist, und dann wird alles öffentlich gemacht.«

Nina nickte. Mehr würde sie hier nicht in Erfahrung bringen. Sie ging zur Tür und verließ die Wache. Als sie nach draußen trat, lenkten die Pressevertreter kurz ihre ganze Aufmerksamkeit auf sie, doch als sie sahen, dass es sich nur um ein junges Mädchen handelte, kehrte wieder Ruhe ein. Nina lief an der Absperrung entlang und stieß zu den anderen.

»Was hast du herausbekommen?«, fragte Jonas neugierig.

»Nicht viel. Kerstin Hofer durfte mir nichts sagen. Da war jedoch ein Reporter, der sich eingeschlichen hat. Und der hat einem anderen Mann, der gerade aus der Dienststelle kam, Fragen gestellt. Ich glaube, dass der andere Mann der Anwalt des Lkw-Fahrers ist. Und morgen früh findet das erste Verhör statt. Der Anwalt heißt Schlaudraff. Er trug einen dunkelblauen Anzug und einen Aktenkoffer.«

»Den haben wir auch gesehen«, sagte Anton. »Er ist in einen roten BMW gestiegen.«

»Wenn wir doch bei dem Verhör dabei sein könnten«, stöhnte Felix. »Dann würden wir sicher herausbekommen, was passiert ist.«

»Vielleicht könnten wir es irgendwie abhören«, überlegte Jonas.

Die vier Freunde dachten angestrengt nach.

Detektivarbeit

»Wie wäre es, wenn wir Svens Drohne benutzen, um durchs Fenster zu fliegen«, schlug Anton vor.

»Quatsch!«, rief Felix. »Das Ding macht einen solchen Krach, dass die ihr eigenes Wort nicht mehr verstehen würden. Außerdem würde es durchaus auffallen, wenn plötzlich eine Drohne über dem Verhörtisch schwebt.«

Anton musste lachen. »Okay, das war eine blöde Idee.«

»Wir brauchen etwas Kleineres«, sagte Nina. »Eine Wanze wie in einem Geheimagentenfilm.«

»Kein Problem«, witzelte Jonas. »Mein Vater ist James Bond, der hat einen ganzen Schrank voller Spionagekram.«

»He«, rief Anton. »Ich hab's! Mein Vater kann uns helfen.«

Jonas blickte ihn ungläubig an. »Wusste gar nicht, dass dein Vater beim Geheimdienst arbeitet.«

»Das nicht, aber er nimmt doch diese Interviews mit den Dorfbewohnern auf. Wenn wir uns sein Diktiergerät ›ausleihen‹ und es dem Anwalt unterjubeln, dann könnten wir vielleicht das Verhör aufzeichnen!«

»Das Diktiergerät ist doch viel zu groß«, meinte Jonas.

»Das schon, aber es passt in seinen Aktenkoffer«, entgegnete Anton. »Wenn wir es auf ›Stimmenaktivierung‹ stellen, zeichnet es ganz von selbst auf.«

»Könnte funktionieren«, sagte Nina.

»Das ist ja ein abenteuerlicher Plan«, wandte Felix ein. »Und bestimmt höchst illegal.«

»Das mag sein«, entgegnete Anton. »Doch das bedeutet nicht, dass es nicht klappt.«

»Eine bessere Idee werden wir bis morgen früh eh nicht haben«, sagte Jonas.

»Dann machen wir es so«, sagte Felix. »Wir klauen deinem Vater das Diktiergerät und verstecken es im Koffer des Anwalts.«

»Zuerst müssen wir diesen Anwalt finden«, sagte Felix. »Wir haben doch keine Ahnung, wo er sich aufhält.«

»Das Kennzeichen seines Wagens war nicht aus Grafenberg«, sagte Jonas. »Ich bin mir ziemlich sicher, dass er hier irgendwo in einem Hotel abgestiegen ist.«

»So viele Hotels kann es doch in Grafenberg nicht geben«, meinte Nina. »Ich schlage vor, dass wir sie nacheinander absuchen. Wenn wir uns aufteilen, schaffen wir das an einem Nachmittag.«

Felix zog sein Handy aus der Tasche. Sein Blick fiel auf die Batterieanzeige. »Mist, nur noch zwanzig Prozent Ladung.« Er öffnete die Landkarten-App. »Laut Internet gibt es hier im Ort 21 Hotels. Jonas, Nina, nehmt ihr euch diese hier auf der westlichen Seite des Dorfes vor. Anton und ich suchen die andere Hälfte ab.«

»Gute Idee«, sagte Nina. »Wer den roten BMW zuerst findet, ruft die anderen an.«

»So machen wir es«, sagte Jonas.

Sie liefen zu ihren Fahrrädern zurück und schwangen sich in die Sattel.

Jonas

Es waren Nina und Jonas, die den roten BMW schließlich vor der Pension Fischer, einer kleinen Herberge in der Nähe der Sporthalle, entdeckten. Sie riefen Anton und Felix an, und diese stießen zu ihnen.

»Das ist der Wagen, in den der Anwalt eingestiegen ist«, sagte Jonas. »Und was nun?«

»Ich fahre in die Sporthalle und borge mir das Diktiergerät von meinem Vater aus«, sagte Anton. »Ihr könnt ja in der Zwischenzeit einen Plan schmieden.«

Er schwang sich auf sein Rad und fuhr in Richtung der Sporthalle.

Inzwischen überlegten die anderen fieberhaft, wie sie das Diktiergerät dem Anwalt unterjubeln wollten.

»Am besten kundschafte ich erst mal die Pension aus«, sagte Jonas. »Vielleicht ergibt sich drinnen eine Möglichkeit, an den Aktenkoffer zu gelangen.«

»Gute Idee«, sagte Nina.

»Ich beeile mich«. Jonas huschte über die Straße und betrat das kleine Hotel durch die Vordertür. Die Pension befand sich in einem roten Backsteingebäude. Die frischen Blumen, die gerahmten Fotos der Umgebung und die holzvertäfelten Wände gaben dem Innenraum einen ländlichen Charme. Das ganze Hotel hatte vielleicht zwanzig Zimmer, und jetzt am frühen Nachmittag war auf den Gängen niemand zu sehen. Auch die Rezeption war unbesetzt, Jonas hörte jedoch, wie jemand in einem Hinterraum telefonierte. Eine Glocke auf der Theke stand bereit, um die Aufmerksamkeit der Mitarbeiter zu erregen, was Jonas jedoch tunlichst vermeiden wollte. Er hatte schließlich vor, sich in Ruhe umzusehen.

Durch eine Glastür betrat er die Wirtsstube. Hier standen Holztische und Stühle, die schon für das Abendessen gedeckt worden waren. In einer Ecke hing ein hölzernes Kruzifix, und unter den Fenstern, die die Straße überblickten, befand sich eine Anrichte, auf der zwei leere Saftbehälter und eine Kaffeemaschine standen. Hier wurde vermutlich morgens das Frühstücksbuffet serviert.

»Kann ich dir helfen?«, fragte eine weibliche Stimme hinter ihm.

Jonas fuhr herum. Eine junge Frau war aus der Küche gekommen. Sie trug ein weißes Hemd und eine Weste, offensichtlich die Arbeitsuniform der Angestellten.

»Äh… wann wird das Frühstück serviert?«, fragte er.

»Morgens von sechs bis neun«, sagte sie. »Du kannst auch aufs Zimmer bestellen.«

»Vielen Dank!«, sagte Jonas. Er ignorierte den misstrauischen Blick der Kellnerin und hastete zur Tür. Das Letzte, was er wollte, war, unangenehme Fragen zu beantworten, wie zum Beispiel die nach seiner nicht vorhandenen Zimmernummer.

Er ging an der Rezeption vorbei und verließ das Hotel. Dann überquerte er die Straße und stieß zu Nina und Felix, die schon auf ihn warteten. Gerade als er sie erreichte, kam Anton um die Ecke geradelt. Er schwenkte triumphierend das Diktiergerät.

»Ich habe es«, sagte er und stieg ab. »War ein Kinderspiel.«

»Was haben deine Erkundungen ergeben?«, fragte Felix Jonas.

»Ich habe mich drinnen ein bisschen umgesehen«, sagte Jonas. »Ich habe eine Idee, wie wir das Diktiergerät in Schlaudraffs Koffer bekommen«.

Die anderen lauschten, während er ihnen seinen Plan erklärte.

Nina

Der Tag neigte sich dem Ende zu, als Nina und die Jungs durch den Grafenberger Dorfkern radelten. Sie hielten auf die Sporthalle zu.

»Halt, wartet mal, Jungs«, rief Nina.

Die drei bremsten ab und blickten sie an.

»Wo sollen wir eigentlich übernachten?«

Keiner der Jungs hatte sich darüber Gedanken gemacht, dass sie ja gar keinen Schlafplatz hatten. In der Sporthalle konnten sie unmöglich bleiben, da sie sonst mit Sicherheit ihren Doppelgängern über den Weg laufen würden.

»Wir könnten im Wald übernachten«, schlug Anton vor. »Das wäre doch ein Riesenabenteuer.«

»Und was ist, wenn es regnet?«, warf Felix ein. »Dann wird aus dem Abenteuer schnell eine Lungenentzündung.«

»Vielleicht können wir in Jasper Vogels Zelt übernachten«, meinte Nina.

»Erstens ist das zu klein, und zweitens ist es viel zu weit weg«, sagte Jonas. »Wir müssen doch morgen in aller Frühe wieder an der Pension Fischer sein. Wenn wir in Vogels Zelt übernachten, müssen wir um vier Uhr morgens aufstehen. Ich weiß nicht, wie es euch geht, aber ich muss dringend eine Nacht durchschlafen.«

Jonas' Argument war einleuchtend. Auf Anhieb wusste keiner eine Lösung.

»Wir könnten versuchen, bei uns zu Hause vorbeizufahren«,

schlug Nina vor. »Unser Haus liegt am weitesten von der Talsperre entfernt. Vielleicht ist es von den Wassermassen verschont geblieben.«

»Das ist unwahrscheinlich«, sagte Felix. »Schließlich ist deine Familie auch in die Sporthalle gezogen.«

»Klar!«, sagte Nina. »Aber vielleicht ist nur das Erdgeschoss betroffen. Kann doch sein, dass das Wasser nicht bis in den ersten Stock angestiegen ist. Falls es überhaupt noch steht.« Nina wurde mulmig bei dem Gedanken, dass das Haus, in dem sie groß geworden war, vielleicht gar nicht mehr da war.

Niemand hatte eine bessere Idee, und so radelten die vier Freunde los in Richtung Ninas Haus. Der Weg führte sie durch den Wald, wo Nina im Auto ihrer Mutter die schicksalhafte Begegnung mit einem Reh gehabt hatte. Als sie einige Minuten später in der Straße ankamen, in der das Haus von Ninas Eltern stand, sank ihr Mut. Der Asphalt war von einer dicken Schlammschicht überzogen, die darauf hindeutete, dass das Wasser auch hier mit immenser Kraft übers Land gefegt war. Sie parkten ihre Räder und liefen auf das Haus zu. Von der Einfahrt und dem Garten war nur noch ein braunes Matschfeld übrig geblieben, aber wenigstens stand das Gebäude noch.

Nina hatte einen Kloß im Hals, als sie die Vordertür aufschob. Das Haus, in dem sie ihre gesamte Kindheit verbracht hatte, war nicht wiederzuerkennen. Das Wasser stand ihnen bis zu den Knöcheln, und die Feuchtigkeit stieg in dunklen Schlieren an der Wand hoch. Nina musste einen Schluchzer herunterschlucken, als sie ein altes Familienfoto entdeckte, das wie eine Erinnerung an gute alte Zeiten auf der Wasseroberfläche schwamm.

»Kommt, wir sehen nach, wie es oben aussieht«, sagte Anton, der offensichtlich nicht gemerkt hatte, wie sehr Nina der Anblick des gefluteten Hauses mitgenommen hatte.

»Ist das überhaupt sicher?«, fragte Felix. »Das Gebäude könnte jeden Moment einstürzen.«

»Es ist doch nicht aus Pappe«, antwortete Jonas. »Das wird unser Gewicht schon tragen.«

Er ging voraus und watete durch das seichte Wasser zur Treppe hin. Die anderen folgten ihm, und sie liefen in den ersten Stock hinauf.

»Hier sieht alles normal aus«, sagte Jonas.

Felix ging ins Bad und drehte den Wasserhahn auf. Die Leitung rülpste und blubberte, doch es erschien kein Wasserstrahl. Er betätigte den Lichtschalter, doch auch dies zeigte keinen Erfolg. »Weder Licht noch Wasser noch Strom«, bemerkte er knapp.

»Aber wenigstens ein Dach über dem Kopf«, antwortete Jonas. »Oder wolltest du ein heißes Bad nehmen?«

»Nichts würde ich lieber tun«, sagte Felix.

Nina ging ins Schlafzimmer ihrer Eltern und organisierte Decken und Kissen für die drei Jungs. Währenddessen sahen sich Felix, Jonas und Anton in der Küche um. Der Kühlschrank, der vom Stromnetz abhängig war, bot saure Milch und vergammeltes Gemüse, doch in der Vorratskammer fanden sie drei Dosen Spaghetti, Salzcracker und zwei Tafeln Schokolade. Unter den Umständen kein schlechtes Abendessen.

Draußen wurde es bereits dunkel, als sie sich in Ninas Zimmer aufs Bett setzten und die gefundenen Vorräte aufaßen.

»Wenn ich nicht so einen Hunger hätte, würde ich diese kalten Dosenspaghetti nicht runterkriegen«, sagte Anton.

»Am liebsten hätte ich jetzt eine heiße Pizza, direkt aus dem Ofen«, seufzte Jonas.

Nina blickte sich im Zimmer um. »Erst als wir vorhin das Haus betreten haben, habe ich überhaupt begriffen, was hier passiert ist«, sagte sie nachdenklich. »Tausende Menschen haben ihre gesamte Existenz verloren. Wenn wir tatsächlich herausfinden, dass das unsere Schuld war, weiß ich echt nicht, wie ich das verkraften soll.«

»Wie kann das denn unsere Schuld gewesen sein?«, fragte Anton.

»Na, wir haben schließlich die Vergangenheit verändert«, sagte Nina.

»Aber das waren doch nur Kleinigkeiten«, gab Anton zurück. »Kannst du mir erklären, wie ein bestandener Mathetest eine Flutkatastrophe auslösen soll?«

»Nein. Das kann ich nicht«, gab Nina zu. »Aber ich habe so ein ungutes Gefühl bei der ganzen Sache.« Sie streckte ihre Hand aus. »Ich möchte, dass ihr mir etwas versprecht. Wenn wir herausfinden, dass wir an dem Unglück schuld sind, dann müssen wir alles tun, um es ungeschehen zu machen.«

Jonas nickte langsam und legte seine Hand auf Ninas. Auch Anton und Felix streckten ihre Hände aus.

»Versprochen«, sagten sie reihum.

Mit düsteren Gedanken legten sie sich in ihre improvisierten Betten. Es dauerte eine lange Zeit, bis die vier in traumlosen Schlaf fielen.

Der Anwalt

Am nächsten Morgen betrat Herr Schlaudraff den Frühstücksraum der Pension Fischer, setzte sich an einen freien Tisch und stellte seinen Aktenkoffer neben sich ab. Dann nahm er seinen Teller und ging zum Frühstücksbuffet hinüber, auf dem Brötchen, Aufschnitt, Marmeladen und Rührei bereitstanden. Er hatte sich gerade ein aufgeschnittenes Brötchen mit Wurst belegt, als er sich zur Kaffeemaschine drehen wollte. Prompt stieß er mit einem etwa 13-jährigen Jungen zusammen, der ein Glas Orangensaft in der Hand hielt.

»Hoppla!«, sagte Anton.

»Verfluchter Mist! Kannst du nicht aufpassen!«, schimpfte der Anwalt. Der Orangensaft hatte sich über sein frisch gebügeltes Hemd ergossen. Schlaudraff warf seine Krawatte über die Schulter, die der Saftdusche irgendwie entgangen war, und begann, mit einer Serviette die orangen Flecken abzutupfen.

Er war so abgelenkt, dass er nicht bemerkte, wie sich Jonas in die Wirtsstube schlich und sich an seinem Aktenkoffer zu schaffen machte. Er ließ den Verschluss aufspringen und öffnete den Deckel. Dann zog er das Diktiergerät aus der Hosentasche, schaltete es auf *automatische Aufnahme* und schob es in eine der Innentaschen, die im Deckel des Koffers eingelassen waren.

Er blickte auf. Schlaudraff wollte schon zu seinem Tisch zurückkehren, als Anton versuchte ihm mit dem Abtupfen zu helfen.

»Oh, das tut mir so leid«, sagte er. »Der schöne Anzug!« Er verrieb den Saft nur noch mehr, sodass der Fleck größer und größer wurde.

»Lass das«, schnauzte Schlaudraff Anton an. »Siehst du denn nicht, dass du alles nur noch schlimmer machst?«

Jonas schloss den Koffer und stellte ihn unter den Tisch. Der Anwalt hatte sich schon zu ihm gedreht, doch sein Blick war immer noch auf sein ruiniertes Hemd gerichtet. Jonas verzog sich hastig aus dem Frühstücksraum. Die Kellnerin, die die Tirade des Anwalts von der Küche aus gehört hatte, trat zu ihm.

»Ich bringe das Hemd gerne für Sie in unsere Wäscherei«, bot sie an.

»Haben Sie vielleicht auch gleich ein frisches gebügeltes Hemd zur Hand?«, fragte Schlaudraff ungehalten. »Ich kann mich doch so nicht mit meinem Mandanten treffen! Wie sieht denn das aus?«

Anton nutzte die Gelegenheit, um einen Rückzieher zu machen. Er schlich sich aus dem Frühstücksraum, durchquerte die Rezeption und verließ die Pension. Draußen traf er sich mit den anderen, die, wie verabredet, in einer Seitenstraße warteten.

»Ich habe das Diktiergerät in seinem Aktenkoffer verstaut«, sagte Jonas. »Es ist auf automatische Aufnahme geschaltet. Das heißt, sobald jemand spricht, zeichnet es auf.«

»Super!«, sagte Felix. »Dann müssen wir jetzt nur noch warten, bis das Verhör vorbei ist, und ihm dann das Gerät wieder abnehmen.«

Die vier Freunde radelten zur Polizeiwache, wo der Presseandrang nicht nachgelassen hatte. Im Gegenteil, es waren inzwischen weitere Kamerateams angereist, die sich am Eingang der Dienststelle postiert hatten. Kurz darauf fuhr der BMW des Anwalts vor, was geschäftiges Treiben unter den Presseleuten verursachte. Schlaudraff stieg aus. Er trug ein frisches Hemd, doch auf seinem Gesicht lag immer noch ein genervter Ausdruck. Die Reporter bombardierten Schlaudraff mit Fragen und richteten ihre Fotoapparate, Kameras und Mikrofone auf ihn. Er postierte sich vor die Meute.

»Leider kann ich die Vorwürfe gegen meinen Mandanten nicht kommentieren, doch hier hat offensichtlich eine vorschnelle Aktion der Polizei stattgefunden, die möglichst zügig einen Sündenbock für dieses grässliche Unglück präsentieren wollte. Die Bürger von Irrlach haben eine lückenlose Aufklärung der Ereignisse verdient, und nicht eine Hexenjagd, bei der ein einzelner Mann für die Verfehlungen anderer an den Pranger gestellt wird. Vielen Dank.«

Man konnte dem Anwalt ansehen, dass ihn der Presserummel kein bisschen störte. Im Gegenteil, es schien ihm zu gefallen, im Mittelpunkt zu stehen.

Mit beschwingten Schritten ging Schlaudraff die Stufen zur Wache hinauf und verschwand im Inneren des Gebäudes. Die Traube der Presseleute beruhigte sich wieder.

»Wie lange dauert so ein Verhör?«, fragte Anton.

»Keine Ahnung«, sagte Jonas. »Wir werden es wohl herausfinden.«

Plan A

Die Antwort auf Antons Frage lautete: vier Stunden und 38 Minuten. So lange warteten die Freunde und die Presse darauf, dass Schlaudraff sich wieder zeigte. Felix und Nina waren in der Zwischenzeit zur Sporthalle gefahren, um in der Großküche Mittagessen zu besorgen. Sie waren mit belegten Brötchen zurückgekehrt, und die vier Freunde gönnten sich im Schatten eines Baumes abseits der Wache ein Picknick.

Sie hatten gerade die letzten Bissen verputzt, als sich die Tür zur Dienststelle wieder öffnete und der Anwalt mit seinem Aktenkoffer erschien. Schlaudraffs Gang zu seinem Auto wurde wieder wie ein Großereignis von der Presse verfolgt. Der Anwalt stieg wortlos ein und fuhr davon.

»Nichts wie hinterher«, rief Jonas. »Wir müssen ihm das Diktiergerät abnehmen.«

Sie schwangen sich auf ihre Räder und nahmen die Verfolgung auf. Sie mussten mit aller Kraft strampeln, um den BMW nicht aus den Augen zu verlieren, doch sie hatten Glück, denn der Anwalt fuhr nicht weit. Er hielt neben einem Schnellrestaurant und betrat die Filiale.

»Mist, er hat seinen Aktenkoffer mitgenommen!«, stellte Jonas fest.

»Wie kommen wir denn jetzt an das Diktiergerät«, fragte Felix.

»Lasst uns Plan A benutzen«, sagte Anton.

»Was ist Plan A?«, fragte Felix.

»Na, derselbe Plan wie beim letzten Mal.«

Schlaudraff hatte seinen Hamburger genüsslich verzehrt. Das Verhör war zwar nicht sonderlich gut verlaufen, doch er konnte sich sicher sein, dass sein Name morgen in allen Zeitungen stehen würde. Vielleicht würde sogar das Fernsehen über ihn berichten. Für seinen Mandanten sah die Sache schlecht aus, doch für Schlaudraffs Kanzlei war der Imagegewinn enorm. Er ging zu dem Serviettenspender hinüber, der an der Wand neben der Theke stand, um sich die Ketchupreste von den Fingern zu wischen, als er unsanft mit jemandem zusammenstieß.

»Hoppla!«, sagte ein Junge, der Schlaudraff sofort bekannt vorkam. Sein Milchshake ergoss sich beim Zusammenstoß über Schlaudraffs frisch gebügeltes weißes Hemd.

»Verdammt! Du bist doch derselbe Bengel wie heute morgen!«, schimpfte er. »Machst du das mit Absicht?«

»Äh … nö«, sagte Anton kleinlaut. »Reiner Zufall.«

Er warf Jonas einen Blick zu, der am Tisch neben dem von Schlaudraff gesessen hatte und nun seine Hand in dem Aktenkoffer des Anwalts verschwinden ließ.

»Die Reinigung bezahlst du mir!«, bellte Schlaudraff. »Wie heißt du eigentlich?«

»Äh …« Anton sagte den ersten Namen, der ihm einfiel. »Dennis.«

»Und weiter?«, forderte Schlaudraff.

Antons Blick fiel auf ein Kinoplakat, das auf der anderen Straßenseite an einer Litfaßsäule hing. Es zeigte das Sandmännchen, das einem schlafenden Jungen Zaubersand in die Augen streute.

»Dennis Sandmann«, sagte Anton und warf Jonas einen Blick zu. Dieser hatte das Diktiergerät aus dem Koffer gefischt und bedeutete Anton, dass er sich beeilen sollte. Der Anwalt notierte sich Antons falschen Namen in einem Notizbuch.

»Soso, Dennis Sandmann, und wie ist deine Adresse?«

»Äh ... Ich-muss-weg-Straße elf!«, rief er und rannte an dem verdutzten Anwalt vorbei aus dem Restaurant auf die Straße hinaus. So schnell er konnte, lief er um die nächste Hausecke herum und versteckte sich hinter einer Mülltonne. Von dort beobachtete er, wie Schlaudraff aus dem Schnellrestaurant kam, sich nach links und rechts umsah und dann missgelaunt in seinen BMW stieg. Er brauste davon. Anton atmete auf und lief zu den anderen, die auf der gegenüberliegenden Straßenseite warteten.

»Das war knapp«, meinte er. »Wenn der mir noch mal über den Weg läuft, legt er mich wahrscheinlich in Ketten.«

»Jetzt will ich aber unbedingt hören, was auf dem Band ist«, rief Felix. »Wenn wir Glück haben, finden wir heraus, was es mit dem Dammbruch auf sich hatte.«

»Lass uns aber von hier verschwinden«, sagte Anton. »Vielleicht kehrt dieser Schlaudraff mit einem Haftbefehl zurück. Dann muss ich wegen mutwilliger Milkshake-Dusche ins Gefängnis.«

Die Aufnahme

Sie fuhren zu einer Stelle am Waldrand, wo ihnen weder ihre Doppelgänger noch Herr Schlaudraff über den Weg laufen würden. Dort stiegen sie von ihren Rädern ab, lehnten diese gegen einen Baum und setzten sich ins Gras. Jonas nahm das Diktiergerät aus der Hosentasche und spulte das Band zurück. Dann drückte er die *Play*-Taste. Gespannt horchten die vier Freunde dem Rauschen, das aus dem eingebauten Lautsprecher kam. Nach einigen Sekunden konnte man ein dumpfes Motorengeräusch vernehmen.

»Mist!«, sagte Felix. »Das Fahrgeräusch des Wagens war so laut, dass es die automatische Aufnahme aktiviert hat.«

»Dann spulen wir eben vor«, sagte Anton.

»Klar, aber das Band zeichnet nur eine Stunde lang auf. Wenn wir Pech haben, läuft es gerade dann aus, wenn es interessant wird.«

Jonas spulte ein wenig vor und drückte dann wieder auf *Play*. Motorgeräusche und Radiomusik drangen aus dem kleinen Lautsprecher. Er spulte wieder vor und stoppte das Band in kurzen Abständen. Die erste Dreiviertelstunde der Aufnahme bestand nur aus Fahrgeräuschen, dem Zuschlagen der Autotür und den Rufen der Pressemeute. Die Aufnahme klang dumpf, da das Diktiergerät ja in der geschlossenen Aktentasche des Anwalts gesteckt hatte. Sie hörten, wie der Anwalt die Polizisten begrüßte, die das Verhör durchführen würden. Nina erkannte auch Kerstin Hofers Stimme. Sie hörten Schritte, dann wurde eine Tür geöffnet und ein Stuhl herangezogen. Jetzt wurde die Tonqualität schlagartig besser – der Anwalt hatte wohl den Aktenkoffer geöffnet – und sie konnten ganz deutlich hören, was sich in der Wache zutrug. Im Hintergrund klapperte eine Tastatur, und ein Radio spielte Musik. Schlaudraff begrüßte seinen Mandanten, den Fahrer des Unglücks-Lkw.

»Herr Helmer«, sagte er knapp.

»Na, Schlaudraff«, nuschelte Helmer, der Lkw-Fahrer. »Wieder mal fein für die Leute von der Presse rausgeputzt?« Seine Stimme klang rau und belegt.

»Dieser Helmer hat nicht gerade einen vertrauenerweckenden Tonfall«, kommentierte Jonas.

»Fast so, als sei er übermüdet oder nicht ganz nüchtern«, sagte Nina.

»Kein Wunder«, meinte Anton. »Er hat ja auch eine Nacht in einer Gefängniszelle verbracht.«

Je länger das Gespräch dauerte, desto launiger klang Helmer, als würde er die ganze Situation nicht besonders ernst nehmen.

Kerstin Hofer sprach als Nächstes. Sie begann sachlich nachzufragen. »Name und Geburtsdatum bitte.«

»Florian Helmer. Dritter Februar 1970. Sternzeichen: Wassermann.«

Man konnte förmlich hören, dass Helmer grinste.

»Können Sie uns den Tag des Unglücks aus Ihrer Sicht schildern?«, fuhr Kerstin Hofer fort.

»Der Tag des Unglücks. Der Tag des Unglücks …« Helmer tat so, als müsste er sich an eine längst vergangene Zeit erinnern. »Na ja, erst mal bin ich aufgestanden und hab mir einen Kaffee gemacht. Da ich an diesem Tag eine lange Fahrt vor mir hatte, habe ich ihn extra stark aufgebrüht. Wissen sie, ich mag's, wenn er fast schon dickflüssig ist. Sonst komme ich nicht in die Gänge.«

Kerstin Hofers Stimme klang, als müsste sie sich zusammenreißen. »Sie haben also Kaffee gemacht, und was dann?«

Bisher war ihnen die Musik, die im Hintergrund im Radio lief, nicht aufgefallen, doch in diesem Moment legte der DJ *Time to be alive* auf. Die Melodie war ein solcher Ohrwurm, dass Nina sofort mitsummte.

Helmer schien es jedoch gar nicht zu gefallen. »Kann mal jemand dieses grässliche Gekreische abstellen? Ich hab dieses Lied so dicke. Das lief an dem Tag auch im Radio. Das kann ich echt nicht leiden. Ich habe mich da nur kurz zum Radio runtergebeugt, um den Sender zu wechseln, und zack hat es …«

Sofort fiel Schlaudraff seinem Mandanten ins Wort. Er wirkte aufgebracht, wahrscheinlich weil diese unbedachte Aussage fast schon an ein Schuldeingeständnis grenzte.

»Ich muss darauf bestehen, den letzten Satz aus dem Protokoll zu streichen«, sagte er. »Mein Mandant war sich nicht der Bedeutung seiner Worte bewusst.« An Helmer gerichtet fuhr er fort. »Sie halten sich ab jetzt bitte an die Fakten.«

»Ja, ja, schon klar«, maulte Helmer. »Ich …«

Weiter kam er nicht. Mit einem Klick schaltete sich das Diktiergerät ab. Das Band war zu Ende.

»Mehr ist da nicht drauf?«, rief Felix bestürzt.

»Der ganze Aufwand, für nichts und wieder nichts!«, stöhnte Anton.

»Was für ein Reinfall«, pflichtete Nina ihm bei.

Nur Jonas sagte nichts. Er sah aus, als hätte er ein Gespenst gesehen.

»Alles okay mit dir?«, fragte Nina besorgt.

»Es ist meine Schuld«, stammelte Jonas.

»Was ist deine Schuld?« fragte Anton.

»Das alles. Das Unglück. Der Dammbruch. Irrlach«, sagte Jonas. »Ich bin schuld daran.«

»Hä? Wie kommst du denn darauf«, fragte Anton.

»Das Lied. Das Lied, das im Radio lief«, sagte Jonas.

»Also, du musst dich schon ein bisschen klarer ausdrücken«, sagte Felix. »Was hat das Lied mit der Katastrophe zu tun?«

»*Time to be alive*. Das hat sich Alina am Tag des Unglücks für mich im Radio gewünscht. Wisst ihr noch, das hat sie Jonas … also Jonas-2 gesagt, als wir sie im Sportzentrum gesehen haben.«

»Na und?«, meinte Anton verständnislos.

»Er hat doch eben gesagt, dass er sich zum Radio heruntergebeugt hat, um den Sender zu wechseln«, erklärte Jonas. »Und dann hat es gekracht. Das Lied hat ihn so sehr abgelenkt, dass er nicht mehr auf die Straße geachtet hat. Und wenn ich nicht mit Nina ins Kino gegangen wäre, hätte sie sich das Lied nicht gewünscht. Dann hätte Helmer sich auf die Straße konzentriert, und das alles wäre nicht passiert.«

Felix sah ihn skeptisch an. »Also, das ist mir zu weit hergeholt«, sagte er. »Nur weil im Radio ein nerviges Lied läuft, kommt der doch nicht gleich von der Straße ab und fliegt in hohem Bogen in einen Staudamm.«

»Aber er hat doch selbst gesagt, dass es so war«, widersprach Jonas.

»Er hat nur gesagt, dass er von dem Lied abgelenkt wurde«, argumentierte Felix. »Schlaudraff ist ihm ins Wort gefallen, bevor Helmer seinen Satz beenden konnte.«

»Ist doch klar, was er meinte«, beharrte Jonas. »Es hat gekracht.«

Felix ließ nicht locker. »Vielleicht ist er mit irgendwas zusammengestoßen«, sagte er. »Aber um in die Staumauer zu krachen, muss er doch in vollem Tempo und in hohem Bogen von einer Klippe gefahren sein.«

»Da ist was Wahres dran«, pflichtete Anton ihm bei. »Wir sollten uns unbedingt die Unfallstelle ansehen, damit wir überhaupt mal sehen, wo das Ganze passiert ist.«

»Aber nicht heute«, sagte Nina.

»Warum?«, fragte Anton. »Hast du was anderes vor?«

»Ja«, antwortete Nina. »Schon vergessen? Heute findet doch die Gedenkfeier statt.«

»Ich weiß nicht ob wir da aufkreuzen sollen«, sagte Jonas. »Mir gehen die Worte nicht aus dem Kopf, die dieser Anwalt den Reportern gesagt hat. ›Mein Mandant wird für die Verfehlungen anderer an den Pranger gestellt.‹ Damit meint er mich. Ich bin schuld an dem Unglück.«

»Quatsch, bist du nicht«, sagte Nina. »Selbst wenn das mit dem Lied stimmt, hätte Helmer den Sender nicht während der Fahrt wechseln dürfen.«

»Es ist aber trotzdem keine gute Idee hinzugehen. Unsere Doppelgänger sind bestimmt da«, sagte Felix. »Das wird ganz schön gefährlich.«

»Aber vielleicht finden wir etwas über das Unglück heraus«, warf Anton ein. »Die Dorfbewohner werden doch sicher von dem Tag der Katastrophe erzählen. Da können wir bestimmt etwas Neues erfahren.«

»Es gibt noch einen Grund, warum wir hingehen sollten«, sagte Nina. »Einen viel wichtigeren.«

»Und der wäre?«, fragte Jonas.

»Irrlach ist unser Dorf. Wir haben dort unser ganzes Leben verbracht. Es gehört zu uns. Ich will jedenfalls schon dabei sein, wenn wir von unserem Dorf Abschied nehmen.«

Darauf hatte keiner der Jungs eine Antwort. Sie waren alle so sehr mit der Lösung des Rätsels beschäftigt gewesen, wie es überhaupt zu dem Unglück gekommen war, dass sie das Dorf und seine Bewohner ganz vergessen hatten.

»Das ist ja wie eine Beerdigung«, sagte Anton.

»Oder ein neuer Anfang«, antwortete Jonas.

»Mir kommt es so vor, als würden wir den Mord an unserem Dorf untersuchen«, sagte Felix trübsinnig. »Nur dass wir selbst die Hauptverdächtigen sind.«

Lukas

Sie radelten zum Dorfplatz von Grafenberg, wo die Gedenkfeier stattfand. Dabei achteten sie darauf, möglichst weit abseits des Geschehens zu bleiben, denn sie durften ja ihren Doppelgängern nicht über den Weg laufen. In der Mitte des Platzes war eine kleine überdachte Bühne aufgebaut worden. Auf einem Banner, das an der Rückwand hing, stand in großen roten Buchstaben: *Irrlach – Für immer in unseren Herzen*. Die Stimmung auf dem Platz war bedrückend. Nicht nur, dass viele der Anwesenden Tränen in den Augen hatten, der Himmel hatte sich auch zu einer dunkelgrauen Wolkendecke zusammengezogen, und es begann zu regnen.

Etwa zweihundert Dorfbewohner saßen auf Plastikstühlen, die im Halbkreis um das Podium herum angeordnet waren. Sie kauerten unter Regenschirmen und lauschten einer Musikdarbietung. Vier Kinder, zwei Jungs und zwei Mädchen, spielten auf der Bühne Volkslieder. Einer der Jungen und eins der Mädchen bliesen auf der Blockflöte, und die anderen beiden spielten die Geige. Es klang ein wenig schief, und der Gegensatz zwischen den heiteren Melodien und der trostlosen Umgebung schnürte einem das Herz zusammen.

Als sie fertig waren, klatschen die Zuschauer, und der Bürgermeister von Irrlach stand auf und begann eine Rede zu halten.

»Irgendwie ist das alles ganz furchtbar«, sagte Nina, die mit den anderen weit hinter den Stuhlreihen stand. »Ich könnte losheulen.«

»Ist das nicht der Sinn der Sache?«, meinte Felix.

»Schaut, da hinten sind unsere Doppelgänger«, rief Jonas. Er zeigte auf eine Vierergruppe, die auf der gegenüberliegenden Seite des Platzes unter einem Regenschirm saß.

»Kommt, lasst uns hinter der Statue da hinten warten«, sagte Felix. »Sonst entdecken die uns noch.«

»Aber jetzt ist mein Vater dran«, rief Anton. »Ich wollte eigentlich hören, was er zu sagen hat.«

»Das kannst du von dort hinten genauso gut hören«, sagte Felix. »Die Lautsprecher neben der Bühne sind groß genug.«

Antons Vater stand auf dem Podium und begann Auszüge der Interviews vorzulesen, die er mit den Flüchtlingen aus Irrlach geführt hatte. Doch es ging eher um die Auswirkungen des Dammbruchs als um die Ursachen. Die Katastrophe hatte viele Menschen zutiefst getroffen, doch darüber, wie es zu dem Dammbruch kommen konnte, erfuhren die vier wenig Neues.

Sie begaben sich hinter die Statue, die am hinteren Ende des Platzes stand. Diese war einem Fürsten nachempfunden, der auf einem Pferd saß und in die Ferne blickte. Doch als sie sich hinsetzen wollten, bemerkten sie, dass sie nicht allein waren. Ein Junge aus Felix' Klasse saß auf den Stufen des Podests und hatte den Kopf in die Hände gestützt. Er sah elend aus. Als sie näher kamen, erkannten sie Lukas, den Jungen aus Felix' Mathestunde.

»Lukas, alles okay mit dir?«, fragte Felix.

Lukas blickte verdutzt auf. Er hatte offenbar nicht damit gerechnet, dass ihn hier jemand finden würde. »Äh… ja«, murmelte er.

»Wieso bist du denn nicht bei den anderen?«, fragte Nina.

»Ich …«, stammelte Lukas. »Ich gehöre da nicht hin.«

»Du bist doch genauso ein Irrlacher wie wir alle«, beharrte Nina.

»Mag sein«, sagte Lukas. »Aber die wollen mich bestimmt nicht sehen.«

Nina setzte sich neben ihn. »Warum sollten sie dich nicht sehen wollen?«, fragte sie.

Plötzlich wurde Lukas aufbrausend. »Tu doch nicht so mitleidig«, rief er. »Du weißt es doch ganz genau.«

»Was soll ich wissen?«, fragte sie verdutzt.

»Na, dass mein Vater den Lkw gefahren hat.«

Plötzlich ging Felix ein Licht auf. »Lukas Helmer«, sagte er mehr zu sich selbst als zu jemand anderem. »Dein Vater ist Florian Helmer.«

»Du hast es erfasst, Schlauberger«, sagte Lukas. »Die sehen mich alle an, als hätte ich den Staudamm höchstpersönlich in die Luft gesprengt.«

»Keiner denkt das«, sagte Jonas beschwichtigend. »Du bist nicht für die Taten deines Vaters verantwortlich.«

»Das sagt sich so leicht«, entgegnete Lukas. »Für die da drüben bin ich doch ab jetzt für immer der Sohn vom Helmer, der Typ, der ganz Irrlach in Schutt und Asche gelegt hat.«

»Hast du mit deinem Vater gesprochen?«, fragte Jonas vorsichtig.

»Ich habe ihn im Knast besucht«, sagte Lukas. »Er hat sich mal wieder rausgeredet. An allem sind, wie immer, die anderen Schuld.« Er äffte den Tonfall seines Vaters perfekt nach: »Wenn dieses blöde Mistviech nicht wie aus dem Nichts vor mir aufgetaucht wäre, dann hätte ich das Lenkrad nicht rumgerissen und …«

»Was für ein Mistviech?«, fiel ihm Nina ins Wort.

»Na, das Reh.«

Nina stockte der Atem.

Jonas fragte weiter. »Was für ein Reh?«

»Na, irgendein Reh halt«, sagte Lukas. »Wenn es dich so sehr interessiert, kannst du es dir in der Feuerwehrwache ansehen. Da haben sie die Überreste hingebracht. Als Beweismittel.«

»Und dann?«, fragte Jonas weiter.

»Dann hat dieser Schlaudraff sich eingemischt und meinem Vater verboten, ein weiteres Wort über den Unfall zu verlieren.«

Jonas konnte sehen, wie es in Ninas Hirn arbeitete. »Kopf hoch, Lukas«, sagte er. Dann wandte er sich den anderen zu. »Wir sollten los.«

Anton sah ihn verständnislos an. »Wieso, wir wollten doch zuhören, wie …«

Weiter kam er nicht, denn Jonas deutete mit einem Kopfnicken auf Nina. Alle Farbe war aus ihrem Gesicht gewichen, und sie saß wortlos da.

Anton schien zu begreifen. »Also dann …«, sagte er hastig, und die vier Freunde machten einen Rückzieher.

Sie fuhren zur Sporthalle. Da sich das gesamte Dorf bei der Gedenkfeier versammelt hatte, war das Restaurant ausgestorben, und sie konnten in Ruhe zu Abend essen. Sie luden sich Eintopf auf ihre Teller und setzten sich an einen der vielen freien Tische. Nina bekam jedoch keinen Bissen herunter.

»Was ist mit dir?«, fragte Jonas, der bereits einen Verdacht hatte, was Nina auf der Seele brannte.

»Ein Reh«, sagte sie. »Ich wusste es. Irgendwie habe ich es gewusst. Helmer ist einem Reh ausgewichen und ist deshalb von der Straße abgekommen.«

»Verstehe ich nicht«, sagte Anton, während er löffelweise den Eintopf verputzte. »Was ist an dem Reh so besonders?«

»Denk doch mal mit!«, rief Nina bestürzt. »Ich bin in der Zeit zurückgereist, um meine Mutter davor zu bewahren, dass sie mit einem Reh zusammenstößt.«

»Ja, und?«, fragte Anton, der immer noch auf dem Schlauch stand.

»Na, das Reh ist offensichtlich entkommen und dann vor Helmers Lkw gelaufen«, fuhr Nina fort.

»Du meinst also, das Reh, das Helmer über den Haufen gefahren hat, war dasselbe, das beinahe mit euch zusammengestoßen ist.«

»Jetzt kapierst du's«, sagte Nina.

»Weißt du, wie viele Rehe es hier im Wald gibt?«, gab Anton zurück. »Das sind sicher Hunderte. Die Chance, dass ausgerechnet euer Reh zweimal vor ein Auto läuft, ist minimal.«

»Du checkst es nicht«, sagte Nina. »Der Dammbruch, das Lied im Radio, das Reh, das sind alles keine Zufälle. Vielleicht passiert das immer, wenn man in der Zeit rumreist. Vielleicht ist es genau das, wovor Felix uns gewarnt hat. Das Raum-Zeit-Paradox.« Sie blickte aus dem Fenster des Restaurants. »Ich muss wissen, ob es das Reh war, das uns vors Auto gelaufen ist«, sagte sie. »Lukas meinte doch, dass es in der Feuerwache als Beweisstück gelagert wird.«

»Du willst dir wirklich ein totes Reh ansehen?«, fragte Anton ungläubig.

»Ja«, sagte Nina. »Ich muss es wissen.«

Nina

Die Feuerwache von Grafenberg lag am äußersten Rand des Dorfes. Sie war das erste Gebäude, an dem man vorbeikam, wenn man von Irrlach her die Waldstraße entlangfuhr. Sankt Florian, der Schutzpatron der Feuerwehr, blickte von der Außenwand herab. Er war im Stil eines Ölbilds an die Wand gemalt worden. Auf dem Kopf trug er einen Helm mit einem roten Busch, und in seiner Hand hielt er einen Krug, aus dem er Wasser auf ein brennendes Haus goss. Der weiße Bau mit den großen Rolltoren lag an einer Einfahrt, die direkt in die Hauptstraße mündete. Im Brandfall konnten die Einsatzfahrzeuge so schnell ganz Grafenberg und das Irrlacher Tal erreichen.

An einem normalen Tag war auf der Wache nicht viel los, doch seit dem Dammbruch hatte sie sich in einen wahren Ameisenhaufen verwandelt. Die Feuerwache war zu einem Einsatzzentrum umfunktioniert worden, und Feuerwehrleute, Nothelfer und Bergungstrupps arbeiteten rund um die Uhr im Schichtdienst, um die Aufräumarbeiten in Irrlach voranzutreiben. Im oberen Stockwerk war ein Lager aus Feldbetten errichtet worden, in dem die Helfer schlafen konnten, wenn sie gerade nicht im Einsatz waren.

Als die vier Freunde auf ihren Rädern die Straße entlangkamen, rumpelten gerade drei Laster des Technischen Hilfswerks an ihnen vorbei und bogen in die Waldstraße ein. Sie stellten ihre Räder hinter der Wache ab und liefen um das Gebäude herum. Die Rolltore standen offen. Da alle Fahrzeuge im

Moment im Einsatz waren, waren die Stellplätze leer. Es herrschte trotzdem geschäftiges Treiben. Die Einsatzleiter standen im hinteren Teil der Wache um einige Computermonitore und Landkarten herum und besprachen, wie man die Bergungstrupps am besten koordinierte. Per Walkie-Talkie waren sie mit den Helfern vor Ort verbunden. Eine Gruppe Feuerwehrleute war damit beschäftigt, die Geräte von Schlamm und Erde zu säubern, die vom Einsatzgebiet zurückgebracht worden waren. Nina und die Jungs betraten die Wache.

»Was meint ihr«, fragte Nina. »Wo haben die das Reh gelagert?«

»Keine Ahnung«, antwortete Jonas. »Wenn ich raten müsste, würde ich sagen im Keller. Hier im Erdgeschoss würde es doch nur im Weg sein, und ich kann mir nicht vorstellen, dass es im ersten Stock weniger emsig zugeht als hier unten.«

»Ich frag einfach nach«, sagte Nina und wandte sich an einen jungen Mann in einer Feuerwehruniform, der einen Helm unter dem Arm hielt und ziemlich verschwitzt aussah. »Entschuldigung«, sagte sie. »Ich wollte wissen, ob sie …« Weiter kam sie nicht.

»Tut mir echt leid, aber ihr müsst hier verschwinden«, sagte der Feuerwehrmann barsch. »Hier ist kein Platz für euch. Hier fahren dauernd Fahrzeuge ein und aus, und das Letzte, was wir wollen, ist, dass einer von euch aus Versehen unter die Räder kommt. Also, bitte …« Er deutete auf den Ausgang.

Enttäuscht machten die vier kehrt. Sie liefen zu ihren Fahrrädern zurück.

»Lasst uns abhauen«, sagte Anton. »Ich bin sowieso hundemüde.«

»Nein!«, entgegnete Nina mit fester Stimme. »Ich muss das Reh finden. Ich muss einfach wissen, ob es dasselbe ist, mit dem wir zusammengestoßen sind.«

»Und wie willst du das anstellen?«, fragte Anton. »Du hast doch gehört, dass die uns nicht reinlassen.«

Nina blickte sich um. Auf dem Parkplatz der Wache, der sich neben dem Hauptgebäude befand, war ein Zelt aufgebaut worden. Im Inneren stand ein Tapeziertisch als improvisierte Theke, und einige freiwillige Helfer boten Getränke, Snacks und Sandwiches an. Die Feuerwehrleute, die im Moment nicht im Einsatz waren, standen dort an, um sich eine Stärkung zu gönnen.

»Ich habe eine Idee!«, sagte Nina. »Ihr wartet hier. Es ist besser, wenn ich das alleine mache.«

Sie lief an der Schlange der Wartenden vorbei in das Zelt und stellte sich hinter die Theke. Eine ältere Dame, die einem Feuerwehrmann gerade Kaffee ausschenkte, sah sie überrascht an.

»Hallo, ich bin Nina«, sagte Nina. »Ich wollte mich nützlich machen.«

»Oh, das ist aber freundlich von dir«, sagte die Dame lächelnd.

Die Sandwiches, die für die Feuerwehrleute gedacht waren, befanden sich in luftdichten Plastikdosen. Nina hob eine davon auf. »Ich dachte, ich könnte diese Brötchen in der Wache verteilen. Es hat bestimmt nicht jeder Zeit, sich hier anzustellen.«

»Das ist eine großartige Idee«, sagte die Dame.

Nina lächelte sie an und lief dann mitsamt der Plastikdose

aus dem Zelt. Die Dose wirkte wie ein Passierschein. Beim Anblick der Sandwiches stellte niemand Ninas Anwesenheit infrage. Alle langten kräftig zu, und selbst der Feuerwehrmann, der sie eben noch aus dem Gebäude verwiesen hatte, ließ sie gewähren.

In einem unbeobachteten Moment schlüpfte Nina durch eine Tür ins Treppenhaus. Hier war es vergleichsweise ruhig. Die Wände waren in einem blassen Grünton gestrichen, und der Boden bestand aus Linoleum. Nina lief die Treppe hinab in den Keller. Im Gegensatz zur Betriebsamkeit im Erdgeschoß war es hier unten völlig still. Nina fand sich in einem Gang wieder, von dem diverse Kellertüren abgingen. Jede dieser Türen besaß ein Fenster, durch das man den Raum dahinter sehen konnte. Nina ging zur ersten Tür und blickte durch die Scheibe. Der Kellerraum war düster, nur durch ein Gitterfenster an der oberen Kante drang schummriges Tageslicht. Es beleuchtete einen Stapel Tische und Stühle, die in einer Ecke des Raums abgestellt worden waren. An der gegenüberliegenden Wand befand sich eine Reihe Aktenschränke, auf denen sich der Staub sammelte. Hier wurde offensichtlich kein totes Reh aufbewahrt. Nina ging zur nächsten Tür und warf einen Blick hinein, doch auch hier war nur Ramsch gelagert. Ein seltsames Aroma lag in der Luft. Es roch verfault, wie eine Mülltonne an einem heißen Sommertag.

Nina folgte dem Geruch zur letzten Tür und sah durch das Fenster. Auf einem Tisch lag dort ein schwarzer Plastiksack mit einem Reißverschluss. So etwas hatte Nina bisher nur in Fernsehkrimis gesehen, wenn Mordopfer von der Gerichtsmedizin abtransportiert wurden. Es handelte sich um einen Leichensack. Mit klopfendem Herzen öffnete Nina die Tür. Ein beißender Gestank schlug ihr entgegen. Sie hielt sich Nase und Mund mit ihrer Hand zu. Beinahe wurde ihr übel. Sie versuchte, stoßweise durch den Mund zu atmen. Zaghaft trat sie an den Tisch heran. Mit ihrer freien Hand ergriff sie den Reißverschluss. Eine Mischung aus Angst und Ekel überkam sie. So etwas Gruseliges hatte sie noch nie erlebt. Sie öffnete den Sack. Unwillkürlich wich sie zurück. Der Gestank wurde unerträglich und trieb ihr die Tränen in die Augen. Sie flüchtete aus dem Raum, lief den Gang hinab und atmete beim Treppenhaus einige Male ein und aus, bis ihr Puls sich wieder verlangsamte. Sie sammelte all ihren Mut, holte tief Luft und hielt den Atem an. Dann ging sie zurück in den Raum mit dem Plastiksack.

Der Reißverschluss war nur einige Zentimeter geöffnet, nicht genug, um den Inhalt des Sacks freizulegen. Nina ergriff den Schieber und zog daran. Zuerst sah sie die Schnauze, dann den ganzen Kopf eines toten Rehs. Das Leben in den großen, braunen Augen des Tiers war erloschen, doch es schien Nina trotzdem anzustarren. Sie wusste sofort, dass es sich um das Reh handelte, das ihnen in der Nacht der Klavierstunde vors Auto gelaufen war. Der sternförmige weiße Fleck war unverkennbar. Die Zunge des Rehs hing schlapp aus seinem Maul, wie bei einem hechelnden Hund. Sein Körper befand sich zwar noch im Inneren des Leichensacks, doch Nina konnte Spuren von Blut an seinem Hals erkennen. Sie wollte sich nicht ausmalen, wie der Körper des Tieres nach dem Zusammenprall mit Helmers Lkw aussah.

Nina hatte genug gesehen. Sie wusste, dass sie diesen schrecklichen Anblick nie wieder vergessen würde. Sie wandte ihren

Blick ab und versuchte, den Reißverschluss mit einer Hand wieder zu schließen, doch es wollte ihr nicht gelingen. Sie nahm ihre zweite Hand zu Hilfe, doch der Schieber klemmte. Langsam ging ihr die Luft aus. Sie zog und zog, und plötzlich kam der Schieber frei. Nina war so überrascht, dass sie unwillkürlich Luft einsog. Der Gestank traf sie mit voller Wucht. Ihr wurde übel. Sie schloss den Sack, flüchtete aus dem Raum und rannte den Gang hinunter. Beinahe kam ihr das Essen wieder hoch, doch sie konnte sich gerade noch beherrschen.

Jetzt hatte sie Gewissheit. Das Reh, das Helmer vor den Laster gesprungen war, war das gleiche, das sie durch ihre Zeitreise gerettet hatte. Sie lief die Treppe hinauf und kehrte zu den Jungs zurück.

Als sie aus der Feuerwache trat, sog Nina gierig die klare Luft ein, die nach Gras und Sommerregen roch. Doch der Gestank des toten Rehs hing ihr immer noch in der Nase. Trotz der warmen Temperaturen hatte Nina eine Gänsehaut.

»Und, hast du Bambi gefunden?«, fragt Anton.

Nina nickte.

»War es das Reh, mit dem ihr zusammengestoßen seid?«, fragte Jonas.

»Kein Zweifel«, antwortete Nina. »Es hatte denselben weißen Fleck auf der Stirn. Ich bin mir sicher. Wir haben das Reh verschont, und nur deshalb konnte es Helmer vor den Lkw laufen.«

»Es ist höchste Zeit, dass wir uns die Unfallstelle ansehen«, sagte Felix. »Ich möchte mir ein Bild davon machen, wie der Laster überhaupt in die Staumauer geprallt ist und wo Helmer aus der Fahrerkabine gesprungen ist.«

»Ich auch«, pflichtete Jonas ihm bei. »Das hat heute allerdings keinen Sinn mehr. Es ist schon spät, und außerdem wird der Regen nur noch schlimmer. Ich schlage vor, dass wir heute mal früh ins Bett gehen. Ich weiß nicht, wie es euch geht, aber mich hat dieser Tag ganz schön geschlaucht.«

Die anderen nickten. Sie setzten sich in die Sattel ihrer Räder und fuhren durch den Wald zurück nach Irrlach. In Ninas Haus aßen sie von ihren mageren Vorräten und legten sich in ihre Betten. Es dauerte lange, bis Nina in dieser Nacht eingeschlafen war.

Der Unfallort

Am nächsten Tag fuhren die vier Freunde nicht nach Grafenberg, sondern zu der Serpentinenstraße, die sich auf der anderen Seite des Tals zur Staumauer hochschlängelte. Von hier aus musste der Laster in die Tiefe gestürzt sein, denn es war der einzige Ort, an dem die Straße nah genug an der Staumauer vorbeiführte. Wegen der enormen Steigung mussten die vier Freunde mit aller Kraft in die Pedale treten, um überhaupt vorwärtszukommen. Zu allem Überfluss war es auch noch ein wolkenloser Tag, und die Sonne brannte schon jetzt, am frühen Morgen, gnadenlos auf sie herunter. Die schmale Straße grenzte auf einer Seite an den Wald und fiel auf der anderen Seite steil ab. Die Klippe, die das Irrlacher Tal überblickte, war mit Leitplanken gesichert.

»Wie ist der Laster wohl … hier runter…gestürzt …?«, japste Felix, während er radelte. »Hier sind doch … überall … Leitplanken …«

»Keine … Ahnung«, antwortete Jonas, dem schon der Schweiß auf der Stirn stand. »Wenn wir … je oben … ankommen … finden wir es … vielleicht … heraus …«

Nach zehn Minuten ging ihnen die Puste aus. Nina stoppte ihr Rad.

»Wenn das so weitergeht, bekomme ich einen Hitzschlag, bevor wir oben sind.«

Auch Anton stieg ab. »Ich kann auch nicht mehr«, sagte er.

Sie beschlossen, ihre Fahrräder ab jetzt zu schieben. Dabei

hielten sie sich so dicht wie möglich am Waldrand, um den Schatten der Bäume voll auszunutzen. Durch die vielen Kurven, die die Straße beschrieb, dauerte der Aufstieg eine halbe Ewigkeit. Als sie fast auf Höhe der Talsperre angekommen waren, entdeckte Jonas etwas im Wald.

»Seht mal«, sagte er und zeigte auf das Dickicht aus Bäumen und Gestrüpp. »Da hinten. Die Bäume sind dort ganz schwarz.«

»Ein Feuer?«, mutmaßte Nina. »Es riecht auch ziemlich verbrannt.«

»Das wird es wohl sein«, sagte Felix. »Was das wohl ausgelöst haben mag?«

»Vielleicht ein Brandstifter?«, meinte Jonas.

»Kann sein«, sagte Felix. Überzeugt klang er jedoch nicht. Sie schoben ihre Fahrräder um die nächste Kurve. Hier bog sich die Straße von der Klippe weg und verschwand im Wald, wenn man die schwarzen Stümpfe überhaupt so bezeichnen konnte. Von den üppigen Tannen waren hier nur noch verkohlte Stämme übrig, von denen traurige Äste wie die Rippen von Skeletten abstanden. Das Feuer hatte eine weite Schneise in den Wald getrieben.

Als die Straße wieder aus dem Wald hinausführte, kamen sie an eine Klippe, von der aus sie das ganze Tal überblicken konnten. Die Staumauer, oder besser gesagt das, was davon übrig war, traf nur wenige Meter unter ihnen auf das Gestein des Bergs. Die Straße führte schnurgerade aus dem Wald heraus und machte dann eine scharfe Rechtskurve. Am Scheitelpunkt dieser Kurve war die Leitplanke umgeknickt. Der Metallstreifen hing wie ein gebrochener Arm über den Abhang hinaus.

Die ganze Straße war hier mit rot-weißem Flatterband der Polizei abgesperrt.

»Da muss es passiert sein«, sagte Felix.

»Komm, lasst uns das näher ansehen«, sagte Jonas und hob das Flatterband hoch, sodass sie darunter hindurchgehen konnten. Zusammen liefen sie zu der Stelle, an der die Leitplanke durchstoßen worden war.

»Krass!«, rief Anton. »Der Lkw muss mit voller Wucht hier entlanggefahren sein.«

»Dann ist er durch die Leitplanke gekracht«, fügte Jonas hinzu. »Die Klippe geht dahinter ein wenig aufwärts, bevor man abstürzt. Wie eine natürliche Rampe.«

»Der Wagen ist also mit voller Geschwindigkeit aus dem Wald gekommen und dann über diese Rampe gesprungen«, sagte Nina. Vorsichtig ging sie zum Rand der Klippe. Dort, wo sich die Rampe befand, blickte sie zur Talsperre hinunter. Die riesige Mauer wies ein V-förmiges Loch auf, wo die Wassermassen durchgebrochen waren. Wie Spinnweben fraßen sich am Rand des Lochs Risse durch den Beton. »Das kommt hin«, sagte sie. »Wenn der Lkw hier rübergefahren ist, dann wäre er genau dort gelandet, wo jetzt das Loch im Damm ist.«

Die Jungs kamen zu ihr.

»Mir wird schlecht«, sagte Felix, als er den Fehler machte, über den Rand der Klippe nach unten zu sehen.

Jonas machte die Höhe des Abhangs weniger aus. »Ich glaube, Nina hat recht«, sagte er. »Eine Explosion dort unten, genau auf halber Höhe des Damms, würde reichen, um ihn zum Einsturz zu bringen.«

»Kommt bitte sofort von da weg!«, rief eine männliche Stimme hinter ihnen. Die vier drehten sich um. Ein junger Polizist, etwa Mitte zwanzig, war aus einem Streifenwagen gestiegen und kam auf sie zu. Er trug eine Sonnenbrille auf der Nase.

»Wir wollten nur sehen, wo der Laster abgestürzt ist«, sagte Nina.

»Das ist kein Kinderspielplatz«, antwortete der Polizist.

»Wir sind auch keine kleinen Kinder mehr«, gab Nina genervt zurück. Sie entfernten sich jedoch von der Klippe und gingen zu dem Polizisten hinüber.

»Können Sie uns etwas darüber erzählen, was an dem Tag hier passiert ist?«, fragte Felix.

»Da kann ich euch leider keine Auskunft geben«, sagte der Beamte. Er trug ein Namensschild auf der Brust, auf dem *Rudinsky* stand.

Nina kam der Nachname bekannt vor. »Sind Sie nicht der große Bruder von Sophie Rudinsky?«, fragte sie.

»Ja, warum?«

»Ich spiele mit ihr Fußball.«

»Aha«, brummte Rudinsky desinteressiert.

»Also, ich bewundere das, wenn jemand es zu seinem Beruf macht, der Gemeinschaft zu helfen«, schwärmte Nina.

»Für mich ist das eine Ehre«, sagte Rudinsky mit stolz geschwellter Brust.

»Was für eine Verantwortung das ist, die Sicherheit eines ganzen Dorfes auf seinen Schultern zu tragen«, schmeichelte Nina weiter.

Rudinsky lächelte. »Irgendjemand muss den Job ja machen«, sagte er mit gespielter Bescheidenheit.

Nina blickte sich auf der Straße um, als würde sie versuchen zu begreifen, was hier passiert war. »Das muss ganz schön schwierig sein, wenn man an so einen Tatort kommt und sich einen Reim auf diese ganzen Spuren machen muss. Das erfordert sicher einiges an Intelligenz.« Sie lächelte Rudinsky an.

»Manchmal hat man schon ein paar harte Nüsse zu knacken«, sagte er.

»An so einer Stelle wie hier, zum Beispiel«, fuhr Nina fort. »Wie geht man da vor?«

Rudinsky nahm seine Sonnenbrille ab und zeigte fachmännisch mit dem Bügel auf den Boden. »Zuerst untersuchen wir die Spuren der Autoreifen«, erklärte er. »In diesem Fall war der Lkw viel zu schnell unterwegs, als er aus dem Wald kam.«

Jonas reckte seinen Daumen in die Luft, sodass nur Nina es sehen konnte. Ihr Charme zeigte Wirkung. Der Polizist fuhr fort, aus dem Nähkästchen zu plaudern. Er lief zu der Stelle, wo die Straße eine enge Kurve beschrieb.

»Hier hat er dann versucht, das Lenkrad herumzureißen, da wie aus dem Nichts ein Reh auf der Fahrbahn aufgetaucht ist. Er prallte mit dem Tier zusammen, was man an den Blutspuren hier sieht. Doch dann geriet er durch die nasse Fahrbahn ins Schleudern. Der Lkw raste auf die Klippe zu, der Fahrer ist kurz vorher aus dem Wagen gesprungen, und dann ist der Lkw über die Rampe in die Talsperre geflogen.«

Die vier hörten gespannt zu. Eine Sache war Felix nicht ganz klar. »Wieso war die Fahrbahn nass?«, fragte er. »An dem Tag hat es doch gar nicht geregnet.«

Rudinsky wandte sich ihm zu. »Das ist gut beobachtet«,

sagte er. »Es war kein Regenwasser, das sich auf der Fahrbahn gesammelt hatte, sondern Löschwasser.«

»Löschwasser?«, fragte Anton.

»Ja. Die Feuerwehr war am Tag vorher angerückt, um den Waldbrand zu löschen.«

Jonas blickte zu den verkohlten Bäumen hinüber. »Die Feuerwehr hat den Brand gelöscht«, fasste er zusammen. »Und das Wasser ist auf die Straße geflossen.«

»Nicht nur das«, ergänzte Rudinsky. »Es hat sich mit dem Ruß von den verbrannten Bäumen und den Blättern gemischt. Das Ganze ergab eine ziemlich glitschige Mischung, die sich auf der Straße ausgebreitet hat. Es war eine Verkettung unglücklicher Ereignisse.«

»Wie meinen Sie das?«, fragte Nina.

»Der Lkw war zu schnell. Als das Reh vor ihm auftauchte, wollte er bremsen. Die Straße war glitschig, und anstatt langsamer zu werden, geriet er ins Rutschen und schlitterte über die Klippe. Das Hindernis oder die Straßenlage allein hätten wahrscheinlich nicht ausgereicht, um das Unglück zu verursachen. Doch zusammen waren die Umstände verhängnisvoll. Das Ganze ist schon deshalb tragisch, weil der Laster auf dieser Straße gar nicht fahren durfte«, sagte Rudinsky.

»Warum nicht?«, fragte Jonas.

»Dreh dich doch mal um. Siehst du das Schild dort hinten?«

Jonas und die anderen blickten zu dem Straßenschild, das kurz hinter dem Waldrand neben der Straße stand. In einem roten Ring zeigte es einen Lkw, dessen Ladung mit oranger Farbe gekennzeichnet war.

»Was bedeutet das?«, fragt Anton.

»Diese Straße ist für Gefahrengut gesperrt«, sagte Rudinsky. »Und zwar genau deswegen, um ein Unglück wie dieses zu verhindern.«

Nina kratzte sich am Kopf. »Wieso ist er dann hier langgefahren, wenn er das gar nicht durfte?«

»Keine Ahnung«, sagte Rudinsky. »Schneller ist es auf jeden Fall nicht. Wenn man über den Autobahnzubringer fährt, spart man sich diese ganzen Serpentinen.«

»Merkwürdig«, murmelte Jonas.

Anton

Anton blickte zu den verkohlten Bäumen hinüber. Der Schimmer eines Verdachts keimte in ihm auf.

»Sagen Sie mal«, fragte er den Polizisten. »Wissen Sie, was den Waldbrand ausgelöst hat?«

»Leider haben wir dazu noch keine Erkenntnisse«, sagte Rudinsky. »Die Feuerwehr wollte eigentlich am Tag nach dem Feuer einen Brandinspektor schicken, um die Ursache zu klären, doch dann passierte der Dammbruch. Ihr könnt euch vorstellen, dass sie danach erst mal andere Sorgen hatten.«

Plötzlich schien Rudinsky sich daran zu erinnern, dass er das alles eigentlich geheim halten sollte. »Aber, damit wir uns richtig verstehen«, sagte er, jetzt wieder in einem nüchternen Tonfall. »Das muss alles unter uns bleiben.«

»Großes Indianerehrenwort.« Nina hob verschwörerisch die Hand.

»Also, jetzt macht mal einen Abmarsch«, sagte er. »Das ist hier viel zu gefährlich für euch.«

»Vielen Dank«, sagte Nina, und die vier bestiegen ihre Räder.

Da sie auf dem Rückweg bergab fuhren, kamen sie wesentlich schneller vorwärts. Trotzdem hielt Anton hinter der nächsten Kurve an und bedeutete den anderen, es ihm gleichzutun.

»Was ist los?«, fragte Jonas.

»Ich habe so ein mulmiges Gefühl«, sagte Anton. »Ich…« Anstatt weiterzureden ließ er sein Rad fallen und rannte in den Wald.

»Was ist denn mit dem los?«, fragte Felix.

»Vielleicht ist ihm schlecht?«, meinte Nina.

Sie folgten ihm. Anton lief durch das Unterholz und hielt auf das Gebiet zu, an dem der Wald gebrannt hatte. Dort holten die anderen ihn ein.

»Was hast du denn?«, fragte Jonas.

»Helft mir suchen!«, sagte Anton. »Wir müssen die Brandursache finden.«

»Warum denn?«, fragte Jonas.

»Vielleicht irre ich mich, aber …« Er lief zwischen den verkohlten Baumstümpfen umher.

Jonas blickte Nina an. Sie zuckte mit den Schultern und begann zusammen mit Anton, den Waldboden abzusuchen.

»Wonach suchen wir denn?«, fragte Jonas.

»Irgendetwas, das den Brand ausgelöst hat«, sagte Anton. »Ein Lagerfeuer zum Beispiel.«

Zu viert liefen sie über den abgebrannten Waldboden, die Augen auf die schwarze Erde geheftet. Nina fand einige leere Bierdosen, Jonas stieß auf ein altes Fahrrad, und Anton entdeckte eine Regenjacke, die jemand verloren hatte, doch sie fanden nichts, das ein Feuer hätte entfachen können.

Felix hatte eine Idee. Er steckte den Zeigefinger seiner rechten Hand in den Mund und hielt ihn in die Höhe.

»Der Wind kommt von Osten und weht in Richtung der Klippe«, sagte er. »Wenn wir annehmen, dass das die vorherrschende Windrichtung ist, dann ist das Feuer wahrscheinlich auch im Osten entfacht worden.«

»Kluges Kerlchen!«, rief Jonas.

»Wo ist Osten?«, fragte Anton.

»Wenn du den Rücken zur Klippe drehst, dann schaust du nach Osten«, sagte Felix.

Dies taten die vier Freunde. Sie drehten sich mit dem Rücken zum Staudamm und gingen dann vorwärts. Nach einigen Minuten gelangten sie an den Rand der Brandschneise. Die Bäume vor ihnen waren unversehrt.

»Wenn meine Theorie stimmt, dann muss der Brand hier irgendwo entstanden sein«, sagte Felix.

Wieder begannen sie zu suchen. Es war Nina, die schließlich in der Nähe der heil gebliebenen Bäume auf einen Gegenstand stieß, der aus den verkohlten Blättern ragte. Sie bückte sich und zog daran. Zwei schwere Metallrohre kamen zum Vorschein. Sie waren durch eine Brücke in der Mitte verbunden, und ein Lederriemen war an ihnen befestigt.

»Ich hab was gefunden!«, rief sie. Die anderen kamen zu ihr gelaufen.

»Was ist das?«, fragte Jonas.

Nina begann, den Ruß und die matschigen Blätter von dem Gegenstand zu entfernen.

Anton setzte sich auf einen Baumstumpf. Ein dumpfes Gefühl breitete sich in seiner Magengegend aus. »Ich weiß, was es ist«, sagte er. »Ich habe geahnt, dass wir es hier finden.«

»Was denn?«, fragte Jonas.

»Das Fernglas meines Vaters.«

Wie zur Bestätigung wischte Nina den Dreck von dem Gegenstand. Darunter kamen tatsächlich die verkohlten Überreste von Antons Fernglas zum Vorschein.

»Woher wusstest du das?«, fragte Nina.

»Mein Vater hat mir mal gezeigt, wie man mit einem Fernglas Feuer macht. Man hält es so, dass es auf die Sonne zeigt. Dahinter schichtet man einige lose Blätter und Zunder auf. Das Fernglas bündelt die Strahlen und steckt die Blätter in Brand.«

Das leuchtete Nina ein, es beantwortete ihre Frage jedoch nicht. »Aber woher wusstest du, dass das Fernglas hier sein würde?«, fragte sie.

»Aus dem gleichen Grund, warum dein Reh hier ist. Und warum Jonas' Lied im Radio kam. Wir sind alle an dem Unglück schuld. Alle zusammen. Ich habe das Fernglas davor bewahrt, dass es zerstört wurde. Wisst ihr noch, mein Vater hat doch erzählt, dass er am Tag vor dem Unglück hier oben wandern gegangen ist? Er hat sogar das Fernglas erwähnt. Das muss er dann wohl hier verloren haben. Es fällt so auf den Boden, dass die Gläser nach oben zeigen. Die Sonne scheint hinein, der Boden fängt an zu schwelen, und schon steht der Wald hier in Flammen. Die Feuerwehr löscht, die Straße ist glitschig, und Helmer rutscht mit seinem Lkw über die Klippe.«

Keiner sagte ein Wort. Antons Theorie war einleuchtend.

»Der Einzige der fein raus ist, ist Felix«, sagte Jonas.

»Wieso ›fein raus‹?«, entgegnete dieser.

»Du hast deinen Mathetest bestanden, und es hatte keinerlei Auswirkung auf das Unglück«, erklärte Jonas.

Felix fühlte sich angegriffen. »Was kann ich denn dafür?«

»Du musst dir wenigstens keine Vorwürfe machen, dass du unser Heimatdorf zerstört hast«, sagte Jonas aufgebracht.

»Ich hänge doch genauso in der Sache mit drin wie ihr«, rief Felix. »Schließlich habe ich das Portal programmiert. Meinst du, ich komme mir toll vor?«

»Es hat doch keinen Sinn, zu streiten«, warf Nina ein. »Wir müssen uns jetzt überlegen, was wir als Nächstes tun.«

Felix und Jonas schwiegen.

Es war Anton, der plötzlich einen Plan hatte: »Erstens, wir besorgen uns was zu essen. Ich sterbe nämlich vor Hunger. Zweitens, wir haben noch ein weiteres Rätsel zu lösen.«

»Und das wäre?«, fragte Felix.

»Warum war Helmer überhaupt auf der Bergstraße unterwegs?«, sagte Anton. »Rudinsky hat uns doch gesagt, dass sie für Gefahrengut gesperrt ist.«

Jonas nickte. »Ich habe zwar keine Ahnung, wie wir bei dem zweiten Teil deines Plans vorgehen sollen, aber der erste Teil ist jedenfalls spitze.«

Mit knurrenden Mägen liefen sie zu ihren Rädern zurück und fuhren in Richtung Grafenberg.

Meindl und Söhne

Es war früher Nachmittag, als sie am Sportzentrum von Grafenberg ankamen. Sie wollten es nicht riskieren, ihren Doppelgängern über den Weg zu laufen, und so besorgte Jonas das Essen für die anderen. Er blickte durch die Fenster der Sporthalle und des Restaurants, um sicherzustellen, dass die Luft rein war, und ging dann in die Großküche, wo es heute Nudeln mit Tomatensoße gab. Er füllte vier Plastikschalen randvoll und balancierte diese vorsichtig zur anderen Seite des Sportplatzes, wo Nina, Felix und Anton warteten. Während sie aßen, besprachen sie, was als Nächstes zu tun war.

»Wieso war der Lkw auf der Straße unterwegs, wenn diese für Gefahrengut gesperrt war?«, fragte Felix.

»Wo wollte er überhaupt mit dem ganzen Sprengstoff hin?«, ergänzte Nina.

»Moment. Das stand doch in dem Zeitungsartikel«, sagte Anton. »Hast du ihn noch?«

Nina faltete die Zeitung auseinander, die mittlerweile schon in ihre Einzelteile zerfiel. Anton schlug die Doppelseite mit dem Spezialreport auf und überflog die Zeilen. Ganz am Ende des Artikels fand er was er suchte.

»Hier ist es«, sagte er und las die Stelle vor. »Der Unglücks-Lkw war auf dem Weg zum Gerstheimer Steinbruch, um eine Ladung Sprengsätze abzuliefern. Er war auf das Grafenberger Abrissunternehmen ›Meindl und Söhne‹ zugelassen.« Anton ließ die Zeitung sinken.

»Steht da wirklich ›Meindl und Söhne‹«, fragte Jonas.

Anton vergewisserte sich, dass er den Namen richtig vorgelesen hatte. »Ja«, sagte er. »So heißt die Firma.«

»Ich glaube es nicht! Da arbeitet mein Bruder Sven«, sagte Jonas.

»Wirklich?«, fragte Nina erstaunt.

»Ja, er hilft dort im Lagerhaus aus.«

»Vielleicht kann er uns etwas über den Fahrer erzählen«, sagte Nina. »Er ist im bestimmt über den Weg gelaufen. Beim Beladen des Lkw zum Beispiel.«

»Die Firma ist nicht weit von hier«, sagte Jonas.

Sie leerten ihre Plastikschalen und fuhren dann mit ihren Fahrrädern los. Zuerst durchquerten sie das Dorfzentrum und fuhren dann nach Norden. Hier befand sich ein kleiner Industriepark, in dem sich Bauunternehmen, Möbellager und Speditionen angesiedelt hatten. Am nördlichen Ende des Parks lag das Areal der Firma Meindl und Söhne. Das Abrissunternehmen besaß einen Fuhrpark aus Kränen, Baggern und Lkw, die neben einem großen Lagerhaus abgestellt waren. Ein großer Zaun schloss das Gelände ein. Dieser war zusätzlich mit Stacheldraht gesichert, um zu verhindern, dass sich finstere Gestalten Zugang zum Areal und somit auch zu dem gelagerten Sprengstoff verschaffen konnten.

Die vier Freunde radelten zum Haupteingang. Dort spielte sich gerade ein kleiner Tumult ab. Eine blonde Reporterin hielt einem Angestellten der Firma ein Mikrofon unter die Nase und bedrängte ihn mit Fragen. Das Ganze wurde von ihrem Kamerateam gefilmt.

»Wurde die Ladung ausreichend gesichert? Wie kann es

sein, dass der Lastwagen auf einer gesperrten Straße unterwegs war. Was wollen Sie den Leuten in Irrlach mitteilen, die ihre gesamte Existenz verloren haben?«

»Wie oft soll ich es noch sagen, kein Kommentar«, schnauzte der Mann, der in der halb geöffneten Tür stand, die auf den Hof des Unternehmens führte. Er trug eine Baseballkappe und eine Latzhose, die beide den Schriftzug *Meindl und Söhne* trugen.

Die Reporterin wandte sich zur Kamera und sprach ins Mikrofon. »Die Firma Meindl und Söhne stellt sich im Moment stur, doch bald wird sie um diese und weitere unangenehme Fragen nicht herumkommen – und zwar vor Gericht.«

Der Kameramann nahm sein Arbeitsgerät von der Schulter und sah an der Reporterin vorbei. »Können wir den Aufsager noch mal machen?«, fragte er gelangweilt. »Die vier Gören dahinten sind mir ins Bild gelaufen.«

Bei den »vier Gören« handelte es sich natürlich um Jonas, Nina, Felix und Anton, die ihre Fahrräder zum Eingang des Firmengeländes geschoben hatten. Jonas drückte den Klingelknopf.

»Jetzt reicht's mir aber! Das grenzt ja an Hausfriedensbruch«, rief die aufgebrachte Stimme des Mannes, der die Reporterin abgewimmelt hatte. Er riss die Tür auf und war offensichtlich erstaunt, anstatt des Kamerateams vier Halbwüchsige vorzufinden. »Was wollt ihr denn hier?«, fragte er barsch.

»Hallo, Oliver. Wir wollen meinen Bruder Sven besuchen«, sagte Jonas.

»Das ist kein Kinderspielplatz«, brummelte Oliver.

»Sie sind nicht der Erste, der uns das heute mitgeteilt hat«, sagte Nina trocken.

»Wir wollen nur kurz etwas mit ihm besprechen«, sagte Jonas. »Es ist wichtig.«

Oliver zuckte mit den Schultern und ließ sie dann hinein. »Er ist hinten im Lagerhaus«, sagte er. »Aber nur zehn Minuten. Dann macht ihr euch dünne, verstanden?«

»Ehrenwort«, sagte Jonas.

Mit einem letzten mürrischen Blick zu dem Reporterteam schloss Oliver die Tür.

Jonas, der Sven hier schon mehrmals besucht hatte und sich deshalb ein wenig auskannte, ging vorweg. Er führte die anderen an den Kränen und Lastwägen vorbei zu der großen Lagerhalle, die in der Mitte des Areals stand. Sie betraten den riesigen Bau, der mit seiner meterhohen Decke an einen Flugzeughangar erinnerte. In den Regalreihen stapelten sich Baumaterialien und allerlei Spezialwerkzeug.

Die Halle erzeugte ein starkes Echo, und so konnten sie kurz nach Betreten schon eine Schimpftirade hören, die aus einer der Regalstraßen kam. Sie hielten auf das Geschrei zu. Als sie um die Ecke bogen, entdeckten sie Sven, der auf einem Gabelstapler saß. Vor ihm hatte sich ein älterer Mann aufgebaut, der ihm mit hochrotem Kopf die Leviten las. Er gestikulierte wild und deutete auf einige Säcke, die in den Regalen angeordnet waren.

»Wie oft soll ich dir noch sagen, dass die Betonsäcke hier nach Fabrikat und nicht nach Größe sortiert werden sollen? Das kannst du jetzt alles noch mal neu machen!«

Bei dem Mann, der Mitte sechzig, kleinwüchsig und in einen Trachtenjanker gekleidet war, handelte es sich um den alten Meindl, den Firmenchef. Kopfschüttelnd ließ er Sven zurück und stampfte zum Ausgang. Jonas und die anderen kamen hinter dem Regal hervor und liefen zu dem Gabelstapler. Die Schamesröte stand Sven im Gesicht.

»Hallo Bruderherz«, sagte Jonas fröhlich.

Sven zuckte zusammen. »Was macht ihr denn hier?« Es war ihm sichtlich peinlich, dass sie die Standpauke mitbekommen hatten.

»Deinem Chef ist aber ganz schön der Kragen geplatzt«, sagte Anton, etwas taktlos. Jonas hätte erwartet, dass Sven ihm eine patzige Antwort gab, doch diesem schien nicht der Sinn nach einem Streit zu stehen.

»Seit dem Unglück ist hier dicke Luft«, murmelte Sven. »Die Polizei war da und hat das gesamte Büro durchsucht. Wir mussten alle Aussagen machen. Außerdem haben wir die Hälfte unserer Kunden verloren. Keiner will mit dem Typen Geschäfte machen, der unfreiwillig den Irrlacher Damm gesprengt hat.«

»Verstehe ich nicht«, sagte Anton, den sein Taktgefühl erneut im Stich ließ. »Sachen in die Luft jagen ist doch sein Geschäft.«

»Du hast wohl einen Clown gefrühstückt«, entgegnete Sven mürrisch. »Die Firma verdient ihr Geld damit, sichere, zielgerichtete Sprengungen durchzuführen. Nach so einem Unglück kann man den Laden hier eigentlich gleich dichtmachen.«

Anton schwieg betreten.

»Und das ist nur die Schuld von diesem blöden Helmer«, fuhr Sven fort. »Bei dem hatte ich noch nie ein gutes Gefühl.«

»Du kanntest den Fahrer?«, fragte Jonas hoffnungsvoll.

»Klar. Er war zwar nicht fest angestellt, aber der alte Meindl hat ihn trotzdem immer wieder für kleine Jobs angeheuert. Die waren privat befreundet. Meindl wusste, dass Helmer eigentlich ein aussichtsloser Fall ist, aber er konnte seinen Kumpel eben nicht hängen lassen. Das verstehe ich auch. Helmer ist eigentlich ein netter Kerl, aber völlig unzuverlässig.«

Nina stellte die entscheidende Frage. »Hast du eine Ahnung, warum Helmer überhaupt die Bergstraße genommen hat? Die war doch für Gefahrengut gesperrt.«

Sven blickte sich um und beugte sich zu ihnen herunter, als wolle er sicherstellen, dass niemand mithörte. »Die Route über die Autobahn kostet Maut. Meindl hat Helmer fünfzig Euro für den Mautautomaten gegeben. Ich glaube, Helmer hat das Geld irgendwie verzockt und ist dann über die Bergstraße gefahren, um sich die Gebühr zu sparen.«

»Was meinst du mit ›verzockt‹?«, fragte Nina. »Hatte er Spielschulden?«

»Nicht dass ich wüsste«, antwortete Sven. »Ich meinte eher, dass er das Geld für irgendeinen Blödsinn ausgegeben hat.«

»Vielleicht für ein Bierchen oder zwei?«, mutmaßte Anton.

»Nein. So leichtsinnig, betrunken eine Ladung Sprengstoff herumzukutschieren, war selbst Helmer nicht.«

»Seid ihr immer noch hier?«

Die Stimme gehörte Oliver, der sie so widerwillig eingelassen hatte.

»Wir gehen ja schon«, sagte Jonas. Bevor sie die Halle verließen, drehte Jonas sich noch einmal zu Sven. »Kopf hoch, Bruder«, sagte er aufmunternd.

Sven nickte ihm zu.

Nina

Als die vier das Abrissunternehmen verlassen hatten, berieten sie sich am Straßenrand.

»Mann, Sven hat mir ganz schön leidgetan«, sagte Jonas. »Er kann schon manchmal ein Vollpfosten sein, aber dieser Meindl hat ihn ja richtig zusammengestaucht.«

»Hoffentlich kommt bald sein Durchbruch als YouTube-Star«, sagte Nina. »Dann kann er diesen Aushilfsjob an den Nagel hängen.«

Felix seufzte. »Viel haben wir ja nicht erfahren«, sagte er. »Helmer wollte die Maut nicht bezahlen. Kann ich ihm nicht verdenken.«

»Es ist trotzdem wichtig, dass wir mehr darüber herausfinden«, sagte Nina. »Schließlich hat der Wechsel der Route das ganze Unglück erst möglich gemacht. Wäre er über die Autobahn gefahren, wäre er nie in die Nähe des Staudamms gekommen.«

»Nina hat recht«, sagte Jonas. »Das war der Auslöser.«

»Ich weiß, wen wir noch fragen können«, rief Anton. »Lukas! Niemand kennt Florian Helmer besser als sein eigener Sohn.«

»Da ist was dran«, sagte Nina.

»Fragt sich nur, ob der überhaupt mit uns redet«, gab Jonas zu bedenken. »Bei der Gedenkfeier war er jedenfalls ziemlich niedergeschlagen.«

»Vielleicht redet er genau deshalb mit uns«, meinte Nina. »Weil ihn sonst alle ignorieren.«

Die Sonne senkte sich zum Horizont, als sie sich auf ihre Räder schwangen, um zum Sportkomplex zu fahren. Dort angekommen mussten sie wieder vorsichtig sein. Ihre Doppelgänger waren schließlich hier zu Hause. Zuerst lugten sie durch die Fenster der Sporthalle. Die Lichter waren innen bereits eingeschaltet worden, und so konnten sie sich einen guten Überblick verschaffen. Von Lukas war nichts zu sehen.

»Ich frag mal in der Küche nach«, sagte Nina. »Die bekommen doch im Laufe des Tages jeden zu Gesicht, der hier übernachtet.«

»Gute Idee«, sagte Anton. »Bring uns doch gleich was zu essen mit. Mir knurrt schon wieder der Magen.«

Nina betrat das Restaurant und stellte sich am hinteren Ende der Schlange an. Als sie an der Reihe war, bestellte sie vier Mahlzeiten – Bratkartoffeln mit Speck – und sprach die Dame an, die das Essen austeilte. Sie hatte ein rosiges Gesicht und trug eine Schürze, auf der das Logo des Grafenberger Sportvereins aufgenäht war.

»Entschuldigen Sie«, begann Nina. »Hier kommt doch sicher jeder durch, der in der Sporthalle wohnt.«

»Ja. Es ist wirklich eine schöne Aufgabe. Die Menschen sind so dankbar, wenn sie etwas zu essen haben. Besonders unter den gegebenen Umständen.«

»Ist Ihnen ein Junge aufgefallen. Etwa so alt wie ich, schwarze Kraushaare, etwas blass?«

Die Dame dachte nach. »Hmm … auf Anhieb kann ich dir da nicht weiterhelfen. Hat der Junge einen Namen?«

»Lukas Helmer«, sagte Nina.

Sofort verfinsterte sich die Miene der Frau. »Ja. Der Helmer war am ersten Tag hier. Aber einige Leute waren etwas… sagen wir ›ungehalten‹. Was man ja auch verstehen kann. Danach habe ich ihn hier nicht wiedergesehen. Ehrlich gesagt vermisse ich ihn auch nicht.«

»Danke«, sagte Nina kurz angebunden. Sie konnte die Einstellung der Frau zwar verstehen, doch sie hielt nichts davon, Lukas die Schuld an einem Unglück zu geben, das sein Vater verursacht hatte. Aber war es wirklich Florian Helmers schuld? Waren es nicht genauso Nina, Jonas, Anton und Felix, die den Dammbruch herbeigeführt hatten? Nina nahm vier Portionen Bratkartoffeln mit und ging zu den anderen, die auf der gegenüberliegenden Seite des Sportplatzes warteten. Sie berichtete, was die Frau gesagt hatte.

»Also, wenn Lukas von den Leuten hier gemobbt wurde«, sagte Anton, während er seine Bratkartoffeln aß. »Dann hat er sich sicher woandershin verzogen.«

»Aber wohin?«, fragte Nina.

»Keine Ahnung. Der könnte doch überall sein. Ich würde auswandern, wenn mich die Leute hier so hassen würden.«

»Sag das nicht zu früh«, ermahnte Nina. »Vielleicht musst du das noch.«

Sie aßen ihre Mahlzeit auf. Es war inzwischen dunkel geworden, und ihnen blieb nichts anderes übrig, als ihre Suche nach Lukas auf den nächsten Tag zu verlegen. Sie fuhren mit den Rädern durch den Wald. Weit kamen sie jedoch nicht. Die Feuerwehr hatte die Straße für den normalen Verkehr gesperrt. Ein Schwertransporter fuhr im Schritttempo in Richtung Grafenberg. Auf seiner Ladefläche waren besonders große Trümmerteile festgezurrt, die aus Irrlach abtransportiert wurden.

»Können wir hier nicht durchfahren?«, fragte Jonas einen der Feuerwehrleute, die an der Straße standen.

»Das kann noch einige Stunden dauern«, sagte der Mann. »Am besten nehmt ihr die andere Straße, die um den Wald herumführt. Das ist zwar ein längerer Weg, aber ihr seid sicher schneller am Ziel.«

Nina und die Jungs kehrten um und nahmen die Route, die der Feuerwehrmann vorgeschlagen hatte. Sie erreichten Irrlach von der anderen Seite und mussten durch das Zentrum fahren, um zu Ninas Haus zu kommen. Sie radelten über den Dorfplatz, auf dem gerade der Maibaum abmontiert wurde. Die Trümmer der Häuser wurden von den Bulldozern zu riesigen Haufen zusammengeschoben, die nun darauf warteten, von Lastwägen abtransportiert zu werden. Da die Arbeiten rund um die Uhr abliefen, war der Platz von Scheinwerfern erleuchtet, in deren hellem Schein ein Schwarm Mücken tanzte.

»Die machen ganz schöne Forstschritte«, sagte Felix. »Als wir hier zuerst ankamen, sah es noch viel schlimmer aus.«

»Hey, seht mal, da drüben!«, rief Nina.

Sie zeigte auf einen kleineren Trümmerhaufen, der abseits der anderen am Rand des Platzes stand. Ein Junge mit schwarzen Haaren saß auf dem obersten Brocken und beobachtete, wie die Bulldozer auf dem Platz hin und her fuhren.

»Das ist Lukas«, sagte Felix.

»Nichts wie hin«, meinte Jonas und fuhr zu dem Haufen. Als Lukas die vier Freunde entdeckte, wollte er schon das Weite suchen, doch Nina stieg von ihrem Fahrrad ab und hob beschwichtigend die Hand.

»Hey, Lukas, lauf nicht weg!«, sagte sie. »Wir wollen uns nur unterhalten.«

»So?«, sagte er tonlos und zuckte mit den Schultern. Nina und die Jungs kletterten zu ihm hoch.

»Was machst du hier?«, fragte Nina.

»Nichts«, antwortete Lukas. »Siehst du doch.«

Nina blickte ihn verständnisvoll an. »Das muss ganz schön hart sein für dich«, sagte sie. »Du hast nichts gemacht, und trotzdem gibt dir jeder die Schuld an dem Unglück.«

Lukas antwortete nicht.

Nina versuchte es weiter. »Ist dir irgendjemand blöd gekommen?«, fragte sie.

»Irgendjemand?«, fragte Lukas spöttisch. »Das ganze Dorf hat es auf mich abgesehen. Die Frau an der Essensausgabe hat mich mit einem Blick angesehen, als hätte sie mir am liebsten ins Essen gespuckt. Meine Freunde sprechen kein Wort mehr mit mir. Dauernd höre ich, wie die Leute hinter meinem Rücken über mich sprechen. ›Da geht der Helmer-Sohn. Sein Vater hat ganz Irrlach auf dem Gewissen. Wahrscheinlich war er betrunken.‹ Das ist völliger Blödsinn. Mein Vater hat nie was angerührt, wenn er gefahren ist.« Lukas war sichtlich zum Heulen zumute.

»Hatte dein Vater vielleicht … Geldprobleme?«, fragte Nina vorsichtig.

Lukas fuhr herum. »Jetzt fängst du auch damit an«, rief er aufgebracht. »›Der Helmer Florian, das war ein völliger Versager. Genau wie sein Sohn.‹«

»Das meinte ich nicht«, sagte Nina. »Es ist nur … es kann doch sein, dass er knapp bei Kasse war.«

Lukas lächelte ohne einen Funken Humor. »Ausgerechnet an dem Tag war er einmal *nicht* knapp bei Kasse. Er hat mir sogar fünfzig Euro geschenkt.«

Nina horchte auf. »Einfach so?«, fragte sie.

»Nein«, sagte Lukas. Er warf einen kurzen Blick zu Felix. »Weil ... äh ... weil ich meinen Mathetest mit einer eins bestanden habe.«

»Und als Belohnung hat er dir fünfzig Euro geschenkt«, sagte Nina.

»Ja. In Mathe hatte ich noch nie eine gute Note, doch irgendwie hatte ich dieses Mal Glück gehabt.«

Irgendetwas an seiner Beschreibung rief eine Erinnerung in Felix wach. Nun war er es, der Lukas anblickte. Lukas konnte ihm nicht in die Augen sehen.

»Na ja, Kopf hoch«, sagte Nina. »Morgen regen sich die Leute sicher über etwas anderes auf. Falls du jemanden zum Reden brauchst, kannst du jederzeit zu uns kommen.«

Zum Abschied klopfte Jonas ihm auf die Schulter. Sie ließen Lukas auf dem Trümmerhaufen zurück, gingen zu ihren Fahrrädern und schlugen den Weg zu Ninas Haus ein.

Felix

Während der Fahrt war Felix so sehr in Gedanken versunken, dass er beinahe in einem Graben landete.

»Alles okay mit dir?«, fragte Jonas.

»Ja, ja«, antwortete Felix hastig.

Sie kamen beim Haus von Ninas Eltern an und stiegen von ihren Rädern ab. Da sie wieder einen anstrengenden Tag hinter sich hatten, wollten sie gleich zu Bett gehen, doch Felix hielt sie zurück.

»Ich glaube, ich weiß jetzt, was passiert ist«, sagte Felix. Er setzte sich in Ninas Zimmer auf einen Stuhl, und die anderen ließen sich auf dem Bett nieder.

»Lukas hat das Geld von seinem Vater bekommen«, sagte Nina. »Was hat das mit uns zu tun?«

»Es hat alles mit uns zu tun«, sagte Felix. »Das ganze Unglück ist unsere Schuld.«

Die drei anderen hörten stumm zu.

»Wir haben meinem Vergangenheits-Ich einen Spickzettel zugespielt. Dadurch habe ich den Test bestanden«, begann Felix.

»Das wissen wir doch«, sagte Jonas. »Aber wie hängt das mit dem Unglück zusammen?«

»Das ist ganz einfach. Als ich bei meinem Test nicht weiterwusste, habe ich mich panikartig im Raum umgesehen. Lukas saß schräg hinter mir. Er hat so komisch zu mir rübergeschaut. Ich glaube, er wollte von mir abschreiben.«

Jetzt fiel auch bei Nina der Groschen. »Und weil du einen Aussetzer hattest, konnte er das nicht. Doch als wir deinem Doppelgänger den Spickzettel gegeben haben, konnte Lukas auch abschreiben.«

Felix nickte. »Genau. Und er hat eine Eins bekommen. Dafür gab ihm sein Vater fünfzig Euro …«

»… die ihm dann für die Maut fehlten«, ergänzte Anton.

»Dadurch konnte er nicht auf die Autobahn fahren und musste die gesperrte Bergstraße nehmen«, sagte Nina. »Durch den Waldbrand und die Löschaktion, die durch Antons Fernglas ausgelöst wurde, war die Fahrbahn glitschig. Helmer geriet ins Schleudern, das Reh, das ich mit meiner Mutter verschont hatte, tauchte vor ihm auf, er kollidierte damit, riss das Lenkrad herum und fuhr schnurstracks auf die Klippe zu.«

Jonas fuhr fort: »Im letzten Moment ist er dann aus dem Führerhaus gesprungen, der Lkw ist über die Rampe in die Luft geflogen, mit dem Staudamm kollidiert und – *bamm*!«

Schweigend saßen die vier Freunde da. Keiner wusste, was er sagen sollte. Sie hatten Irrlach alle zusammen auf dem Gewissen.

Plan B

Es war Nina, die zuerst die Sprache wiederfand. »Es ist unsere Schuld. Das ganze Unglück«, sagte sie bestürzt.

»Was können wir tun?«, fragte Jonas.

»Wir müssen das wieder in Ordnung bringen!« sagte Anton.

»Wie denn?«, fragte Nina.

»Mit dem Portal«, murmelte Felix.

Nina hob verzweifelt die Hände. »Bist du wahnsinnig?«, rief sie aufgebracht. »Schau dir doch an, was beim letzten Mal passiert ist.«

»Dann müssen wir eben vorsichtiger sein«, antwortete Felix. »Wir müssen uns einen besseren Plan zurechtlegen. Alle Auswirkungen genau durchspielen. Alles bis ins kleinste Detail durchdenken.«

»Und was ist, wenn wir alles nur noch schlimmer machen?«, fragte Nina.

»Was könnte schlimmer sein, als das ganze Dorf zu zerstören?«, gab Felix zurück.

Jonas ergriff das Wort. »Felix hat recht. Wir müssen irgendwas unternehmen. Unser Dorf liegt in Schutt und Asche, und wir sind die Einzigen, die die Katastrophe verhindern können.«

Nina seufzte und stützte ihren Kopf auf den Händen ab.

»Wie wäre es, wenn wir einen Weg fänden, so wenig wie möglich zu verändern?«, schlug Anton vor. »Dann sind die Auswirkungen vielleicht weniger schlimm.«

Felix nickte. »Da ist was dran. Wenn wir uns überlegen, wie wir mit der kleinstmöglichen Änderung die Zerstörung des Damms verhindern können, halten sich die negativen Effekte bestimmt in Grenzen.«

Die Jungs begannen zu diskutieren, wie man ohne größere Eingriffe die Kette von Ereignissen unterbrechen könnte. Nina beteiligte sich nicht an der Besprechung. Sie war überhaupt nicht begeistert von der Idee, erneut in der Vergangenheit herumzupfuschen.

»Wir könnten doch sicherstellen, dass ich das Fernglas am Tag des Ritterturniers doch fallen lasse«, sagte Anton. »Dann geht es kaputt, und mein Vater kann es nicht auf die Wanderung mitnehmen und den Waldbrand auslösen.«

Felix schüttelte den Kopf. »Das halte ich für keine gute Idee«, sagte er. »Wenn wir an den Tag zurückkehren, wo wir letztes Mal Dinge verändert haben, dann gibt es uns dort doch gleich *drei*mal! Dann müssen wir ständig aufpassen, dass wir uns und *unseren Doppelgängern* nicht begegnen. Das ist viel zu gefährlich.«

»Dann klauen wir meinem Vater eben kurz vor seiner Wanderung das Fernglas«, sagte Anton.

Jonas verzog das Gesicht. »Ich weiß nicht«, sagte er. »Selbst wenn er den Waldbrand nicht auslöst, ist da immer noch das Reh. Der Lkw könnte trotzdem noch von der Straße abkommen und in den Damm krachen.«

Anton sah ein, dass Jonas recht hatte. »Wie werden wir das Reh los?«, fragte er. »Wir können uns ja schlecht mit einem Gewehr auf die Lauer legen und es abknallen, bevor es auf die Straße –«

Felix fiel ihm ins Wort. »Das ist schon wieder viel zu kompliziert«, sagte er. »Wir wollten doch nach der einfachsten Lösung suchen.«

Jonas und Anton blickten ihn an.

»Und die wäre?«, fragte Jonas.

»Ist doch klar. Der Lkw darf erst gar nicht auf der Bergstraße entlangfahren«, antwortete Felix. »Nur so kann er auch nicht mit dem Damm kollidieren.«

Jonas und Anton grübelten nach.

»Stimmt«, sagte Jonas. »Wenn der Laster nicht da ist, machen auch das Reh, der Waldbrand und das Lied im Radio keinen Unterschied.«

»Und wie sollen wir das anstellen?«, fragte Anton. »Sollen wir dem Fahrer fünfzig Euro für die Mautgebühr schenken?«

»Oder vielleicht musst du deinen Mathetest doch verhauen«, schlug Anton vor.

»Kommt gar nicht infrage«, sagte Felix. »Wir haben uns doch geeinigt, dass wir nicht an diesen bestimmten Tag zurückkehren.«

Jonas dachte nach.

»Wir könnten Lukas davon überzeugen, dass er seinem Vater nichts von seiner Eins erzählt«, sagte er schließlich.

»Und wie sollen wir das begründen?«, fragte Felix. »›Lukas, erzähl deinem Vater nichts von deiner guten Note, weil sonst das ganze Dorf futsch geht?‹ Der zeigt uns doch einen Vogel. Außerdem kann sein Vater die fünfzig Euro ja dann auch für irgendetwas anderes ausgeben.«

Jonas stöhnte frustriert. »Mann, ist das alles kompliziert.«

»Ich hab's«, sagte Anton. »Es ist simpel, effektiv und stellt sicher, dass Florian Helmer nicht mit dem Lkw fahren kann.«

Felix sah ihn erwartungsvoll an. »Und was ist das für ein genialer Plan?«

»Ganz einfach«, sagte Anton. »Wir stechen Helmer ein Loch in die Reifen. Wenn der Lkw erst gar nicht losfahren kann, dann kann er auch nicht in den Staudamm stürzen.«

Felix hob überrascht die Augenbrauen. Dass ausgerechnet von Anton ein brauchbarer Plan kam, hatte er nicht erwartet.

»Das ist … ein guter Plan«, sagte er voller Anerkennung.

Anton strahlte.

»Jonas, was hältst du davon?«, fragte Felix.

»Hört sich gut an, ich bin dabei.«

»Nina?«, fragte Felix.

»Ihr wollt wirklich mit dem Portal in die Vergangenheit reisen, um die Reifen von Helmers Lkw zu durchlöchern?«, fragte Nina ungläubig. »Ist das euer Ernst?«

»Warum nicht?«, fragte Jonas.

»Wo soll das enden?«, rief sie. »Irgendwann reisen wir nur noch in der Zeit herum, um unsere eigenen Fehler auszubügeln.«

»Es ist doch nur eine kleine Veränderung«, sagte Felix. »Das Dorf ist gerettet, und wir können in unsere Zeit zurückkehren.«

»Was ist denn überhaupt ›unsere Zeit‹?«, fragte Nina. »Uns gibt es doch jetzt schon fast überall doppelt. Wenn ihr mich fragt, war es von Anfang an ein Fehler, das Portal zu benutzen.«

»Das können wir jetzt aber nicht mehr ändern«, sagte Felix. »Wir haben es nun mal benutzt. Antons Plan ist die einzige

Chance, um dieses ganze Durcheinander in Ordnung zu bringen.«

»Bist du dabei?«, fragte Jonas.

Nina stieß einen Seufzer aus. »Na gut«, sagte sie. »Anscheinend haben wir ja keine andere Wahl.«

Nina

Nina lag lange wach. War es wirklich eine gute Idee, erneut durch das Portal zu gehen? Gab es nicht einen anderen Weg, die ganze Sache zu lösen? Wenn sie doch nie durch dieses blöde Tor gegangen wären, oder besser, wenn sie das Labor erst gar nicht gefunden hätten. Sie war schon fast eingeschlafen, als ihr ein Gedanke kam. Der Ansatz einer Idee, wie sie die ganze Sache doch noch ungeschehen machen könnten. Doch bevor sie den Gedanken richtig greifen konnte, war sie schon eingeschlafen.

Als sie am nächsten Morgen aufwachte, prasselte der Regen ans Fenster. Sie stand auf und ging in die Küche, da sie enormen Hunger verspürte. In der Vorratskammer fand sie nichts Essbares, doch in der hintersten Ecke eines Küchenschranks entdeckte sie eine Packung Butterkekse. Anton, Jonas und Felix betraten die Küche, und Nina teilte die Kekse unter ihnen auf.

»Mehr gibt's nicht«, sagte sie.

Anton hob einen Keks in die Luft und betrachtete ihn von allen Seiten. »Ein nahrhaftes Frühstück«, spottete er.

»Wir könnten doch nach Grafenberg fahren und dort in der Großküche essen«, schlug Jonas vor.

»Nein«, sagte Nina bestimmt. »Wenn wir den Plan mit dem Portal wirklich durchziehen, dann will ich es so schnell wie möglich hinter mich bringen.«

Niemand hatte darauf eine Antwort, und sie aßen schweigend ihre Kekse. Nach dem dürftigen Frühstück ging Nina in den Keller und besorgte vier Regenjacken. Draußen goss es inzwischen in Strömen, und der Boden hatte sich in ein Matschfeld verwandelt. Die vier Freunde zogen die Regenjacken an und verließen das Haus.

»Moment!«, rief Jonas und verschwand noch einmal im Inneren. Als er wieder herauskam, hielt er ein Küchenmesser in der Hand. »Für die Autoreifen!«, sagte er.

»Gute Idee«, sagte Felix.

Sie schoben ihre Räder auf die Straße und saßen dann auf. Gemeinsam fuhren sie zu dem Platz, der früher einmal der Dorfkern von Irrlach gewesen war. Der Wind blies ihnen dicke Regentropfen ins Gesicht. Trotz des rauen Wetters gingen die Aufräumarbeiten weiter voran. Bagger kippten Trümmerteile krachend in die großen Lkw, die in einer Schlange standen, um den Schutt abzutransportieren. Jonas, Nina, Anton und Felix passierten diese und nahmen den Weg, der aus dem Dorf hinausführte. Sie kamen an den Überresten des Schulhauses vorbei.

»Komisch, man wünscht sich als Schüler immer, dass die Schule abbrennt«, sagte Anton. »Doch jetzt, wo sie wirklich zerstört wurde, wünsche ich mir nichts sehnlicher, als dass alles wieder so ist wie vorher.«

»Wenn wir unseren Plan in die Tat umsetzen, ist bestimmt wieder alles beim Alten«, sagte Felix.

Nina, die seine Meinung überhaupt nicht teilte, schwieg.

Sie fuhren weiter und kamen zu der Wiese, auf der sie damals Sven dabei zugesehen hatten, wie er mit der Drohne herumgeflogen war. Die Jungs wollten weiterfahren, doch Nina stieg ab.

»Moment«, sagte sie. »Ich will mir das alles noch mal von hier oben ansehen, bevor wir durch das Portal gehen.«

Sie lief durch die Wiese bis an den Rand des Abhangs, der ins Irrlacher Tal hinabführte, und ließ ihren Blick über die Landschaft schweifen. Da war die Staumauer, oder was davon übrig war. Wie eine Wunde klaffte der Riss in dem Betonwall, als hätte jemand mit einer riesigen Axt zugeschlagen.

Die Jungs kamen zu ihr.

»Wir bringen das wieder in Ordnung«, sagte Felix. »Du wirst sehen, unser Plan funktioniert.«

Nina blickte auf Irrlach hinab. »Ich hoffe, du hast recht«, sagte sie. »Das hoffe ich wirklich.«

Felix

Sie fuhren auf der Straße am Maschendrahtzaun entlang. Der Regen hatte nichts von seiner Intensität verloren, und am Straßenrand hatten sich längliche Pfützen gebildet. Ein Auto, das es anscheinend eilig hatte, fuhr an den vier Fahrradfahrern vorbei, geradewegs durch eine der braunen Pfützen. Das dreckige Wasser ergoss sich in einem großen Schwall über sie.

»Kannst du nicht aufpassen?«, rief Jonas ihm mit ausgestreckter Faust hinterher. Je mehr sie sich ihrem Ziel näherten, desto stärker blies ihnen der Wind ins Gesicht. Nina kam es fast so vor, als wollten die Naturgewalten verhindern, dass sie zu dem Portal gelangten.

Sie kamen an die Lichtung, an der sie die Festnahme von Jasper Vogel beobachtet hatten. Hier mussten sie in den Wald einbiegen, um dem Zaun zu folgen. Der Waldboden war inzwischen so durchnässt, dass sie mit jedem zweiten Schritt in den Matsch einsanken.

»Mann, ist das ein Mistwetter«, rief Anton. Die anderen hörten ihn kaum, denn der Wind heulte wie ein Schlossgespenst durch die Zweige der Bäume.

Jonas glitt mit dem Fuß in ein Loch, das bis oben hin mit Schlamm gefüllt war. Als er seinen Fuß wieder herauszog, verlor er seinen Schuh.

»Ist das ekelig!«, rief er. Er kniete sich hin und zog vorsichtig mit einer Hand den völlig verdreckten Schuh aus der Erde. Er drehte ihn um, damit das restliche Wasser abfließen konnte, und zog ihn sich an. Mit jedem Schritt ertönte ein Schmatzlaut aus seinem Schuh.

Als sie endlich das Zelt erreichten, das in der Nähe des Zauns aufgestellt worden war, waren sie völlig durchnässt. Nina musste niesen.

»Gesundheit«, sagte Jonas.

»Wir holen uns hier draußen noch den Tod«, sagte Nina.

»Dann lasst uns einen Zahn zulegen«, rief Felix. Er war zu dem Loch geeilt und kletterte bereits durch den Zaun. Die anderen folgten ihm. Als sie durch das hohe Gras rannten, zogen schwarze Gewitterwolken auf. Der Wind blies jetzt so stark, dass er das hohe Gras fast waagerecht bog. Wie Wellen auf dem Wasser fegten die Windstöße über die Wiese. Geduckt liefen die vier Freunde vorwärts, bis sie den geteerten Pfad erreicht hatten. Jetzt zuckten die ersten Blitze. Ein ohrenbetäubender Donnerknall grollte fast gleichzeitig mit den elektrischen Entladungen. Das Gewitter war direkt über ihnen. So schnell sie konnten, rannten die vier zu den Betonbauten, durch die man den Laborkomplex erreichte. Jonas zog die Stahltür auf und hielt sie für die drei anderen offen. Als Nina, Felix und Anton im Inneren des Gebäudes verschwunden waren, ließ Jonas die Tür ins Schloss fallen. Im selben Moment blitzte es erneut, und der Donner hallte wie ein Kanonenschuss über den Wald.

Verdreckt, durchnässt und völlig außer Atem erreichten die vier Freunde das unterirdische Labor, wo das Portal auf sie wartete.

»Oh nein!«, rief Anton. »Das Tor ist deaktiviert! Wahrscheinlich hat ein Blitz eingeschlagen, und jetzt ist es kaputt.«

»Quatsch«, sagte Felix. »Ich habe es doch letztes Mal abgeschaltet, bevor wir das Labor verlassen haben. Keine Sorge, dass haben wir gleich.«

Felix ging zu dem Steuercomputer hinüber. Bevor er den Netzschalter auf die *On*-Position stellte, hielt er nervös den Atem an. Was war, wenn der Blitz tatsächlich hier eingeschlagen hatte? Wenn das Tor jetzt nicht ansprang, war ihr großartiger Plan im Eimer.

Er betätigte den Schalter. Nichts geschah.

Felix sog erschrocken Luft ein, doch eine Sekunde später ertönte ein Piepsen, und der alte Computer nahm ratternd seinen Dienst auf. Felix atmete erleichtert auf. Der Monitor zeigte das Eingabefeld an. Felix gab einen Befehl ein und startete das Steuerungsprogramm. »An welchen Tag sollen wir zurückkehren?«, fragte er.

»Na, an den Tag des Unglücks«, sagte Anton.

»Dann haben wir doch nicht genug Zeit«, meinte Jonas. »Wir können die Reifen des Lkw doch am Abend vorher sabotieren.«

»Da bin ich anderer Meinung«, entgegnete Felix. »Wenn wir es so machen, hat Helmer genug Zeit, einen anderen Lkw zu beladen und damit loszufahren. Wir müssen es so kurz wie möglich vor seiner Abfahrt machen.«

Das leuchtete Jonas und Felix ein. Nina hielt sich raus.

»Also, programmiere das Tor für den Morgen des Unglücks«, sagte Jonas.

»Aber sehr früh am Morgen«, fügte Anton hinzu. »Wir müssen schließlich bis nach Grafenberg kommen und uns dort bei Meindl und Söhne einschleichen.«

»Habt ihr nicht eine Kleinigkeit vergessen«, warf Nina ein. Die Jungs blickten sie fragend an.

»Die Fahrräder«, sagte sie.

»Was ist mit den Fahrrädern«, fragte Anton.

»Sie werden nicht da sein. Wir müssen zu Fuß gehen.«

Felix schnipste mit dem Finger. »Stimmt! Daran hatten wir nicht gedacht. Die Fahrräder bleiben ja hier.«

»Wir könnten sie doch mitnehmen«, sagte Jonas.

»Hast du wirklich Lust, wieder raus in den Regen zu laufen?«, warf Nina ein.

»Außerdem wissen wir nicht, ob wir sie überhaupt mitnehmen können«, sagte Anton. »Vielleicht ist das mit dem Tor wie bei einer Mikrowelle. Da darf ja auch kein Metall rein.«

»Das ist doch was ganz anderes«, sagte Jonas.

»Anton könnte schon recht haben«, entgegnete Felix. »Wir können es auf keinen Fall riskieren, dass das Portal kaputtgeht, wenn wir große Metallgegenstände hineinschieben.«

»Puh!«, rief Anton. »Ich habe keine Lust, im Regen bis nach Grafenberg zu laufen.«

»An dem Tag hat es doch gar nicht geregnet, du Schlauberger«, sagte Nina. »Wir reisen doch in der Zeit zurück.«

Anton klatschte sich die flache Hand an die Stirn. »Klar!«, sagte er.

»Ich programmiere das Portal für die Nacht vor dem Unglück«, sagte Felix. »Dann haben wir genug Zeit, um bis nach Grafenberg zu laufen und am frühen Morgen die Reifen aufzuschneiden.«

Er legte seine Finger auf die Tastatur und begann die Daten in das Programm einzugeben. Mit der *Enter*-Taste bestätigte er die Eingabe, und das Portal erwachte zum Leben. Ein wummernder Laut kam aus dem Torbogen, und mit einem Flackern ging das strahlende weiße Licht an, das das Energiefeld in der Mitte des Torbogens erzeugte. Die vier Freunde stellten sich vor dem Portal auf.

»Wollt ihr das wirklich tun?«, fragte Nina.

So ganz sicher schienen sich die Jungs nicht zu sein.

Anton druckste herum. »Na ja, was bleibt uns anderes übrig?«

»Ich glaube, wenn wir uns an den Plan halten und nichts schiefgeht, können wir Irrlach vor seinem schlimmen Schicksal bewahren«, sagte Felix mit fester Stimme.

»Dann nichts wie los«, meinte Jonas.

»Was ist, wenn es noch schlimmer wird?«, warf Nina ein.

»Was kann denn schlimmer sein, als dass der Damm bricht?«, fragte Jonas.

»Weiß ich auch nicht«, gestand sie.

»Schlimmer wird es auf keinen Fall«, sagte Felix. »Selbst wenn wir Helmers Fahrt nur um eine Stunde verspäten, hört er das Lied im Radio nicht mehr. Das Löschwasser des Waldbrands hat Zeit zu trocknen. Das wären schon zwei Faktoren, die den Unfall unwahrscheinlicher machen. Und das Reh wartet sicher auch nicht den ganzen Tag ab, um von einem Laster angefahren zu werden.«

Felix' Worte leuchteten Nina ein. »Okay, lasst es uns versuchen«, sagte sie.

Gemeinsam traten sie durch den Torbogen, und der gleißende Lichtschein verschluckte sie.

Nina

Wie bei ihren anderen Reisen durch den Torbogen stellten sie keinerlei Veränderung fest, als sie in den Raum dahinter traten. Selbst an das Kribbeln, das ihnen beim ersten Mal so unheimlich vorgekommen war, hatten sie sich gewöhnt. Felix trat an den Monitor der Steuereinheit heran.

»Laut Display befinden wir uns am richtigen Datum. Es ist kurz nach Mitternacht.«

»Der Unfall ist um zehn Uhr morgens passiert«, sagte Jonas. »Wir haben also zehn Stunden Zeit, um nach Grafenberg zu gelangen und den Lkw zu sabotieren.«

»Davon müssen wir die Fahrzeit des Lkw zur Bergstraße abziehen«, sagte Felix, der es mit Zahlen immer sehr genau nahm.

»Na gut«, sagte Jonas. »Lass es neun Stunden sein. Das reicht sicher, selbst wenn wir zu Fuß gehen müssen.«

»Dann lasst uns nicht länger rumtrödeln«, sagte Nina. »Bringen wir es hinter uns.«

Sie lief um das Portal herum in Richtung der Treppe, die nach oben führte. Die Jungs folgten ihr. Durch die Stahltür traten sie nach draußen. Der Mond schien auf die Wiese herab, und es war kühl. Sie fröstelten, denn ihre Kleidung war immer noch völlig durchnässt.

»Wenigstens hat der Regen aufgehört«, sagte Anton.

»Du meinst, der Regen hat noch gar nicht angefangen«, belehrte ihn Felix. »Schließlich sind wir in die Vergangenheit gereist.«

»Ja, ja, schon gut«, murmelte Anton.

Die vier Freunde liefen über den geteerten Weg zu dem Zaun. Das Loch war da, ihre Räder jedoch nicht.

»Puh«, seufzte Anton, während sie sich durch das Loch zwängten. »Irgendwie hatte ich gehofft, dass die Räder doch hier sind.«

»Komm schon«, antwortete Jonas. »So eine kleine Wanderung hat noch niemandem geschadet.«

Am Zaun entlang gelangten sie bald darauf zur Waldstraße. Dieser folgten sie, bis sie zu der Wiese kamen, von der aus man den Ausblick auf den Staudamm und das Dorf hatte. Nina rannte zum Ende der Wiese. Ihr schossen fast die Tränen in die Augen, als sie sah, dass der Staudamm und das Dorf darunter wieder völlig unversehrt waren.

»Wir sind auf jeden Fall am richtigen Zeitpunkt«, sagte Felix.

»Bin ich erleichtert«, seufzte Anton.

»Wir dürfen auf keinen Fall zulassen, dass dieses Unglück passiert«, rief Nina. »Los! Wir sollten keine Zeit verlieren.« Obwohl sie dem Plan skeptisch gegenübergestanden hatte, hatte der Anblick des unbeschadeten Tals etwas in Nina verändert. Erst jetzt wurde ihr bewusst, was ihr diese Stadt bedeutete. Sie mussten versuchen, Irrlach zu retten. Egal wie!

Sie liefen zur Straße zurück und folgten ihr, bis sie das Dorf erreicht hatten. In der Nacht war Irrlach wie ausgestorben, und so begegnete ihnen keine Menschenseele. Nach den letzten Tagen, die sie in der völlig verdreckten Ruine der Stadt verbracht hatten, wirkte alles auf einmal so neu, als hätte sich Irrlach fein herausgeputzt. Besonders der Marktplatz, den sie noch vor Kurzem als Trümmerfeld erlebt hatten, kam ihnen mit seinem Brunnen und dem Maibaum fast wie eine Filmkulisse vor.

»Wenn ich daran denke, wie es hier nach dem Dammbruch aussah, läuft es mir kalt den Rücken herunter«, sagte Jonas.

Nina blickte zu den Häusern empor. Hinter ein paar Fenstern brannte Licht, doch die meisten waren dunkel. Sie musste an die Irrlacher denken, die friedlich in ihren Betten lagen und schliefen. Sie ahnten nicht, dass ihre Häuser in wenigen Stunden in Trümmern liegen würden – wenn Nina, Jonas, Anton und Felix nichts unternahmen.

»Können wir kurz haltmachen«, sagte Anton. »Ich brauche eine Pause.«

»Kein Pause!«, rief Nina barsch. »Wenn wir den Lkw verpassen und das Ganze hier noch mal passiert, dann ertrage ich das nicht!«

»Okay, okay«, murmelte Anton beschwichtigend. »Ich dachte, du hältst nichts von dem Plan.«

»Vielleicht hatte ich unrecht«, gab Nina zu.

Die vier Freunde gingen weiter. Sie überquerten den Platz und liefen in Richtung der Straße, die durch den Wald nach Grafenberg führte. Kurz vor dem Wald stand Ninas Haus. Nina blieb stehen.

»Schon komisch«, sagte sie. »Ich liege da oben gerade im Bett.«

»Soll ich ein Steinchen ans Fenster werfen?«, fragte Jonas.

»Bloß nicht!«, sagte Felix.

»War doch nur ein Spaß«, brummte Jonas.

»Meinst du, wir können uns in die Küche schleichen und

etwas zu essen holen?«, fragte Anton. »Ich habe einen Mordshunger.«

»Keine Zeit«, sagte Felix. »Wenn wir unseren Plan in die Tat umgesetzt haben, spendiere ich dir einen Hamburger.«

Sie liefen die Straße entlang in den Wald hinein. Als sie einige Minuten gegangen waren, kam ein Auto auf sie zu. Wie zwei strahlende Augen leuchteten die Scheinwerfer sie an.

»Schnell, ins Gebüsch«, rief Felix. »Wir können keine dummen Fragen gebrauchen.«

Die vier Freunde sprangen ins Unterholz und versteckten sich hinter den dicksten Baumstämmen, die sie finden konnten. Das Licht der Autoscheinwerfer glitt über den Wald, und die Schatten der Äste tanzten wie Geister in der Dunkelheit. Kurz bevor die Lichter des Autos in der Ferne verschwanden, entdeckte Nina etwas zwischen den Bäumen.

Es war ein Reh.

Sofort erkannte sie den weißen Fleck auf seiner Stirn. Es war dasselbe Tier, das ihnen vor das Auto gelaufen war und das sie vor Kurzem noch tot in der Feuerwache gesehen hatte. Es schien Nina mit seinen großen Augen anzublicken. Wollte es ihr etwas mitteilen? Wollte es sie warnen? Nina hatte jedenfalls plötzlich ein mulmiges Gefühl im Bauch.

Irgendwo knackste es im Unterholz. Das Reh zuckte zusammen und war im nächsten Moment verschwunden. Keiner der Jungs hatte es gesehen.

»Okay, lasst uns weitergehen«, flüsterte Jonas.

Sie traten aus dem Wald heraus und schlichen an der Straße entlang. Nina ging das Reh nicht aus dem Kopf. Sie dachte daran, dass es in wenigen Stunden eine entscheidende Rolle in der größten Katastrophe der Dorfgeschichte spielen würde. Wie ein Schauspieler wartete es hinter den Kulissen einer Theaterbühne auf seinen Einsatz. Waren sie das nicht auch? Spielfiguren in einem großen Theaterstück? Doch sie hatten versucht, die Regeln zu brechen. Sie waren vom Text abgewichen und hatten versucht, die Geschichte umzuschreiben, was schreckliche Folgen nach sich gezogen hatte. Nun wusste niemand, wie das Stück enden würde.

Nina verscheuchte den Gedanken. Die vier traten aus dem Wald hinaus und gingen weiter an der Straße entlang. Sie hatten Glück, und kein weiteres Auto kam ihnen entgegen. Kurze Zeit später erreichten sie Grafenberg. Der Himmel begann sich jetzt schon bläulich zu färben. Die Sonne würde bald aufgehen. Sie durchquerten das Dorf, so schnell sie konnten, und gelangten zum Areal von Meindl und Söhne am nördlichen Ende. Dort schlichen sie sich zu dem großen Zaun des Unternehmens und blickten durch die Maschen. Das Gelände des Abrissunternehmens war ausgestorben.

»Wie sollen wir da reinkommen?«, fragte Nina. »Drüberklettern geht nicht. Der obere Teil ist rundum mit Stacheldraht gesichert.«

»Vielleicht finden wir eine Stelle, an der wir unter dem Zaun hindurchkriechen können«, schlug Jonas vor.

»Willst du vielleicht wie ein Hund ein Loch graben?«, fragte Nina spöttisch.

»Nein«, antwortete Jonas. »Aber wir können den Zaun vielleicht irgendwo anheben und den unteren Rand hochbiegen.«

Jonas

Etwas Besseres fiel den anderen auch nicht ein, und so begannen sie, um den Zaun herumzuschleichen. Alle paar Meter versuchte Jonas, den unteren Teil anzuheben, doch er war überall fest im Boden verankert. Als sie an der Rückseite des Areals angekommen waren, fiel Felix etwas auf.

»Seht mal. Hier ist eine Lücke im Stacheldraht, wo dieser kleine Schuppen direkt am Zaun steht.«

Jonas kratzte sich am Kinn. »Wenn wir irgendwie da aufs Dach kommen, können wir auf der anderen Seite einfach herunterklettern.«

»Das ist doch viel zu hoch«, sagte Anton. »Das sind mindestens vier Meter.«

Felix blickte sich um. »Ich hab's«, rief er. Er deutete auf einige Mülltonnen, die am Straßenrand darauf warteten, geleert zu werden. »Wenn wir eine der Mülltonnen von hinten an den Zaun schieben, können wir draufklettern und per Räuberleiter aufs Dach steigen.«

»Gute Idee«, rief Jonas. »Das könnte klappen.«

Gemeinsam mit Anton lief er zu den Tonnen. Jonas ergriff eine von ihnen vorsichtig und begann sie zum Zaun zu rollen, doch die randvolle Tonne machte auf dem unebenen Grund einen solchen Lärm, dass sie riskierten, die ganze Nachbarschaft aufzuwecken.

»Pack mal unten an«, sagte Jonas zu Anton. Jonas kippte die Tonne, sodass Anton die Achse der Plastikräder ergreifen konnte. Sie hoben die Tonne an und trugen sie, so schnell sie konnten, zu dem Zaun hinüber.

»Das stinkt ganz schön«, sagte Nina.

»Ist ja auch eine Mülltonne und kein Parfümgeschäft«, gab Anton zurück. Nina warf ihm einen bösen Blick zu.

Jonas schob die Tonne an den Zaun, sodass sie an der Rückwand des Schuppens stand. Dann kletterte er hinauf und stellte sich auf den Deckel. Er streckte seine Arme aus und stand auf Zehenspitzen, doch alleine konnte er das Dach des Schuppens nicht erreichen.

»Ich helfe dir«, rief Anton und erklomm ebenfalls die Tonne. Nina und Felix hielten sie an den Seiten fest, damit sie nicht umfiel. Anton verschränkte seine Finger und bückte sich, sodass Jonas seine Handflächen als Leiter benutzen konnte. Er stellte einen Fuß in die Räuberleiter, stieß sich mit dem anderen vom Deckel der Tonne ab und nutzte den Schwung, um sich am Dach des Schuppens hochzuziehen. Er hob einen Ellbogen über den Rand des Daches. Anton schwankte unter Jonas' Gewicht hin und her.

»Lange kann ich nicht mehr … Ahhhhh!«

Mit einem lauten Krach gab der Plastikdeckel der Mülltonne nach. Er brach in der Mitte durch, und Anton plumpste in die Tonne hinein. Sie fiel um. Jonas hing am Dach und konnte sich mit letzter Kraft hochziehen. Nina und Felix zogen Anton aus der Tonne.

»Bist du verletzt?«, fragte Nina besorgt?

»Nein … Geht schon«, sagte er. Er kroch aus der stinkenden Tonne heraus, die einen Schwall Müllbeutel, Unrat und Essensreste auf den Boden ergossen hatte.

Nina und Felix hielten sich die Nase.

»Das stinkt ja zum Himmel«, sagte Nina.

Anton klopfte sich die Müllreste von der Kleidung, die durch seinen unfreiwilligen Sturz an ihm kleben geblieben waren.

»Ich brauch eine Dusche«, sagte er.

Felix blickte zu Jonas hinauf. »Alles okay bei dir?«, fragte er.

»Ja, ich bin heil oben angekommen.« Er ließ seinen Blick über den Vorplatz des Abrissunternehmens schweifen. »Noch keine Spur von dem Lkw«, sagte er.

Plötzlich duckte er sich, als hätte er ein Geräusch gehört. »Leise!«, zischte er. »Ich glaube, der Laster kommt.«

Er legte sich der Länge nach auf das Dach des Schuppens. Nina, Felix und Anton versteckten sich in dem Gebüsch, das rund um das Areal herum wuchs. Dabei hielten Nina und Felix möglichst viel Abstand von Anton, dessen Geruch einem wirklich die Tränen in die Augen treiben konnte.

Jonas beobachtete, wie der Lkw zum Eingangstor fuhr. Er hupte drei Mal, und Oliver kam aus dem Hauptgebäude. Mit einem kleinen Schlüssel öffnete er ein Vorhängeschloss am Haupttor. Er zog die Torflügel auf, und der Lkw fuhr in den Hof ein. Vor der Lagerhalle hielt er an und stellte den Motor ab. Florian Helmer kam aus der Fahrerkabine geklettert und begrüßte den Angestellten, dann betraten sie zusammen das Hauptgebäude.

Das war die Gelegenheit. Jonas kletterte vom Dach des Schuppens. Er wollte schon losrennen, um den Reifen zu sabotieren, als ihm ein Gedanke kam. Wenn er den Reifen jetzt zerstach, dann würden die beiden einfach einen der anderen Laster beladen, die im Hof bereitstanden. Er musste also bei allen Lastern die Reifen platt machen. Und zwar mindestens je zwei, denn ansonsten konnten die beiden einfach ein Ersatzrad montieren. Jonas zählte zwei Lkw und einen Kleintransporter, die außer Helmers Laster im Areal geparkt waren. Diese ganze Aktion kam ihm immer umständlicher vor. Doch sie hatten nun mal nur diesen einen Plan, um das Unglück zu verhindern.

Jonas schlich sich über den Hof zu dem Parkplatz, der sich gefährlich nah an Helmers Laster befand. Er musste vorsichtig sein, um nicht von den beiden Männern entdeckt zu werden.

Als er gerade den Kleintransporter erreicht hatte, kamen Helmer und Oliver aus dem Firmengebäude. Sie gingen zur Ladefläche des Lkw. Helmer betätigte den Hebel, der die Hydraulik aktivierte. Unter lautem Zischen öffnete sich die Hintertür und senkte sich als Hebebühne zu Boden. Oliver trug ein Clipboard mit einigen Zetteln, auf denen er sich Notizen machte. Jonas wusste, dass es jetzt eilte. Er lief zu einem der hinteren Reifen des Kleintransporters, zog das Küchenmesser heraus und versuchte es in den Reifen zu treiben. Doch das war leichter gesagt als getan, denn das schwarze Gummi, aus dem der Reifen bestand, war erstaunlich hart. Er musste mit aller Kraft drücken, um überhaupt Fortschritte zu machen. Als die Klinge endlich durch die Schicht brach und mit einem leisen Zischen die Luft aus dem Reifen entwich, hatte Jonas bereits eine Blase an der Hand, und sein Ellbogen begann zu schmerzen. Mist! Das musste er jetzt noch sieben Mal hinkriegen. Er schlich sich zum nächsten Reifen des Kleintransporters und begann damit, das Messer ins Gummi zu drücken. Immer wieder lugte er dabei um die Seite des Transporters, um zu beobachten, wie weit Helmer und Oliver mit ihrer Beladung gekommen waren.

Die beiden verschwanden im Lagerhaus. Kurze Zeit später kamen sie wieder heraus. Helmer zu Fuß und Oliver in einem Gabelstapler. Er hatte eine Palette mit braunen Säcken geladen, die er nun zur Rückseite des Lkw bugsierte. Vorsichtig deponierte er die Palette auf der Ladefläche.

Das Messer durchstach den Reifen. Jonas wandte sich dem nächsten Lkw zu und begann, einen der hinteren Reifen zu bearbeiten. Es dauerte eine halbe Stunde, bis er die Reifen der geparkten Fahrzeuge durchstochen hatte. Jonas rieb sich den Ellbogen. Die Blase auf seiner Handfläche war aufgeplatzt und brannte höllisch.

Jetzt blieb nur noch Helmers Lkw. Während er sich an den anderen Reifen zu schaffen gemacht hatte, hatte er nicht auf den Laster geachtet. Jetzt stellte er fest, dass Helmer und Oliver diesen bereits fertig beladen hatten. Helmer betätigte den Hebel an der Rückseite, und die Ladeklappe schloss sich. Wenn er jetzt einsteigen und losfahren würde, war der ganze Plan im Eimer. Helmer öffnete bereits die Tür und kletterte ins Fahrerhaus. Er ließ den Motor an. Mist! Jonas hatte versagt.

Doch als Helmer schon Gas geben wollte, kam Oliver aus dem Lagerhaus gerannt. Er schwenkte das Clipboard. »Halt, Flo, wir müssen doch noch die Ladeliste durchgehen!«

Helmer schaltete den Motor wieder aus und kletterte aus dem Lkw. »Ewig dieser Papierkram«, maulte er.

»Muss leider sein«, sagte Oliver.

Helmer und Oliver stellten sich an die Rückwand des Lkw und gingen die Ladezettel auf dem Clipboard durch. Das war Jonas' letzte Chance! Er schlich sich so an den Vorderreifen an, dass der Lkw die Sicht der beiden auf ihn blockierte. Mit aller Kraft trieb er das Messer in den Reifen. Als dieses fast einen Zentimeter im Gummi steckte, trat Jonas mit seinem Fuß auf den Griff, um es weiter hineinzudrücken.

»Okay, das war's, gute Fahrt«, hörte Jonas Oliver hinter dem Lkw sagen. Helmers Fußschritte näherten sich dem Fahrerhaus. Im selben Moment durchbrach das Messer den Reifen. Es zischte, und Jonas zog es heraus. Helmer öffnete die Fahrertür und stieg ein. Glücklicherweise blickte er dabei nicht vor den Laster, wo sich Jonas gerade duckte. Jonas hatte keine Zeit mehr, den letzten Reifen zu durchstechen. Ihm kam eine Idee. Er positionierte das Messer so zwischen Boden und Reifen, dass die Spitze im schwarzen Gummi steckte. Wenn Helmer mit dem Laster zurücksetzte, würde das Gewicht des Lasters dafür sorgen, dass sich das Messer in den Reifen bohrte.

Helmer ließ erneut den Motor an. Bevor er losfuhr, lehnte er sich aus dem Fahrerfenster und winkte Oliver zu. »Servus!«, rief er.

»Und fahr mir ja vorsichtig«, antwortete dieser. »Denk an die Ladung. Ein Schlagloch, und es macht Bums!«

»Ich pass schon auf mich auf«, antwortete Helmer.

»Wieso auf dich?«, fragte der Angestellte und grinste. »Um den Laster wär's halt schade!«

Helmer zeigte ihm den Mittelfinger und legte dann den Rückwärtsgang ein. Oliver klopfte zum Abschied drei Mal gegen die Rückwand.

Jonas nutzte die Frotzelei der beiden, um sich aus dem Staub zu machen. Er lief geduckt zu den parkenden Lkw und rannte von dort aus hinter die Lagerhalle. Im Schutz der Halle konnte er ungesehen den Schuppen erreichen. Er kletterte aufs Dach, indem er zuerst auf ein Fenstersims stieg und sich dann an der Oberkante des Schuppens hochzog. Als er oben angekommen war, blickte er zurück.

Helmers Lkw wollte gerade das Tor passieren, als Oliver winkend und rufend auf ihn zurannte. Er deutete auf die beiden Vorderreifen, die völlig platt waren. Helmer stieg aus. Das Letzte, was Jonas hörte, bevor er auf der Rückseite des Schuppens herunterkletterte, war das Fluchen der beiden. Jonas sprang zu Boden. Felix, Nina und Anton kamen zu ihm.

»Hat es geklappt?«, fragte Felix.

»Ja«, sagte Jonas, völlig aus der Puste. »War ganz schön knapp. Ich habe bei allen Lastern die Reifen sabotiert. Von denen verlässt heute keiner mehr den Hof.

»Super«, sagte Anton. »Dann hat sich die ganze Aktion ja wenigstens gelohnt.«

»Sei mir nicht böse, wenn ich dich jetzt nicht umarme. Du stinkst echt erbärmlich«, sagte Jonas und hielt sich die Nase.

»Sehr witzig«, antwortete Anton trocken.

»Können wir jetzt endlich hier weg?«, fragte Nina. »Je länger wir hierbleiben, desto größer ist das Risiko, dass wir wieder etwas durcheinanderbringen.«

»Du hast recht«, sagte Felix. »Nichts wie weg hier!«

Sie liefen am Zaun entlang und kamen zur Straße. Dort konnten sie immer noch das Fluchen der beiden Männer hören, die auf dem Hof nun entdeckt hatten, dass auch die anderen Lkw allesamt fahruntauglich waren. Erleichtert machten sich die vier Freunde auf den Rückweg. Sie liefen durch Grafenberg und kamen zu der Waldstraße. Auf der anderen Seite des Waldes passierten sie Ninas Haus und spazierten durch Irrlach. Das Dorf erwachte gerade zum Leben. Die Vögel zwitscherten, der Brunnen plätscherte vor sich hin, und vor der Bäckerei hatte sich eine Schlange gebildet. Der Duft von frisch gebackenen Brötchen hing über dem Marktplatz.

»Können wir uns nicht ein paar Brötchen kaufen?«, sagte Anton. »Ich sterbe vor Hunger.«

»Ich auch«, sagte Felix. »Aber wir können es einfach nicht riskieren. Wir wollten so wenig wie möglich verändern.«

Anton brummelte frustriert, und sie verließen das Dorf. Über die Bergstraße erreichten sie die Wiese. Es war inzwischen früher Nachmittag. Nina wollte noch ein letztes Mal absteigen, um das Irrlacher Tal zu betrachten.

»Wenn unser Plan funktioniert, dann ist alles wieder beim Alten, wenn wir in unsere Zeit zurückkehren«, sagte sie. Zusammen blickten sie ins Tal hinab. Ob sie die Katastrophe diesmal verhindert hatten? Nina hoffte es inständig.

Rückkehr

Nina wusste nicht mehr, wie oft sie diesen Weg nun schon gegangen waren. Zuerst am Zaun des Zombieparks entlang, bis zu der Stelle, wo Jasper Vogel sein Zelt aufgebaut hatte. Dann durch das Loch im Zaun auf die Wiese. Über den geteerten Pfad zu den Betonbauten. Und zuletzt durch die Stahltür nach unten ins Labor. Völlig übermüdet kamen die vier Freunde dort an.

»Ich glaube, ich bin noch nie so viel an einem Tag gelaufen«, murrte Jonas.

»Das war sogar mehr als ein Tag«, sagte Felix. »Ich bin auch schon ganz durcheinander, wie lange wir überhaupt unterwegs sind.«

Nina deutete auf den Torbogen, der immer noch von gleisendem Licht erfüllt war. »Wenigstens ist das Portal noch aktiv«, sagte sie. »Wir sind fast zu Hause.«

»Nichts wie heim«, sagte Anton. »Ich brauche dringend was zwischen die Zähne!«

Zu viert gingen sie um das Portal herum. Nina wünschte sich sehnlichst, dass es das letzte Mal war, dass sie durch dieses verfluchte Portal gehen würden.

Sie betraten gleichzeitig den Lichtschein. Es kribbelte, und sie fanden sich auf der anderen Seite wieder.

Anton blickte sich um. »Nichts hat sich verändert«, sagte er.

»Hoffentlich aber da draußen«, meinte Felix. Er ging zum

Steuercomputer und tippte einige Befehle in die Tastatur. Das Wummern des Portals erstarb, und der Lichtschein erlosch.

»Ich hoffe, wir müssen das Ding nie wieder anschalten«, sagte er.

»Vielleicht sollten wir es kaputt machen«, schlug Nina vor. »Es hat uns doch nur Schwierigkeiten eingebracht.«

»Ich weiß nicht«, meinte Jonas. »Ich bin dafür, dass wir es nie wieder betreten. Aber es gleich kaputt zu machen?«

»Leute«, rief Anton. »Können wir das wann anders besprechen? Mein Magen knurrt schon in ganzen Sätzen.«

Die anderen lachten.

»Lasst uns hier verschwinden«, sagte Jonas.

Die vier Freunde liefen zu der Treppe, die aus dem Labor führte. An der Oberfläche angekommen bemerkten sie, dass es immer noch in Strömen regnete, wie an dem Morgen, als sie zu ihrer letzten Zeitreise aufgebrochen waren.

»Ein Gutes hat dieses Mistwetter ja«, rief Anton über das laute Brausen des Windes hinweg. »Wenigstens wäscht es den Müllgestank von mir ab!«

Sie stemmten sich gegen den Wind und liefen durch das hohe Gras.

»Unsere Räder!«, rief Anton freudig, als sie das Loch im Zaun erreichten.

Sie hoben ihre Räder auf und schoben sie zu der Lichtung, wo der Zaun auf die Straße traf. Nina hielt inne und sog Luft in ihre Nase ein.

»Riecht ihr das?«, fragte sie.

»Einen Sonntagsbraten?«, fragte Anton. »Frisch gebackenes Brot? Ein Hamburger mit Pommes?«

»Riecht irgendwie … verbrannt«, sagte Jonas.

»Vielleicht hat jemand in der Nähe gegrillt«, mutmaßte Anton.

»Bei dem Wetter?«, fragte Felix skeptisch.

Sie stiegen auf ihre Räder und fuhren die Waldstraße entlang. Als Nina den Punkt entdeckte, wo die Straße aus dem Wald führte, legte sie einen Zahn zu. Irgendetwas nagte an ihr, ein ungutes Gefühl.

Dieser Geruch …

Hatte sie es sich nur eingebildet, oder war er stärker geworden, je näher sie dem Tal kamen? Sie zog an den anderen vorbei und radelte, so schnell sie konnte. Sie musste ins Tal hinabblicken, um sicherzugehen, dass sie den Dammbruch verhindert hatten.

Nina fuhr aus dem Wald heraus, erreichte die Wiese und sprang förmlich von ihrem Fahrrad ab. Sie rannte durch das Gras auf den Abhang zu. Jetzt entdeckte sie die Staumauer. Ihr fiel ein Stein vom Herzen. Der Damm war unversehrt! Die Betonmauer wies nicht den kleinsten Riss auf. Doch dann fiel ihr Blick ins Tal. Ihr stockte der Atem. Vor Schreck schlug sie die Hand vor den Mund. Das war nicht möglich!

Das Irrlacher Tal war *schwarz*.

Wo früher grüne Wiesen geblüht hatten, befand sich jetzt eine Wüste aus verbrannter Erde. Das Dorf und die gesamte Umgebung war vollständig heruntergebrannt. Die Häuser waren verkohlt, und aus den Dachstühlen stiegen dünne Rauchsäulen auf, als würde die Glut im Gebälk immer noch schwelen. Feuerwehrwagen waren im Einsatz, Polizei und Rettungshelfer suchten mit Spürhunden in den Trümmern, und ein Hubschrauber flog hoch über ihnen, um den Schaden aus der Luft zu begutachten. Doch das Feuer hatte sich nicht auf Irrlach beschränkt. Es sah aus, als hätte eine riesige Feuerwalze das gesamte Tal heimgesucht. Die Bäume auf der gegenüberliegenden Seite des Berghangs waren zu schwarzen Skeletten verbrannt.

Nina ließ sich ins Gras fallen. Tränen schossen ihr in die Augen. Felix, Anton und Jonas kamen zu ihr. Sie betrachteten wortlos die Zerstörung, die über Irrlach hereingebrochen war.

»Oh Mann«, murmelte Jonas.

»Das ist ein Hammer«, sagte Anton.

Nur Felix schien nachzudenken. »Also, es ist nicht gesagt, dass das unsere Schuld ist«, sagte er. »Kann sein, dass es ein Zufall ist. Wir müssen herausfinden, wie es dazu kam, und dann ... dann ...«

Nina sprang auf und packte Felix am Kragen. »Dann was?«, schrie sie. »Dann was, Felix? Was für einen tollen Plan sollen wir dann aushecken? Bergreifst du denn nicht, was hier passiert? Wir haben Irrlach auf dem Gewissen. Jedes Mal, wenn wir das verfluchte Portal im Wald benutzen, wird es schlimmer!« Sie deutete auf die Brandkatastrophe, die sich unter ihnen abgespielt hatte. »*Das da* ist dein Raum-Zeit-Paradox. Das ist es, was passiert, wenn man in der Zeit rumpfuscht.«

Der Wind fegte über die Wiese, und der Regeln prasselte mit einer solchen Intensität auf sie nieder, dass er sich wie Hagel anfühlte. Sie ließ Felix los.

»Aber wir können Irrlach doch nicht aufgeben«, rief Jonas. »Irgendetwas müssen wir doch tun!«

»Dann helfen wir eben beim Wiederaufbau«, sagte Nina.

»Nina, was ist, wenn es da unten diesmal Tote gegeben

hat?«, fragte Anton. »Was ist, wenn es einen von uns erwischt hat? Wie können wir damit leben?«

Darauf wusste Nina keine Antwort. Bis auf das Brausen des Windes herrschte Stille. Sie setzte sich ins nasse Gras.

»Ich wünschte, wir hätten das Ding nie gefunden«, sagte Jonas schließlich. »Es hat uns echt nur Unglück gebracht.«

»Jetzt wissen wir wenigstens, was sich hinter den ganzen Warnschildern verbarg«, sagte Felix. »Und es ist gefährlicher als Giftmüll, Tollwut und Zombies zusammen.«

Nina kam ein Gedanke. Es war dieselbe Idee, die sie schon gestern beim Einschlafen gehabt hatte, doch diesmal ließ sie sie nicht entkommen. »Jonas hat recht«, sagte sie. »Am besten wäre es, wenn wir das Ding nie gefunden hätten.«

»Das hilft uns jetzt nicht weiter«, sagte Felix.

»Vielleicht doch«, antwortete Nina. Sie stand auf. »Kommt mit«, sagte sie mit fester Stimme.

»Wohin?«, fragte Jonas.

»Wir müssen zurück ins Portal. Ein letztes Mal.«

»Spinnst du?«, fragte Anton. »Du hast doch eben gesagt, wir dürfen nie wieder damit durch die Zeit reisen. Dass es alles nur noch schlimmer macht.«

»Ja, und um das zu verhindern, *müssen* wir ein letztes Mal durch die Zeit reisen.«

Nina ging zu ihrem Fahrrad zurück. Die Jungs folgten ihr wortlos. Der Wind ließ nach. Sie stiegen auf ihre Räder und fuhren in den Wald. Sie gelangten an die Lichtung, stiegen ab, schoben ihre Räder und erreichten Jaspers Zelt. Sie krochen durch das Loch im Zaun und liefen zum Laborkomplex zurück. Dort gingen sie die Treppe hinunter und betraten das Labor.

»Willst du uns nun endlich verraten, was du vorhast?«, sagte Felix.

»Ja«, sagte Nina. Sie lief zu dem Torbogen, den Felix abgeschaltet hatte. »Alles hat mit unserer ersten Zeitreise begonnen«, begann sie. »Zuerst war es harmlos. Ich gab Lauras Mutter ihre Autoschlüssel zurück, wodurch wir unser Fußballspiel gegen Grafenberg verloren. Dann hatten wir unseren schrecklichen Tag. Wir haben versucht, alle Fehler dieses Tages auszubügeln. Und was war die Folge? Wir haben ganz Irrlach zerstört.« Sie versuchte, ihre Gedanken zu ordnen. »Was wäre so schlimm daran gewesen, wenn wir unser Leben einfach weitergelebt hätten? Felix, du hast einen Mathetest verhauen. Na und? Das kommt doch bei jedem mal vor. Dass du ein Genie bist, wissen wir doch auch so. Und keiner hätte daran gezweifelt, dass du irgendwann Matheprofessor wirst. Jonas, du hast dich bei deiner Angebeteten lächerlich gemacht. Weißt du, wie oft ich mich schon komplett peinlich verhalten habe, weil ich jemanden mochte? So ist es halt, wenn man sich verliebt. Das ist ein totaler Hirnkurzschluss. Meinst du Alina Sommer ist immer obercool, wenn sie für jemanden Gefühle hat? In einer Woche hätte sich keiner mehr daran erinnert. Und wenn Alina dich nur wegen einer einzigen peinlichen Aktion nicht mehr mag, dann ist sie vielleicht gar nicht so toll.«

Nina wandte sich an Anton. »Und du, Anton, du hast ein Fernglas fallen gelassen. Ist das wirklich so schlimm? Dann zahlst du deinem Vater halt das Geld zurück und gehst nicht ganz so oft ins Kino.«

Jonas verschränkte die Arme. »Das ist ja ein netter Vortrag, aber was ist mit dir?«, fragte er.

»Mit mir?«, fragte Nina. »Ich komme mir am allerblödesten vor. Ich habe meiner Mutter die Hölle heißgemacht, nur weil ich nicht in eine Klavierstunde gehen wollte, die sie mir geschenkt hat. Eine Klavierstunde! Und wisst ihr was, als ich hingegangen bin, hat es sogar Spaß gemacht. Klar, ich werde sicher keine Weltklassepianistin, aber ich hatte einen netten Abend.«

»Worauf willst du hinaus?«, fragte Jonas.

»Wir hätten einfach unser Leben weiterleben sollen«, antwortete Nina. »Das war doch alles halb so schlimm.«

»Aber was hat das mit dem Portal zu tun?«, wollte Anton wissen. »Warum sind wir hierher zurückgekehrt?«

»Weil ich glaube, dass es eine letzte Möglichkeit gibt, wie wir doch noch alles einrenken können«, antwortete Nina. »Aber es erfordert Mut. Und wir müssen uns einig sein.«

»Wie denn?«, fragte Felix. »Wenn wir nicht wissen, warum das Feuer entstanden ist, können wir es doch nicht verhindern.«

»Doch«, sagte Nina. »Jonas hat es ganz richtig gesagt: ›Ich wünschte, wir hätten das Portal nie gefunden.‹ Wir müssen verhindern, dass wir das Portal überhaupt erst finden.«

Anton kniff die Augen zusammen. »Wie jetzt?«, fragt er verwirrt.

»Ganz einfach«, sagte Nina. »Wir reisen zu dem Tag zurück, an dem wir das Portal gefunden haben. Da hat doch alles angefangen. Jonas hat die Drohne über den Zaun geschickt. Diese ist dann abgestürzt. Jonas hat sie gesucht und ist dabei in den Schacht gefallen.«

Jonas nickte. »So war es.«

Nina fuhr fort. »Wenn wir die Drohne so hinlegen, dass Jonas sie findet, *ohne* in den Schacht zu fallen, dann entdeckt er auch dieses Labor nicht, und so können wir das Portal auch gar nicht erst aktivieren.«

Einige Sekunden lang sagte niemand etwas. Die Jungs versuchten zu begreifen, was Nina da vorschlug.

»Moment mal«, sagte Jonas schließlich. »Aber wenn wir das Portal nicht finden, was passiert dann mit uns?«

»Wie meinst du das?«, fragte Anton.

»Wenn unsere Vergangenheitsversionen das Portal nicht finden, dann reisen sie auch nicht durch die Zeit, und dann kann es *uns* auch nicht geben. Denn wir sind ja dann aus der Zukunft gekommen.«

Anton ging ein Licht auf. »Das ist wie mit dem Opa!«, sagte er.

»Was für ein Opa?«, fragte Felix.

»Na, dein Beispiel für ein Paradox. Wenn ich meinen eigenen Opa in der Vergangenheit umbringe, kann es mich nicht geben. Wenn wir uns selbst davon abhalten, das Portal zu finden, dann kann es uns auch nicht mehr geben. Nur noch unsere alten Versionen.«

»Wir bringen unseren eigenen Opa um«, sagte Felix. »Im übertragenen Sinne.«

»Ich habe ja gesagt, dass es Mut erfordert«, meinte Nina.

»Jetzt mal im Klartext«, sagte Jonas. »Du schlägst vor, dass wir … uns selbst auslöschen.«

Nina nickte. »Es ist die einzige Möglichkeit.«

Eine Weile lang schwiegen die vier Freunde. Sie waren übermüdet, hungrig und durchnässt, und nun mussten sie eine

Entscheidung treffen, die möglicherweise ihre eigene Existenz zunichtemachen würde.

»Wir sollten abstimmen«, sagte Nina. »Wir müssen alle dafür sein. Sonst können wir es nicht tun. Wer dafür ist, hebt die Hand.«

Ninas Hand ging als erste nach oben. Die anderen zögerten.

Jonas hob seine Hand als Nächster. »Was bleibt uns anderes übrig«, sagte er. »Ich möchte nicht mit der Gewissheit leben, dass ich ein ganzes Dorf vernichtet habe.«

Auch Anton hob die Hand. »Wenn wir in einem Paradox verschwinden, habe ich wenigstens keinen Hunger mehr«, sagte er schwermütig.

»Schon allein aus wissenschaftlicher Neugier muss ich dafür stimmen«, sagte Felix.

Alle vier Hände waren in die Höhe gestreckt.

Die letzte Reise

Jonas, Nina, Anton und Felix verloren keine Zeit. Felix nahm sich den Computer vor und programmierte den Tag ein, an dem sie beschlossen hatten, mit der Drohne über den Zombiepark zu fliegen. Das Portal leuchtete auf, und sie stellten sich vor den Torbogen.

»Das Tor ist bereit«, sagte er.

Ninas Kehle war trocken. Ein Kloß bildete sich in ihrem Hals. Was erwartete sie dieses Mal auf der anderen Seite?

»Wollen wir das wirklich tun?«, fragte Jonas.

»Wir müssen«, antwortete Nina.

Zusammen traten sie durch den Torbogen. Nina war so nervös, dass sie Gänsehaut hatte, wodurch das Kribbeln, dass sie jedes Mal verspürte, nur noch schlimmer wurde.

Sie kamen auf der anderen Seite des Torbogens heraus.

»Ich habe uns eine Stunde Zeit gegeben, bevor unsere Vergangenheitsversionen hier auftauchen«, sagte Felix.

»Lasst uns nach oben zur Wiese gehen«, schlug Nina vor. »Wenigstens ist unser letzter Tag ein sonniger.«

Die vier Freunde wandten sich von dem Torbogen ab. Bedrückt stiegen sie die Treppe hinauf und betraten die Wiese. Die Sonne brannte heiß auf sie herab und trocknete ihre Kleidung. Nina wollte am liebsten nach Hause gehen, doch ihr wurde bewusst, dass sie gar kein Zuhause mehr hatte. Diese Nina, die gerade aus dem Torbogen getreten war, gehörte so richtig in keine Zeitebene. Es war ein unheimliches Gefühl.

»Hier ist der Schacht, in den ich damals gefallen bin«, rief Jonas von der anderen Seite der Wiese.

»In den du heute fallen wirst«, korrigierte ihn Felix.

»Ja, ja«, sagte Jonas. »Wenn ich die Drohne auf die andere Seite des Schachts lege, dann wird mein Vergangenheits-Ich sie finden, ohne in den Schacht zu fallen.«

»Okay«, sagte Felix. »Wir anderen verstecken uns am besten hinter dem Betonbau.«

»Wie viel Zeit haben wir noch?«, fragte Nina.

Anton blickte auf seine Uhr. »Vielleicht zehn Minuten.«

»Dann lasst uns in Stellung gehen«, sagte Jonas. »Versteckt euch!«

Nina, Felix und Anton liefen hinter den Betonbau, während Jonas sich ins Gras duckte.

Einige Hundert Meter entfernt standen ihre Vergangenheitsversionen am Zaun. Jonas drückte vorsichtig den rechten Steuerknüppel nach vorne. Die Drohne flog vorwärts. Auf dem Bildschirm beobachteten die vier, wie der Maschendrahtzaun unter der Drohne verschwand. Jonas ließ das Fluggerät an Höhe gewinnen, und das Areal hinter dem Zaun wurde unter ihr sichtbar.

Die vier Zeitreisenden hörten das Geräusch des Propellers, bevor sie die Drohne sehen konnten. Es war ein hohes Sirren, das wie ein Roboterinsekt klang. Jonas lugte aus dem hohen Gras. Er entdeckte das Fluggerät, das mit erstaunlicher Geschwindigkeit näher kam. Als es sich über der Wiese senkte, begannen die Rotoren plötzlich stotternd auszusetzen. Weder er noch seine drei Freunde ahnten, dass es die geheimnisvolle Energie des Portals war, die die Fehlfunktion der Drohne überhaupt erst ausgelöst hatte.

Am Zaun setzte für den Bruchteil einer Sekunde das Bild der Kamera aus. Das Display zeigte weißes Rauschen. Dann war das Bild wieder da.

»Hast du die Batterie überprüft?«, fragte Nina.

»Klar«, sagte Jonas. »Der Akku war voll.«

Das Bild verpixelte sich. Blockige Muster erschienen, die in diversen Farben blinkten.

Felix runzelte die Stirn. »Da ist was faul.«

»Vielleicht ist das die Strahlung«, meinte Anton.

Jonas drückte den Joystick nach links. »Ich kehre lieber wieder um.«

Die Drohne drehte sich, doch die Störungen wurden immer schlimmer.

»Flieg zurück!«, rief Anton.

»Versuche ich ja. Das Ding reagiert nicht!«

Das Kamerabild blitzte kurz immer wieder auf. Es zeigte, dass die Drohne in eine Schieflage geraten war. Jonas drückte den Steuerknüppel nach rechts. Anstatt langsam die Richtung zu ändern, begann die Drohne sich wie ein Kreisel zu drehen. Sie taumelte unkontrolliert auf den Boden zu.

Auf der Wiese beobachtete Jonas, wie die Drohne zu Boden sank. Dabei drehte sie sich ein paarmal um die eigene Achse, bevor sie unsanft im Gras landete. Jetzt war der Moment gekommen, wo Jonas handeln musste. Wenn er die Drohne so hinlegte, dass sein Doppelgänger sie fand, ohne in den Schacht zu fallen, würden er und die anderen Zeitreisenden für immer verschwinden. Er zögerte und warf einen Blick zum Bunker zurück. Nina, Felix und Anton blickten um die Ecke. Nina nickte ihm zu.

Jonas atmete tief ein. Dann stand er auf und lief zur Drohne hinüber. Er hob sie auf und legte sie so ins Gras, dass man sie von dem geteerten Weg aus kaum übersehen konnte.

Ihre Vergangenheitsversionen hatten gerade den Absturz der Drohne am Bildschirm verfolgt. Während Nina mit Anton und Felix diskutierte, fiel Jonas' Blick auf das Display der Fernsteuerung. Für einen Moment flackerte das Kamerabild wieder auf. Jonas erstarrte. Hatte er da jemanden gesehen, der sich auf die Drohne zubewegte? Er konnte nicht ahnen, dass es sich bei der Gestalt, die er gesehen hatte, um ihn selbst handelte.

Auf der Wiese überprüfte Jonas ein letztes Mal die Lage der Drohne. Dann lief er, so schnell er konnte, zu den anderen hinter den Betonbau.

»Was passiert jetzt?«, fragte Nina.

»Keine Ahnung«, sagte Felix. »Wir werden wahrscheinlich von einem Moment auf den anderen verschwinden.«

»Wird es wehtun?«, fragt Anton.

»Ich ... ich glaube nicht«, antwortete Felix. »Wir sind dann einfach weg. Als hätte es uns nie gegeben.«

»Mann, ist das krass«, sagte Jonas.

»Totaler Hirnkurzschluss«, murmelte Anton.

Sie fassten einander bei den Händen.

»Jungs, ich bin echt froh, dass ich dieses Abenteuer mit euch erlebt habe«, sagte Nina. »Ich wüsste niemanden, mit dem ich lieber in einem Paradox verschwinden würde.«

Alle vier lachten laut los.

Und dann war es plötzlich still.

Vier Freunde

Jonas bückte sich, um die Drohne aufzuheben. Er betrachtete sie von allen Seiten, um sicherzugehen, dass sie keinen größeren Schaden genommen hatte. Es schien, als sei alles in Ordnung. Jetzt aber nichts wie weg hier! Was immer die Drohne zu Fall gebracht hatte, war sicher noch aktiv, ob es nun ein harmloses Radiosignal oder etwas Gefährlicheres war. Er lief auf die Wiese zu und sprang über einen kleinen Strauch, der aus dem Boden wuchs. Er bemerkte nicht, dass dieser den Eingang eines Schachts verdeckte, der tief unter die Wiese führte. So schnell er konnte, rannte er über den geteerten Pfad zurück zu der Stelle, an der sich das Loch im Zaun befand. Die anderen warteten dort bereits auf ihn.

»Mann, du hast dir aber Zeit gelassen«, sagte Felix. »Wir wollten schon hinterherkommen, um dich zu suchen.«

»Ist die Drohne in Ordnung?«, fragte Nina.

»Ja, sieht ganz so aus«, sagte Jonas. »Ich glaube, es ist am besten, wenn wir sie so schnell wie möglich zurückbringen, bevor Sven etwas merkt.«

Jonas verstaute die Drohne im Rucksack. Die vier Freunde hoben ihre Fahrräder auf und begannen sie in Richtung der Straße zu schieben.

»Und, wie war es da drinnen?«, fragte Anton neugierig. »Hast du irgendetwas Cooles entdeckt?«

»Nur so ein paar alte Gebäude«, sagte Jonas. »Nichts Interessantes.«

Er wollte nicht zugeben, dass er sich die ganze Zeit, die er in dem Areal verbracht hatte, unwohl gefühlt hatte. Es war eine Art Déjà-vu-Erlebnis, als hätte er das Gebiet schon einmal betreten. Gleichzeitig war es, als hätte ihn jemand beobachtet. Und dann war da die Gestalt, die Jonas auf dem Display gesehen hatte, kurz bevor es den Geist aufgegeben hatte. Irgendetwas war dort oberfaul. »Ich glaube, wir sollten die Akte ›Zombiepark‹ schließen«, sagte er. »Das große Geheimnis ist, dass es dort nichts zu finden gibt.«

Anton konnte seine Enttäuschung nicht verbergen, als sie zurück ins Dorf radelten. Ein geheimes Labor voller mutierter Wissenschaftler wäre ihm lieber gewesen.

***

Einige Tage später passierte jedem von ihnen ein Missgeschick.

Felix verhaute einen Mathetest und bekam eine Fünf.

Jonas machte sich vor einem Mädchen, für das er schwärmte, zum Idioten, als er es ins Kino einladen wollte.

Anton ließ das Fernglas seines Vaters fallen, der ihm daraufhin das Taschengeld halbierte.

Nina jammerte so sehr über eine Klavierstunde, dass ihre Mutter nicht auf die Straße achtete und mit einem Reh kollidierte.

Und das Leben ging weiter.